BASTEI
LÜBBE
TASCHENBUCH

Weitere Titel der Autorin

Jahre der Sehnsucht
Stunden des Glücks
Das Glück der Sonnenstunden
Ein Haus in Cornwall
Die Wärme eines Sommers
Das Spiel der Wellen
Das goldene Licht des Himmels
Jene Jahre voller Träume
Der Tanz des Schmetterlings
Ein Geschenk der Freundschaft
Ein Paradies in Cornwall
Ein Hauch von Frühling
Der Ruf der Amsel
Julias Versprechen
Wildblumen im Winter
Das verborgene Kind
Der Duft des Apfelgartens
Das Paradies am Fluss
Der geheimnisvolle Besucher
Der verborgene Moment
Ein Versprechen aus Liebe
Ein unverhoffter Gast

Über die Autorin

Marcia Willett, geboren in Somerset, studierte und unterrichtete klassischen Tanz, bevor sie ihr Talent für das Schreiben entdeckte. Ihre warmherzigen atmosphärischen Romane erscheinen in 18 Ländern. Sie lebt im südenglischen Devon, dessen wunderschöne Natur in vielen ihrer Romane als stimmungsvolle Kulisse wiedererkennbar ist.

Marcia Willett

Das Haus der schönen Erinnerungen

Roman

Aus dem Englischen von
Barbara Röhl

BASTEI
LÜBBE
TASCHENBUCH

BASTEI LÜBBE TASCHENBUCH
Band 17755

Dieser Titel ist auch als E-Book erschienen

MIX
Papier aus verantwortungsvollen Quellen
FSC www.fsc.org
FSC® C083411

Vollständige Taschenbuchausgabe

Deutsche Erstausgabe

Titel der englischen Originalausgabe: »The Songbird«
Originalverlag: Bantam Press an imprint of Transworld Publishers

Titelillustration: © shutterstock/Yolanta/Elena Elisseeva/
Alexey Saxarov/gumbao/54115341/sakdam
Umschlaggestaltung: Kirstin Osenau
Satz: two-up, Düsseldorf
Gesetzt aus der Garamond
Druck und Verarbeitung: CPI books GmbH, Leck – Germany
ISBN 978-3-404-17755-4

1 3 5 4 2

Sie finden uns im Internet unter www.luebbe.de
Bitte beachten Sie auch: www.lesejury.de

Für Canon Michael und Jane Lewis

Und für Roddy

Diese Sehnsucht zu teilen,
aus der blitzschnell Abwesenheit wird.
aus: *Sands of the Well*, Denise Levertov

Mein Dank gilt Dr. Tony Born und dem Team für häusliche Pflege an der South Brent Health Clinic sowie dem Kriseninterventionsteam am St. Luke's Hospiz in Plymouth.

Erster Teil

1. Kapitel

Den ganzen Frühling hindurch singt in der Esche unterhalb des Cottages früh und spät die Drossel. Sie ist das Erste, was er hört, wenn er vorsichtig die schmale, steile Treppe hinunterkommt, um sich einen Kaffee aufzubrühen, und das Letzte, wenn er sich aus dem kleinen Fenster in den stillen, lichten Abend hinauslehnt und nicht in der Lage ist, sich von diesem Zauber loszureißen, der nicht von dieser Welt ist, und ins Bett zu gehen.

Noch tragen die Bäume keine Blätter. Vor einem blassen, schimmernden Himmel recken sie kahle, missgestaltete Arme und knochige, dürre Finger in die Höhe; und doch kann er nie erkennen, wo in diesen verschlungenen, fantastischen Mustern sich die Drossel versteckt. Er steht da und betrachtet den Garten, der zu den beiden Feldern hin abfällt, die mit Gerste eingesät und an den Rändern mit Boxdorn und Eschen bestanden sind; und er blickt über diese Felder hinweg zu dem Fahrweg, der sich zum alten Farmhaus hinaufschlängelt.

Tim bewohnt das letzte Cottage in der Reihe. In viktorianischer Zeit hatte man hier Ställe ausgebaut, um Unterkünfte für Dienstboten zu schaffen; und vor einigen Jahren sind sie noch einmal modernisiert worden. Der alte Stallhof, der von zwei offenen Scheunen flankiert wird, in denen Autos geparkt sind, ist von dem Hof hinter dem Haupthaus durch ein Gatter mit fünf Querstreben getrennt.

Seit vielen Jahren wird Brockscombe nicht mehr als Hof bewirtschaftet. Ein Kapitän zur See hatte es mit seinem Preisgeld aus den Napoleonischen Kriegen gekauft, und es hat sich zu einem eleganten Wohnhaus entwickelt. Mit weißem Stuck und hohen Schiebefenstern steht es am Ende der Auffahrt, umgeben von Feldern, die schon vor langer Zeit an benachbarte Farmen verkauft worden sind.

Manchmal, wenn er auf dem Gelände unterwegs ist, meint Tim, an den Fenstern im oberen Stockwerk geisterhafte Gestalten winken zu sehen – und dann macht sein Herz vor Schreck einen Satz. Aber bestimmt sind die Geister nur Spiegelbilder der schnell ziehenden Wolken und der Äste, die sich im Wind heftig wiegen, oder? Und warum sollte er sich vor Geistern fürchten? Liegt es daran, dass er Angst hat, er könnte bald zu ihnen zählen, verloren und allein und aus seiner freundlichen, vertrauten Welt gerissen?

Mattie war es, die ihn auf die Brockscombe-Farm geschickt hat. Die hübsche Mattie mit den honigbraunen Augen und dem dunklen, lockigen Haar.

»Nächsten Monat höre ich auf«, erklärte er ihr, während sie in der kleinen Küche des Londoner Verlags, in dem sie arbeiteten – sie als PR-Agentin und er in der Marketingabteilung –, Tee kochten. »Ich nehme mir eine Auszeit von sechs Monaten und überlege, was ich anschließend mache. Ich brauche etwas, wo ich mich eine Weile entspannen kann. Ein Cottage auf dem Land, aber nicht zu abgelegen. Hast du eine Idee?«

Nachdenklich sah sie ihn an, als könnte sie seine geheimsten Gedanken lesen; und mit einem Mal sehnte er sich danach, ihr die ganze Wahrheit zu sagen, doch sie stellte keine Fragen.

»Du musst nach Brockscombe«, sagte sie. »Zu Cousin Francis, William und Tante Kat und Charlotte. Der perfekte Ort für eine Auszeit. Knapp westlich von Exeter.«

Er lachte. Das klang so eigenartig. »Was ist Brockscombe?

Und wer sind diese Leute? Cousin Francis, William und Tante Kat und Charlotte?«

Sie lachte ebenfalls. »Brockscombe ist ein wunderschönes altes Farmhaus aus georgianischer Zeit, das Francis Courtney gehört. Er ist weit über achtzig, lebt allein in dem Haus und schreibt seine Memoiren. Er war Parlamentsabgeordneter. Ich bin mir nicht ganz sicher, wie er mit William und Tante Kat verwandt ist, aber die beiden sind Cousin und Cousine und bewohnen zusammen eines der Cottages auf dem Gelände. Charlotte ist meine große Schwester. Sie ist mit Williams Sohn Andy verheiratet. Er ist bei der Marine und Oberleutnant auf einer Fregatte mit Heimathafen Plymouth. Charlotte war von den Dienstwohnungen nicht besonders beeindruckt. Deswegen sind sie letzten Herbst, kurz bevor der kleine Oliver geboren wurde, in das Cottage neben William und Tante Kat gezogen, was wirklich gut ist, weil Andys Schiff die nächsten paar Monate auf See sein wird und Charlotte so jede Menge Unterstützung hat. Kat ist nicht wirklich Andys Tante, sondern eine Art Cousine, doch er nennt sie immer ›Tante Kat‹, und inzwischen machen wir das alle. Das Ganze ist ein bisschen verrückt, aber sehr lustig. Du würdest sie mögen.«

»Es klingt jedenfalls … ungewöhnlich.«

»Es gibt noch ein weiteres Cottage«, sagte sie. »Als ich letztes Mal dort war, stand es leer. Dort wärst du ganz für dich. Bis zu einem gewissen Punkt jedenfalls.« Wieder sah sie ihn aufmerksam und nachdenklich an. »Sie würden dir nicht lästig fallen oder neugierig sein«, versicherte sie ihm. »Jedenfalls nicht allzu sehr.«

Erneut lachten sie. Es war so gut zu lachen; es linderte die Angst.

»Ich würde sie gern kennenlernen«, erklärte er.

»Also, dafür kann ich sorgen. Möchtest du lieber allein fahren, oder sollen wir zusammen hinunterfahren, und ich stelle dich vor?«

Wieder durchlief ihn kalte Angst und lähmte ihn. »Das wäre vielleicht gut. Zusammen zu fahren, meine ich. Wenn du dir sicher bist?«

»Klar bin ich mir sicher«, antwortete sie beiläufig. »Es ist Zeit, dass ich wieder einen Besuch bei ihnen allen in Devon mache. Lass uns die Fahrt planen, falls du dich traust, in mein altes Auto zu steigen.«

Cousin Francis, William, Charlotte und Tante Kat: Auf der Fahrt von London nach Devon erzählte Mattie ihm alles. Mit ihren Worten schuf sie so lebhafte Bilder, dass er sie alle deutlich vor sich sehen konnte, während die M4 rasch hinter ihnen zurückblieb. William, der von seiner Frau Fiona getrennt lebt, ist Mitte fünfzig und Steuerberater, klein, fröhlich, mit einem lockigen, grau melierten Haarkranz und leuchtend blauen Augen. Tante Kat, Anfang sechzig, eine ehemalige, international bekannte Balletttänzerin und Choreografin, ist hochgewachsen, elegant und unkonventionell. Charlotte, gerade zweiunddreißig geworden, verdient ihr Geld als Webdesignerin; sie ist tatkräftig und kompetent und außerdem entschlossen, ihrem Baby, dem fünf Monate alten Oliver, eine perfekte Mutter zu sein und zudem ihren Golden Retriever Wooster zu versorgen. Cousin Francis, mager, knochig und zäh, taucht von Zeit zu Zeit aus seiner Höhle auf, um in der Sonne zu sitzen und zu plaudern. Während Mattie sich an vergangene Begegnungen erinnerte, Anekdoten erzählte und die Eigenarten der Bewohner von Brockscombe schilderte, erweckte sie sie so deutlich zum Leben, dass sie Tim schon wie alte Freunde vorkamen, als er sie endlich kennenlernte.

Wie leicht Mattie alles machte, wie einfach. Sie fuhr ihn hin, bestellte ihm ein Zimmer in einem Gasthaus im Dorf, als wüsste sie, dass er seinen Freiraum brauchte, und stellte ihn William und Charlotte und Tante Kat vor, die ihn herzlich und ungezwungen aufnahmen. Sie gingen mit ihm zu Cousin Francis, einem hochgewachsenen, gebrechlichen, aber unbezwingbaren alten Herrn mit durchdringendem Blick, der sich bereit erklärte, Tim das Cottage für sechs Monate zu vermieten. So kamen sie überein.

»Melde dich, Tim«, sagte Mattie an seinem letzten Tag im Verlag. Es war beinahe eine Frage. »Charlotte wird mir natürlich berichten, wie es dir ergeht, aber es wäre nett zu wissen, ob es für dich wirklich das Richtige ist.«

»Natürlich mache ich das«, antwortete er. »Ich maile dir.«

Eine E-Mail dann und wann war in Ordnung. Das brachte er fertig, ohne sich allzu sehr zu verpflichten.

Sechs Wochen später ist er hier in Brockscombe. Er liebt die Ruhe, die außerordentliche Schönheit des alten Hauses, den Stallhof und die Landschaft der Umgebung. Es ist, als wäre er endlich nach Hause gekommen. Bei dem Gedanken lächelt er ironisch: Ziemlich spät für ihn.

»Aber besser spät als nie«, sagt er sich.

In den letzten Wochen, seit bei ihm ein ganz frühes Stadium einer seltenen degenerativen Krankheit diagnostiziert worden ist, hat er ziemlich viel mit sich selbst geredet. Er hat versucht, negative Gedanken, Angst und Einsamkeit auf Abstand zu halten.

Jetzt hat er einen Plan. Er hat sich amtliche Landkarten besorgt und begonnen, diese wunderbare Grafschaft, in der er durch einen glücklichen Zufall gelandet ist, zu erkunden. Manchmal führt die Reise ihn über die Moore und dann wieder ans Meer; oft verirrt er sich auf den gewundenen, verborgenen Fahrwegen. Aber jetzt steht er jeden Morgen zielstrebig auf, mit einem Plan, der ihn von seiner Angst ablenkt. Und nun scheint er zum ersten Mal in seinem Leben die Familie zu haben, nach der er sich immer gesehnt hat – zweiunddreißig Jahre zu spät.

Charlotte nimmt ihr Smartphone zur Hand und liest Matties E-Mail:

> Wie geht es euch allen? Süße Bilder von Ollie. Er ist umwerfend. Habe sie gerade allen gezeigt. Bin eine stolze Tante. Vergesst nicht, nett zu Tim zu sein. Alle hier lassen ihn ganz lieb grüßen.

Charlotte spürt einen kleinen Anflug von Verärgerung; sie braucht keine Erinnerung daran, nett zu sein – weder zu Tim noch zu sonst wem –, und besonders nicht von ihrer kleinen Schwester. Jedenfalls ist sie froh, dass Tim da ist. Es macht Spaß, manchmal einen Gleichaltrigen zum Reden zu haben, und er ist sehr lustig, obwohl er auch still und nachdenklich wirkt.

»Keine Ahnung, was bei Tim schiefgelaufen ist«, hat Mattie zu ihr gesagt, »nur, dass seine Beziehung zu seiner Freundin ziemlich plötzlich auseinandergegangen ist. Er sagt, er muss sich neu orientieren, wünscht sich aber Zeit, um darüber nachzudenken.«

Charlotte sieht nach Oliver, der in seinem Bettchen fest schläft. Leise schließt sie die Tür, geht nach unten und steckt sich das lange blonde Haar mit einer Haarspange hoch. Wenn sie Glück hat, hat sie eine Stunde Zeit. Sie könnte an der Website weiterarbeiten, die sie für ein Hotel in der Nähe entwirft, oder sie könnte den Bügelberg abtragen. Er ist ziemlich hoch, aber das ist zum Teil ihre eigene Schuld, weil sie sich diese Woche erboten hat, Williams Bügelwäsche zu erledigen.

»Du bist einfach großartig«, sagte Tante Kat bewundernd. »Als hättest du mit dem lieben Ollie und Wooster nicht genug zu tun.«

Aber die Sache ist die, dass sie *gern* viel zu tun hat. Es ist besser, beim Aufwachen einen Tag voller unterschiedlicher Aktivitäten vor sich zu haben, als ins Leere zu starren. Das hat sie auch Tante Kat gesagt, die daraufhin meinte, manche Menschen seien vollkommen zufrieden damit, einfach vor sich hin zu sehen. Gelegentlich fragt sich Charlotte, was Tante Kat macht, wenn sie mit ihrem kleinen Auto davonfährt und hierhin und dorthin saust, doch sie fragt nicht – und Ollie liebt Tante Kat über alles. Trotz ihrer mangelnden Häuslichkeit – »ich bin einfach nicht der mütterliche Typ, Schatz« – geht sie toll mit dem Baby um.

Charlotte öffnet die Haustür und schlendert mit Wooster auf den Fersen in den Hof hinaus. Im letzten Herbst haben Andy und sie die alten Holzkübel, die sie in den Ställen gefunden hatten, angestrichen und Blumenzwiebeln hineingesetzt: Schneeglöckchen, Narzissen, Krokusse und Tulpen. Jetzt, Ende März, wirken die Narzissen, die überall wachsen, wie goldene Lichtinseln, und lila Krokusse leuchten vor dem Hintergrund der sie umgebenden grauen Steinmauern. Die große offene Scheune auf der Nordseite des Hofes ist bis auf Charlottes kleines Auto leer, und in der nach Süden gehenden Scheune, wo sie Feuerholz aufbewahren, hängt vorn in der Sonne Wäsche auf der Leine.

Wooster läuft auf dem Hof herum und hebt am Torpfosten halbherzig das Bein, während Charlotte auf einer Holzbank sitzt und zwischen den hohen Steinmauern hindurch und über das Tor mit den fünf Querstreben zum Haupthaus sieht: kein Geräusch, keine Bewegung.

»Schade eigentlich, dass euer Cousin Francis ganz allein dort lebt und ihr hier draußen«, hat sie vor einigen Monaten einmal zu William gesagt. »All dieser verschwendete Platz. Tante Kat und du könntet ihm Gesellschaft leisten.«

Charlotte mag Francis, der oft im Hof sitzt und mit ihr plaudert und der Verständnis für die Einsamkeit und Verantwortung hat, die zum Leben einer Marine-Ehefrau gehören.

William wirkte leicht unbehaglich – doch ihr ist aufgefallen, dass er generell dazu neigt, Diskussionen über Cousin Francis aus dem Weg zu gehen. Er murmelte etwas davon, der alte Knabe sei vollkommen glücklich mit seiner kleinen Truppe, die regelmäßig bei ihm hereinschaut, um sich um seine Bedürfnisse zu kümmern: Moira, die pensionierte Gemeindeschwester, die jeden Morgen und Abend nach ihm sieht und ihn zu Terminen fährt; Stella, die mit dem Fahrrad aus dem kleinen Dorf heraufkommt, um zu putzen und zu kochen, und ihr Mann Rob, der sich um das Grundstück kümmert.

Trotzdem hat Charlotte das Gefühl, dass es deutlich an Organisation fehlt. Die beiden Cottages, in denen Tim und sie jetzt zur Miete wohnen, haben monatelang leer gestanden, nachdem seine letzten Bewohner, Rentner, die ebenfalls früher für Cousin Francis gearbeitet hatten, zu ihrer jüngeren Familie gezogen waren. Wenn William und Tante Kat in das Haus zögen und die Cottages richtig vermarktet würden, könnte man damit gute Einnahmen erzielen. Und so, wie das Haus aussieht, könnte es eine Schönheitskur gut brauchen. Aber William und Kat scheinen zufrieden damit zu sein, alles laufen zu lassen. Sie leben friedlich zusammen wie ein altes Ehepaar, obwohl Tante Kat (oder Irina Bulova, der Name, unter dem sie in ihrem Beruf bekannt ist) so gar nicht alt oder verheiratet wirkt.

»Sie hat auf der ganzen Welt alle Hauptrollen getanzt«, hat Andy Charlotte erklärt. »Und dann hat sie sich der Choreografie zugewandt. Sie hatte einen polnischen Liebhaber, der Komponist war. Er hat Musik speziell für sie komponiert, eine Art Jazzballett, und ihre Arbeit gewann Kultstatus. Er ist nach New York gegangen, und sie hat ihn begleitet. Vor ungefähr zwei oder drei Jahren ist er sehr plötzlich und auf sehr tragische Art gestorben, und da ist sie nach Hause zurückgekehrt. Sie ist hergekommen, um sich zu erholen. Dad betet sie an. Das tun wir alle.«

Und da ist sie, fährt in ihrem winzigen Auto auf den Hof, winkt Charlotte zu und parkt in der Scheune. Die Fahrertür öffnet sich, und ein langes, elegantes Bein schießt hervor.

Bei Kat wirkt jede Bewegung elegant, denkt Charlotte ein bisschen neidisch. Wie macht sie das nur?

Groß, schlank, das ungebärdige Haar zu einem lockeren Knoten geschlungen, tritt Tante Kat in den Sonnenschein. Ein breites, strahlendes Lächeln liegt auf ihrem schmalen Gesicht.

»Auszeit?«, fragt sie. »Machst du eine Pause?«

Sie bückt sich, um Wooster liebevolle, anerkennende Worte zuzuflüstern, und er wedelt sanft mit dem Schwanz und nimmt ihre Komplimente mit majestätischer Nachsicht zur Kenntnis.

»Ich müsste arbeiten«, gesteht Charlotte, »aber ich konnte mich nicht dazu aufraffen, wieder hineinzugehen.«

»Natürlich nicht.« Tante Kat setzt sich neben sie, hält das Gesicht in die warme Märzsonne und schließt die Augen.

»Tage wie diese sind ein Geschenk der Götter. Man sollte sie immer dankbar annehmen.«

»Warst du einkaufen?«, fragt Charlotte müßig.

Dumme Frage: Tante Kat scheint nie auf gewöhnliche, alltägliche Art einzukaufen. Nie sieht man sie mit Tragetaschen, die vor langweiligen Grundnahrungsmitteln bersten. Ein Blumenstrauß, ja; ein entzückend nutzloses Spielzeug für Oliver; ein hübsches Porzellanteil. »Hab's auf dem Markt entdeckt, Liebes. Konnte nicht widerstehen.«

William ist derjenige, der Brot, Käse, Eier und Milch einkauft und die Essenspläne aufstellt.

»Er ist kulinarisch zurückgeblieben«, meint Tante Kat fröhlich. »Erträgt nicht die geringste Andeutung von Gewürzen, also überlasse ich das Kochen lieber ihm. Gutes Internatsessen.«

Charlotte wirft einen Seitenblick auf Tante Kats überschlanken Körper und ihre langen Beine und fragt sich, ob sie überhaupt jemals etwas isst.

»Ich habe mich mit jemandem getroffen, der möchte, dass ich einen Vortrag halte«, erzählt Tante Kat gerade. Sie hat die Augen noch geschlossen und streichelt Wooster die Ohren. »In einem Ballett-Studio in Newton Abbot. Nett von den Leuten, mich zu fragen.«

»Du bist immer noch berühmt«, meint Charlotte lächelnd.

Tante Kat schlägt die Augen auf und strahlt sie an. »Aus allen möglichen verkehrten Gründen. Wegen der vielen Liebhaber, meiner Choreografie, weil ich mit Gyorgy nach New York durchgebrannt bin … Ich war immer ein bisschen avantgardistisch. Heutzutage wäre daran natürlich nichts Bemerkenswertes.«

»Du wirst immer bemerkenswert bleiben«, sagt Charlotte

immer noch lächelnd. »Du kannst nichts dagegen tun. Es ist eine Gabe.«

»Liebes«, erwidert Tante Kat sichtlich gerührt von dieser Anerkennung. »Das ist sehr süß von dir. Ich sage dir etwas. Ich gehe hinein, koche uns Kaffee und komme damit nach draußen, und wir trinken ihn in der Sonne.«

»Oh ja, bitte«, antwortet Charlotte dankbar. William sucht zwar das Essen aus, aber Tante Kat kauft den Kaffee, deswegen ist der richtig gut. »Das wäre toll.«

Jetzt ist sie an der Reihe, die Augen zu schließen und sich zu entspannen. Es ist so herrlich, hier mit Wooster in der Sonne und der ländlichen Stille zu sitzen und sich auf Tante Kats Kaffee zu freuen. Die Website kann warten.

Kat kocht Kaffee. Sie mahlt die Bohnen und stellt zwei hübsche Bechertassen und Milch für Charlotte heraus. Dann sucht sie ein paar Plätzchen aus und legt sie auf einen kleinen Teller. Es ist gut für Charlotte, einen Moment in der Sonne zu haben, ohne dass Oliver oder die Arbeit Ansprüche an sie stellen. Kat lächelt, während sie darauf wartet, dass der Kaffee durchläuft. Für Charlotte und Andy und Mattie ist sie gern Tante Kat, genau wie für Ollie, der immer größer wird. Das ist ihre Familie. Sie fühlt sich wieder stärker, glücklich und verliebt in das Leben, obwohl sie ihre Freunde vom Theater, aus der Welt des Tanzes, zu vermissen beginnt. Aber im Moment ist es gut, Andy und Charlotte und das Baby um sich zu haben – und jetzt Tim. Sie liebt es, unter jungen Menschen zu sein. Es war richtig, nach Gyorgys Tod herzukommen, zu William, nach Brockscombe. Sie ertrug die alten Stammlokale nicht, das gut gemeinte Mitgefühl langjähriger Freunde. Sie brauchte Veränderung und Frieden, um wieder zu sich zu finden, um zu trauern. Es war wundervoll, nach all den Jahren wieder mit William zusammen zu sein, ihn nach seiner Trennung von Fiona und dem Tod seiner Mutter zu unterstützen. Sein Vater, Kats Onkel, war vor einigen Jahren verstorben, und ihr eigener Vater – ein polnischer Kampfpilot – war gestorben, als sie noch ein Kind war. William und sie hatten stets die Sommerferien zusammen verbracht, und zwischen ihnen bestand ein starkes Band.

Hier sind sie zusammen glücklich, obwohl immer die Unsicherheit der Zukunft über ihnen schwebt: Was wird aus ihnen allen, wenn Francis stirbt?

»Ich traue Francis' Söhnen nicht«, sagte William neulich erst wieder.

»Aber sie können uns doch sicher nicht einfach hinauswerfen«, gab Kat zurück.

William schnaubte daraufhin verächtlich. »Wir haben auf sechs Monate befristete Mietverträge. Sicher ist nichts.«

Sie munterte ihn auf, wie sie es immer tat, und dann sprachen sie darüber, dass sie Optionen hatten und nach einem anderen Haus suchen könnten, obwohl keiner von ihnen diese kleine Familiengruppe auseinanderreißen wollte. Aber jetzt, während Kat den Kaffee kocht, schleicht sich ein nagendes Unbehagen in ihr Glücksgefühl. Wäre es wirklich möglich, dass sie alle eines Tages – vielleicht sogar in nicht allzu ferner Zukunft – Brockscombe verlassen müssen?

Sie schiebt den Gedanken energisch beiseite, gießt den Kaffee in eine große Warmhaltekanne und trägt das Tablett hinaus in den Hof, wo Charlotte in der Sonne wartet.

2. Kapitel

Heute liegen wieder Blumen da. Die kleine Steinstatue ist nur etwas über einen Meter groß und steht beinahe ganz versteckt am Waldsaum. Früher einmal lag hier eine Lichtung, aber die Büsche sind in die Höhe gewachsen, und Moos hat die gepflasterte Fläche rund um den Sockel überwuchert, sodass Tim die Statue rein zufällig entdeckt hat. Er vermutet, dass sie einen Pan darstellt: Schmale steinerne Finger schlingen sich um seine Flöte, er hält einen Arm in die Höhe und hebt ein molliges Knie, als sehnte die kleine Figur sich danach zu tanzen.

Tim ist gerührt darüber, wie sorgfältig jemand Narzissen durch diese angezogenen Finger gefädelt hat. Ein Lorbeerzweig, gepflückt von einem Busch in der Nähe, steckt in der Ellenbeuge. Er fragt sich, wer die kleine Statue so liebt, dass er sie mit Blumen beehrt.

Als Tim zum ersten Mal darüber stolperte, welkten in Pans steinerner Hand Schneeglöckchen vor sich hin, und eine Efeugirlande war um seinen Hals geschlungen. Heute sind die Narzissen frisch gepflückt, und Tim schaut sich um, um festzustellen, ob jemand in der Nähe ist. Wenn er auf dem Gelände oder im Wald westlich von Brockscombe spazieren geht, hat er gelegentlich das Gefühl, beobachtet zu werden. Er steht still und blickt in die Runde, doch die einzige Bewegung stammt von einem davonhuschenden Kaninchen, das trockenes Laub aufwirbelt, und einem plötzlich auffliegenden Eichelhäher. Genau hier befindet sich in der Hecke ein Zaunübertritt. Tim ist schon einmal darüber und auf das Feld geklettert, das dahinterliegt. Die Schafe hoben die Köpfe und beobachteten ihn ein paar Minuten lang neugierig, um dann weiterzugrasen, doch es schien keinen sichtbaren Fußweg und keine Wegweiser zu geben, daher kletterte Tim wieder zurück und ging durch den Wald seiner Wege.

Als er heute dort steht und dem Vogelgezwitscher lauscht, sieht er zwischen dem modrigen Laub und den spitzigen, harten Bucheckern etwas silbrig aufblitzen. Er bückt sich und hebt ein kleines Spielzeugauto auf, das Modell eines Jaguar. Es erinnert ihn an das Spielzeug, das er als Kind hatte, und als er es jetzt auf seiner Handfläche hin- und herfahren lässt, scheint der Wald zu verschwimmen und zu verschwinden, und er ist wieder ein Kind und liegt im warmen Wohnzimmer auf dem Teppich. Spielzeug ist um ihn herum verstreut, und sein Vater kniet neben ihm. Wie groß sein Vater ist, wie stark! Heute ist er glücklich. Obwohl Tim noch keine fünf ist, weiß er, dass sein Vater nicht immer froh ist. Manchmal ist er sehr still. »Lass mich in Ruhe!«, faucht er dann, wenn Tim ihn am Arm fasst und ihn bittet, mit ihm zu spielen. Er reißt den Arm weg, sodass Tim das Gleichgewicht verliert, und manchmal wirft er ihn um. Das macht alles noch schlimmer. Obwohl Tim gelernt hat, nicht zu weinen, kommt seine Mutter dann hereingeeilt, und die beiden streiten auf eine schreckliche, leise Art, mit unterdrückten, zornigen Stimmen, die furchteinflößender sind, als schrien sie einander an.

Manchmal schreit Mummy auch. »Fass das nicht an, das ist heiß!« »Steig nicht auf den Stuhl, sonst fällst du!«

Diese Art von Schreien versteht er. Auf merkwürdige Art fühlt er sich dabei sicher. Aber dieses erbitterte Fauchen im Flüsterton verursacht ein schreckliches, verkrampftes Gefühl in seinem Inneren, und er will etwas tun, ganz gleich, was, damit die beiden damit aufhören. Einmal hat er mit einem seiner Modellautos geworfen und eine Tasse zerbrochen, und sein Vater hat so laut gebrüllt und mit der Faust auf den Tisch geschlagen, dass seine Mutter Tim auf den Arm genommen hat und mit ihm aus dem Zimmer gerannt ist. Es war ein kleines, silbernes Auto, das Modell eines Jaguar.

Als Tim jetzt feuchte, schmutzige Spuren von dem glänzenden Metall wischt, geht ihm auf, dass vielleicht ein Junge aus dem kleinen Ort auf der anderen Seite des Feldes kommt, um dem Pan die Blumen in die Hand zu geben. Möglich, dass er das Spielzeug verloren hat. Noch einmal sieht Tim sich um und fragt sich, ob das Kind sich hinter den Bäumen versteckt, ihn beobachtet, um zu sehen, was er tut, und Angst hat, sich zu zeigen. Angst, weil es ein Privatgrundstück betreten hat.

Behutsam setzt Tim das Auto auf den Sockel, neben den kleinen Fuß des Pan, berührt die rauen, mit winzigen Löchern übersäten Zehen und wendet sich dann ab. Während er davongeht, überlegt er, ob er die anderen fragen soll, ob sie von den Blumen wissen; doch ein Instinkt rät ihm zur Verschwiegenheit. Tante Kat geht gelegentlich auf dem Gelände spazieren, aber er hat sie noch nie auf diesen zugewucherten Pfaden gesehen. Charlotte muss sich auf den Fahrweg beschränken, wo es einfacher ist, Oliver in seinem Kinderwagen zu schieben, und Wooster nicht allzu schmutzig wird. Und William geht gar nicht spazieren. Er singt in einem Chor im Ort und arbeitet in seinem Garten. Francis lässt sich selten draußen blicken, obwohl er ab und zu, auf seinen Stock gestützt und zu einem Plausch bereit, auf dem Hof auftaucht. Doch die Pflege des Grundstücks und der Wälder überlässt er Rob, dem Gärtner.

Wer also besucht den Pan und bekränzt ihn mit Blumen?

Gerade als die Uhr elf zu schlagen beginnt, biegt William in die Church Close ein und passiert den Kirchhof. Er trifft sich mit Fiona, ist jedoch fast zu spät dran – fast, aber nicht ganz. Er spürt die vertraute Mischung aus Beklommenheit und Groll, die seit ihrer Trennung ein unausgesprochener Teil der Beziehung zu seiner Noch-Ehefrau ist. Fiona war diejenige, die ihn um ein Treffen an diesem Vormittag gebeten hat, statt wie üblich nach Brockscombe zu kommen, um Charlotte und Oliver zu besuchen, und William ist neugierig – und nervös. Fast fünf Jahre ist es her, seit Fiona von einem Headhunter für ein Londoner Architekturbüro angeworben wurde, nachdem sie brillante Entwürfe für den Umbau einiger Wohnungen am Wasser in Salcombe erstellt hatte. Sie war ehrgeizig, sehnte sich nach Veränderungen und vermisste Andy, der die Marine-Akademie in Dartmouth verlassen hatte und auf See war, und konnte nicht begreifen, warum William so strikt dagegen war, nach London zu ziehen.

»Ich bin ein Mann vom Lande«, erklärte er ihr. »Das weißt du doch, Fi. In London würde ich mich überhaupt nicht wohlfühlen. Außerdem ist meine Arbeit hier. Ich weiß, dass meine Steuerkanzlei im Vergleich zu einem großen, schicken Londoner Architekturbüro nichts Besonderes darstellt, aber sie gehört mir. Ich habe loyale, schwer arbeitende Angestellte und treue Klienten. Ich will sie nicht alle verlassen und nach London gehen.«

Also begann sie, wöchentlich zu pendeln – doch bald ging es mit ihrer Beziehung bergab. Ihre neuen Kollegen, ihr neues Leben und anspruchsvolle Projekte füllten sie vollkommen aus, und sie gab sich sehr wenig Mühe, ihre zunehmende Ungeduld mit seiner Provinzialität zu verbergen. Durch ihre Augen konnte William sehen, wie klein ihr seine Welt und ihr Haus in Ashburton inzwischen vorkamen und wie leer ihr Leben ohne Andy war, der immer seine Freunde mit nach Hause gebracht hatte. William fühlte sich nicht in der Lage, dem gerecht zu werden, damit zu konkurrieren. Er hatte ein schlechtes Gewissen, weil er es nicht über sich brachte, sein Leben für ihres zu opfern, und war gekränkt, weil sie so bereitwillig alles wegwarf, was sie sich gemeinsam aufgebaut hatten. Und schließlich beschlossen sie, sich zu trennen. Keine Scheidung – Andy zuliebe und auch aus finanziellen Gründen –, aber eine freundschaftliche Trennung. Das Haus wurde verkauft, der Erlös zwischen den beiden aufgeteilt, und William zog nach Brockscombe. Andy verbrachte seinen Landurlaub bis zu seiner Heirat teilweise in London und teilweise in Devon.

Fiona mochte ihre Schwiegertochter gern, doch William wusste, dass sie enttäuscht darüber war, dass ihr Sohn sich für ein Mädchen aus der Gegend entschieden hatte. Dadurch würde er noch stärker Wurzeln in Devon schlagen. Andy, der inzwischen in Devonport stationiert und oft auf See war, hatte weniger Zeit, seinen Heimaturlaub in Fionas kleinem Gästezimmer in London zu verbringen, obwohl Charlotte und er sie besuchten, sooft sie konnten – und dann kam Oliver zur Welt.

Jetzt veränderte sich Fionas Blickwinkel: Sie betete ihren Enkel an und versuchte, ihre kleine, schicke Wohnung kinderfreundlich auszustatten.

»Obwohl das ziemlich unmöglich ist«, meinte Charlotte zu William. »Wir können uns nicht zu dritt in ihr winziges Gästezimmer quetschen, und sie hat nur eine Dusche, keine Badewanne.«

Als Andy und Charlotte nach Brockscombe zogen, begann Fiona, sie öfter zu besuchen. Sie stieg im *Cott Inn* in Dartington ab und fuhr nach Brockscombe, um Zeit mit Oliver zu verbringen.

Dieses Mal allerdings hatte William keine Ahnung gehabt, dass sie hier war. Ihre SMS, in der sie ihn bat, sich mit ihr zu treffen, kam unerwartet, kurz nachdem er in seiner Kanzlei in Ashburton angekommen war. Er antwortete, er treffe sich in Totnes mit einem Klienten, und schlug Fiona vor, vor dem Termin zusammen einen Kaffee trinken zu gehen.

Jetzt zögert William in den Schatten am Ende der Church Close, sieht zu dem Café auf der anderen Seite der High Street und entdeckt Fiona, bevor sie ihn sieht. Sie hat sich einen der Tische am Fenster ausgesucht und blickt nach rechts und nach links, hält auf der Straße Ausschau nach ihm.

Ein seltsames Gefühl ist das, sie durch die Glasscheibe zu beobachten wie eine Fremde, als spähte er sie aus. Ihr bis zum Schlüsselbein reichendes, glänzendes dunkles Haar, das mit silbrigen Klemmen zurückgesteckt ist, diese schnellen, entschlossenen Kopfbewegungen; alles an ihr ist ihm so vertraut. Es erinnert ihn an vergangene Zeiten – und hat immer noch die Macht, ihn anzurühren. Als er die Straße überquert, sieht sie ihn kommen und winkt. Sie wirkt lebhaft und aufrichtig erfreut, ihn zu sehen, was ihn noch stärker verunsichert.

»Hi, Wills«, sagt sie, als er an ihren Tisch tritt, steht halb auf und beugt sich vor, um ihn zu küssen. »Danke, dass du so kurzfristig gekommen bist.«

»Ist schon okay.« Unbeholfen und verlegen steht er da. »Warum hast du nicht gesagt, dass du herkommst?«

»Setz dich doch«, erwidert sie, als hätte sie sein Unbehagen gespürt und amüsierte sich darüber. »Steh nicht so über mir. Ich habe dir einen Americano bestellt.«

Williams Verärgerung nimmt zu. Zum einen ragt er mit

seinen ein Meter siebzig selten über jemandem auf, und zweitens ärgert es ihn ein wenig, dass sie ihn so gut zu kennen glaubt, um ihm den Kaffee zu bestellen. Er spürt den Drang, sich kindisch zu benehmen, zu behaupten, er trinke keinen Kaffee mehr; doch er setzt sich, sieht sie an und zieht die Augenbrauen hoch.

»Also, wieso diese Heimlichtuerei und das Schweigen?«, fragt er.

Fiona runzelt leicht die Stirn und beißt sich auf die Lippen; dann lacht sie, ein kurzes, selbstironisches Schnauben. »Ich weiß nicht recht, wie ich anfangen soll«, gesteht sie, »aber ich sage es einfach freiheraus. Ich wollte dich allein treffen, ohne dass die anderen schon davon erfahren. Ich möchte, dass du deinen Cousin fragst, ob ich das Cottage in Brockscombe mieten kann.«

Er starrt sie an. Seine Gedanken springen zwischen Szenarien hin und her, die zu diesem außerordentlichen Vorschlag passen. Es gelingt ihm gerade eben, sich ein »Warum denn das in aller Welt?« zu verkneifen.

Seine Miene bringt sie erneut zum Lachen – doch ihre Belustigung hat etwas Gezwungenes, Verlegenes.

»Ich weiß, ich weiß«, sagt sie und hebt die Hände, als wollte sie seine unausgesprochene Frage abwehren. »Klingt ein bisschen verrückt. Aber die Sache ist die …« Sie hält inne, wendet den Blick von ihm ab und sieht aus dem Fenster. »Ich überdenke mein Leben, Wills.«

Jetzt ist er ruhig und sehr argwöhnisch. Er beobachtet sie und wartet darauf, dass sie fortfährt. Wieder sieht sie ihn an, bis sein Schweigen sie zum Weitersprechen zwingt.

»Schätze, ich werde älter, und das ändert die Perspektive, nicht wahr?«

William wartet immer noch mit hochgezogenen Augenbrauen, als rechnete er damit, dass sie noch mehr zu sagen hat.

»Na, du weißt ja, wie das ist. Es hat mit Werten zu tun, mit dem, was wirklich wichtig ist.« Fiona unterbricht sich, denn sein Schweigen verunsichert sie sichtlich, und beugt sich vertraulich auf ihn zu. »Okay, mir fehlt meine Familie. Ich würde den kleinen Ollie und Andy gern öfter sehen. Und natürlich Charlotte. Und sogar dich, Wills.«

Zu seiner Erleichterung wird der Kaffee serviert, und Fiona lehnt sich zurück und errötet ein wenig. Dadurch hat Will einen Moment Zeit, wieder zu sich zu kommen und seine Gedanken zu sortieren, und dann sieht er Fiona an.

»Du musst mir verzeihen, wenn das ein kleiner Schock für mich ist«, sagt er leichthin.

Fionas Erleichterung darüber, dass er es gelassen aufnimmt, ist offensichtlich. Sie holt tief Luft, lacht leise. »Für mich auch«, räumt sie ein. »Es ist einfach … Na, ich finde, es ist den Versuch wert. Das Cottage mieten und an Wochenenden und in den Ferien herkommen. Meine Wohnung ist nicht wirklich für ein Baby geeignet, und ich sehe Andy kaum noch.«

»Die Sache ist nur die«, antwortet er ruhig, nimmt seine Tasse und trinkt einen Schluck. »Das Cottage ist vermietet.«

Sie starrt ihn an. »Vermietet?« Sie klingt schockiert, empört. »Was meinst du? Du hast mir nichts davon erzählt.«

Er zwingt sich zu einem betrübten Gesichtsausdruck und zuckt leicht mit den Schultern. »Ich hätte nicht gedacht, dass es dich interessiert. Ein Freund von Mattie hat es für sechs Monate gemietet. Keine Ahnung, wie lange er bleiben will.«

Sie wirkt so bestürzt, dass sie ihm beinahe leidtut. Beinahe, aber nicht ganz.

»Hast du mit Andy über diesen Plan gesprochen?«, fragt er.

»Nein, natürlich nicht«, gibt sie zurück. Sie hat sich noch nicht von ihrem Schock erholt. »Du weißt doch ganz genau, dass er auf See ist. Ich kriege nur ab und zu eine SMS.« Ungläubig schüttelt sie den Kopf. »Dieses Cottage hat monatelang leer gestanden.«

»Hmmm«, pflichtet Will ihr bei und segnet Tim innerlich, »aber so geht das nun einmal. Ich muss allerdings zugeben, dass ich ein wenig überrascht bin, Fi. Ich meine, Brockscombe? Du behauptest immer, dort sagten sich Fuchs und Hase Gute Nacht.«

»Ich weiß, ich weiß. Es hat sich eben einiges verändert. Ich möchte wieder eine engere Verbindung zu meiner Familie. Ist das denn so schwer zu begreifen?«

Sie sieht aus dem Fenster. Die Freude ist ihr verdorben, und ihre Aufregung ist erloschen. William beobachtet sie.

Du hast dich zu neuen Ufern aufgemacht, denkt er. Jetzt willst du einfach zurückspaziert kommen, als hätte sich nichts verändert.

Er fragt sich, wie Andy auf Fionas Plan reagieren würde. Und Charlotte und Kat. William war gerührt, als Charlotte fragte, ob sie das Cottage mieten könnten, und erfreut darüber, dass Andy und sie so nahe bei ihm leben wollten. Er ist sich nicht so sicher, wie Fiona in die kleine Gemeinschaft in Brockscombe passen würde. Er selbst, das weiß er, würde es hassen, sie wieder so nahe zu wissen, nachdem er so schmerzhaft gelernt hat, ohne sie zu leben. Aber hätte er das Recht, sich gegen ihren Einzug zu stemmen?

Seine Erleichterung darüber, dass das momentan gar nicht zur Debatte steht, ist sehr groß.

»Vielleicht könntest du ja hier oder in Ashburton etwas mieten«, schlägt er vor.

»Im guten alten Ashbucket?« Merkwürdig zu hören, dass Fiona Ashburton immer noch beim alten Spitznamen – »Ascheimer« – nennt, mit dem die Einheimischen ihre Stadt belegen. »Zu teuer nur für das Wochenende und die Ferien. Außerdem ist das nicht der Punkt. Ich möchte vor Ort sein. Ich möchte Oliver öfter sehen und ein Teil seines Lebens sein. Ein Familienmitglied und nicht jemand, der nur gelegentlich hereinschneit. Das kannst du doch sicher verstehen, Wills, oder?«

Natürlich kann er das. Er hat die große Freude und das Privileg, dass seine kleine Familie in seiner Nähe lebt, obwohl er dafür sorgt, dass sie ausreichend Privatsphäre hat. Kat und er nehmen sich keine Freiheiten heraus.

»Und außerdem«, sagt er, »könnte Andy anderswohin versetzt werden. Sogar ins Ausland. Es wäre töricht, sich darauf zu verlassen, dass sie in Brockscombe bleiben.«

Sie starrt ihn an. Ihre Freude von eben ist vollständig verflogen. »Aber ihren Hauptwohnsitz hätten sie doch noch in Brockscombe, oder?«

Er zuckt mit den Schultern. »Wer will das wissen? Wenn Francis einmal stirbt, müssen wir uns ohnehin alle etwas Neues suchen. Wir müssen einfach das Beste daraus machen, solange wir können.«

»Für dich sagt sich das so leicht«, versetzt sie scharf.

William trinkt den Kaffee aus. »Ja, so ist es. Tut mir leid, Fi. Ich kann nichts tun.«

»Du könntest mir Bescheid geben, wenn dieser neue Mieter auszieht.«

»Ja, das kann ich. Hör mal, ich muss zurück in die Kanzlei.« Er zögert. »Bist du länger hier, oder ist das nur eine Stippvisite?«

»Ich habe für zwei Nächte reserviert. Ich hatte gehofft, heute vorbeikommen und mir das Cottage ansehen zu können.« Sie unterbricht sich. »Wahrscheinlich würde dein alter Cousin mir nicht ein paar Zimmer in seinem großen, leeren Haus vermieten, oder?«

Lachend steht William auf. »Keine Chance. Dann kommst du uns später besuchen?«

»Ja«, sagt sie. »Ich schreibe Charlotte eine SMS, um zu hören, ob sie da ist.«

Er nickt, bückt sich, um sie auf die Wange zu küssen, und tritt hinaus in den hellen Frühlingssonnenschein.

3. Kapitel

Fiona sieht ihm nach und bestellt dann noch einen Kaffee. Sie war sich so sicher gewesen, so voller Zuversicht, dass ihr Plan aufgehen würde, dass sie nicht recht weiß, was sie als Nächstes anfangen soll. Nie wäre sie auf die Idee gekommen, Cousin Francis würde eins der Cottages an jemanden vermieten, der nicht zur Familie gehört. Nachdem die alten Bediensteten ausgezogen waren, hatte Andys Cottage über ein Jahr leer gestanden. Und jetzt ist das andere …

Fiona seufzt, ein kurzer, scharfer, frustrierter Atemzug. Der Plan ist so gut, dass sie es nicht erträgt, ihn aufzugeben. In letzter Zeit nimmt sie jedes Mal, wenn sie nach London zurückkehrt, die Erinnerung an die kleine Welt von Brockscombe mit, an das Lachen, die Nähe – den Familiensinn, auf den sie vor fünf Jahren verzichtet hat, als sie ihre Karriere an die erste Stelle setzte.

Vielleicht war es damals ja ungerecht von ihr gewesen zu behaupten, als Steuerberater könne William überall arbeiten, sie jedoch könne dieses einzigartige Angebot nicht ausschlagen. Schließlich gehörte er seiner Kanzlei seit zwanzig Jahren an; er war direkt nach der Universität eingetreten und hatte schwer gearbeitet, bis er zum Partner aufgestiegen war. Trotzdem …

Fiona stützt die Ellbogen auf den Tisch, hält die Kaffeetasse mit beiden Händen fest und sieht auf die Straße hinaus. Damals war die Verlockung durch London, ein Spitzen-Architekturbüro – und natürlich Sam –, unwiderstehlich gewesen. Sam Deller, der Mann an der Spitze, dessen Cousin eine der

Wohnungen in Salcombe gekauft und Sam gegenüber von Fiona gesprochen hatte, hatte sie am stärksten von allem angezogen. Er war witzig, klug, entschlossen, erfolgreich. Sam bekam immer, was er wollte – und er hatte Fiona gewollt. Sie hatte seinem Charme, seinen Komplimenten und vor allem dem Umstand, dass er dabei war, sich in sie zu verlieben, nicht widerstehen können. Was für eine machtvolle Wirkung das auf sie hatte! Wie außerordentlich, brillant und begehrenswert sie sich durch ihn fühlte! Hatte es nicht einmal einen Song darüber gegeben? *Falling in love with love …?*

Nachdenklich nippt Fiona an ihrem Kaffee. Wie gewöhnlich der arme alte Wills neben Sams Glanz ausgesehen hatte! Seine Ziele hatten so banal gewirkt. Wenn sie am Wochenende nach Hause, nach Ashburton, kam, konnte nichts mehr mithalten: die herrlichen langen Spaziergänge über das Moor, die sie früher beide liebten, der Spaß bei einer köstlichen Tasse Kaffee mit Dave und Steve im *Studio Teashop*, glückliche Abende mit Freunden in der Weinbar. Diese Vergnügen waren verblasst im Vergleich zu allem, was London – und Sam – ihr boten.

Als sich zwei Jahre später Sams Frau von ihm scheiden ließ, hatte Fiona wirklich geglaubt, sie würden zusammenkommen, bis sie erkannte, dass es noch andere Frauen gab, denen Sam das Gefühl schenkte, etwas Besonderes, brillant und begehrenswert zu sein, neue Frauen, die viel jünger waren als sie. Merkwürdigerweise war das fast eine Erleichterung, als wäre ein Bann gebrochen. Dennoch war ihr erst kürzlich bewusst geworden, dass etwas Wichtiges in ihrem Leben fehlte.

Fiona stellt die Tasse ab, drückt mit den Fingern gegen ihre Schläfen und schiebt ihr Haar zurück. Sie weiß noch genau, in welchem Moment sie diese Veränderung gespürt hat. Es war, als Andy ihr Oliver in den Arm legte. »Da, Grandma«, sagte er. »Sag Oliver Hallo.«

Sein Gewicht und seine Wärme, das winzige runzlige Gesicht, das federleichte lockige Haar – all das zerriss ihr das Herz. Sie sah auf ihn hinunter und hätte angesichts des Wunders des Lebens fast geweint.

»Er sieht aus wie du«, brachte sie heraus.

»Hab Erbarmen, Mum«, protestierte Andy. »Der arme kleine Kerl ist erst zwei Tage alt. Tu uns beiden einen Gefallen.«

»Er ist wunderschön«, sagte sie.

Mit ihm in den Armen saß sie da, wollte ihn gar nicht mehr hergeben und sah zu, wie er unvermittelt den Mund zu einem Gähnen aufriss wie ein Kätzchen und die winzigen Finger spielen ließ, die wie Krabben wirkten. Dann begann er zu weinen. Charlotte holte ihn sich schnell, um ihn zu füttern, und mit einem Mal befand Fiona sich inmitten eines lärmenden Trubels aus glücklichen, lachenden Menschen: William und Kat und Matties und Charlottes Eltern. Und ganz plötzlich erkannte Fiona, dass sie beinahe eine Fremde war, eine Außenseiterin, die für ein paar Stunden aus London gekommen war, um ihren Enkel kennenzulernen. Von einem Moment zum anderen hatte sich alles verändert.

Vorher war sie nur zu Besuch gekommen, wenn Andy Landurlaub hatte. Sie gab sich keine große Mühe, eine Beziehung zu Charlotte aufzubauen, obwohl die Schwiegertochter ihr in der Londoner Wohnung immer willkommen war. In Devon kam es Fiona gelegen, im *Cott Inn* abzusteigen. Dann schlug sie vor, Andy solle vorbeikommen, während Charlotte arbeitete, um ein Bier zusammen zu trinken oder zu Mittag zu essen, oder sie lud die beiden zum Abendessen ein. So konnte sie ihre Unabhängigkeit wahren. Nun, da sie sich regelmäßige Besuche wünscht, um Oliver zu sehen, fällt es ihr schwer, Charlotte darum zu bitten, in der winzigen Abstellkammer übernachten zu dürfen, die sie zu Anfang abgelehnt hat. Genauso unmöglich erscheint es ihr, plötzlich William und Kat zu fragen, ob sie bei ihnen wohnen kann. Bei jedem Besuch fühlt sie sich ein wenig mehr als Außenseiterin. Sie sieht ein, dass sie sich wirklich aktiv beteiligen und vollkommen vertraut mit jedem Aspekt seiner kleinen Welt sein muss, um einen Platz in Olivers Leben zu haben.

In gewisser Weise eigenartig, denkt Fiona jetzt, während sie ihren Kaffee austrinkt und in ihrer Tasche nach ihrem Handy sucht. Eigenartig, weil sie Andy gegenüber nicht besonders mütterlich war – jedenfalls nicht, dass sie sich erinnern könnte. Vielleicht lag es daran, dass er von Natur aus ihr gehörte, niemand ihn ihr streitig machte und sie sich ihres Platzes in seinem Leben sicher war. Oh, natürlich gab es noch William – und er war ein sehr guter Vater gewesen –, doch sie hatte bei Andy an erster Stelle gestanden. Natürlich kann sie nicht erwarten, bei Oliver an erster oder auch nur an zweiter Stelle zu stehen, aber sie kann trotzdem hoffen, einen besonderen Platz in seinem Leben einzunehmen.

Fiona schiebt die Kaffeetasse weg und beginnt, eine SMS an Charlotte zu tippen.

Charlotte und Tante Kat sitzen immer noch friedlich in der Sonne und trinken Kaffee. Charlotte starrt auf die SMS. Ihr wird das Herz schwer, und Ärger steigt in ihr auf, doch dann nimmt sie sich zusammen. Schließlich ist Fiona ihre Schwiegermutter und Olivers Großmutter.

»Was ist?«, fragt Tante Kat und sieht sie neugierig an. »Doch keine schlechten Nachrichten? Du schaust ziemlich finster drein.«

Charlotte schüttelt den Kopf. »Nein. Ich bin nur ein bisschen erstaunt. Anscheinend ist Fiona hier und fragt, ob sie zum Mittagessen kommen kann. Normalerweise schneit sie doch nicht unangekündigt herein, oder? Sie hat sich immer früh genug bei uns gemeldet.«

»Merkwürdig ist das schon«, pflichtet Tante Kat ihr bei. »Wirst du Ja sagen?«

»Ich weiß nicht.« Bei der Aussicht, dass Fiona so kurzfristig verpflegt werden will, fühlt Charlotte sich leicht verärgert. »Ich wollte einen Teller Suppe essen, nichts Besonderes.«

Am liebsten würde sie erklären, dass sie für ihre Schwiegermutter gern das volle Programm abspult: Das Haus soll ordentlich und sauber sein, Oliver trägt etwas, das Fiona ihm geschenkt hat, und sie kocht etwas Besonderes. Es ist immer leichter, wenn Andy da ist, um Fiona abzulenken, sie zum Lachen zu bringen und sie zu unterhalten, obwohl sich viel verändert hat, seit Oliver auf der Welt ist. Fiona ist vollkommen vernarrt in ihn und kommt sogar zu Besuch, wenn Andy unterwegs ist.

»Ich nehme an, Fiona isst Suppe«, meint Tante Kat. »Oder du könntest sagen, dass du nicht da bist, sie aber zum Tee kommen kann.«

»Ich bin doch da«, wendet Charlotte ein. »Angenommen, sie würde trotzdem auftauchen? Sie könnte einfach hier vorfahren in der Hoffnung, William wäre zu Hause.«

»Na, dann sind wir eben alle ausgeflogen«, erklärt Tante Kat fröhlich. »Du und ich und Ollie essen im *Riverford* oder im Gartenzentrum Staverton Bridge zu Mittag. Wir bringen etwas Leckeres zum Tee mit, und da kann Fiona gern dazukommen. Wie wäre es damit?«

Charlotte beginnt zu lachen. »Du bist sehr böse, Tante Kat.«

»Du darfst dich von ihr nicht einschüchtern lassen. Schreib zurück und schlag halb vier vor.«

»Soll ich?«

»Selbstverständlich. Mach schnell. Wir haben schon Viertel vor zwölf. Sie könnte in einer halben Stunde hier sein, und du musst Ollie noch fertig machen.«

Charlotte tippt die Nachricht, wobei sie leise Schuldgefühle beschleichen, während Tante Kat rasch die Kaffee-Utensilien wegräumt. Im Cottage beginnt Oliver zu schreien, und Charlotte springt auf und läuft eilig hinein. Wooster hebt den Kopf, um sich umzusehen, stößt einen tief empfundenen Seufzer aus, lässt sich wieder fallen und schläft in der Sonne weiter.

Als Fiona in Brockscombe ankommt, in der Scheune neben Kats Smart parkt und über den Hof in Charlottes Cottage geht, stellt sie verdutzt fest, dass in der großen Wohnküche, die den größten Teil des Erdgeschosses einnimmt, eine kleine Party im Gang ist.

Oliver sitzt, an die Lehne gestützt, mit Kat auf dem Sofa; Charlotte nimmt Kuchenstücke aus einer Schachtel, und ein schmal gebauter junger Mann stellt Teller auf den Tisch. Sie reden, lachen über einen Scherz, den jemand gemacht hat, und wirken entspannt und vertraut miteinander; und sofort empfindet Fiona das gleiche Gefühl des Ausgeschlossenseins, das sie schon zuvor gespürt hat. Als hätte sie das Recht verwirkt, Teil dieser Gruppe zu sein. Sie starrt den jungen Mann an, fragt sich, ob er der neue Mieter ist, und ist erstaunt darüber, dass er sich anscheinend so ohne Weiteres einfügt. Schon empfindet sie ihm gegenüber eine gewisse Feindseligkeit; er hat sich in ihrem Cottage eingenistet.

»Hi«, sagt sie munter – und alle drehen sich zu ihr um.

»Wie schön, dich zu sehen, Fiona!« Kat steht auf. »Das ist eine nette Überraschung.«

Ohne die Stütze durch Kat kippt Oliver langsam zur Seite und beginnt zu weinen, und Fiona ignoriert Kat, eilt an ihr vorbei und nimmt ihn hoch.

»Ollie«, sagt sie liebevoll. »Nicht weinen, Liebling. Ich bin's. Granny.«

Sie hält ihn auf dem Arm und lässt ihn sanft auf und ab hüpfen, und er hört auf zu schreien und starrt sie staunend an. Er dreht den Kopf, als wollte er sich versichern, dass immer noch vertraute Gesichter um ihn sind, und Fiona drückt ihn, damit er sich entspannt.

»Fiona, das ist Tim«, sagt Charlotte gerade. »Er wohnt jetzt in Nummer drei« – und während Fiona immer noch das Baby auf dem Arm hält, dreht sie sich um und sieht den blonden jungen Mann an. »Das ist Andys Mutter, Fiona«, erklärt Charlotte Tim.

Fiona nickt ihm zu und lächelt ihn nicht allzu freundlich an. »Hi!«

Er erwidert ihr Lächeln, aber sein Blick ist leicht verstörend; ein forschender Blick, als durchschaute er die Fassade ihrer Höflichkeit und sähe, was dahinterliegt: ihr Gefühl, ausgeschlossen zu sein, ihr Bedürfnis, ein Teil von Olivers Welt zu sein, ihre neue Einsamkeit. Fiona runzelt kaum wahrnehmbar die Stirn. Dieser schmale blonde Junge verunsichert sie, was verrückt ist, und sie drückt Oliver fester an sich wie einen Schutzschild gegen ihr Unbehagen.

Tim steht mit seinem Tee und seinem Stück Kuchen im Hintergrund und beobachtet die drei Frauen. Bei seiner Heimkehr war er verblüfft und leicht beunruhigt darüber gewesen, dass er zu der Teeparty dienstverpflichtet wurde.

»Wir brauchen Sie«, erklärte Tante Kat, die neben dem Auto auftauchte, als er den Motor abstellte und die Tür öffnete. »Fiona ist unerwartet aufgetaucht, und Charlotte ist ein ganz klein wenig nervös. Wir haben leckeren Kuchen aus dem *Riverford* mitgebracht, also werden Sie gut verpflegt.«

Er kletterte hinaus und lächelte ihr zu. »Klingt dramatisch. Wer ist Fiona?«

»Williams Noch-Ehefrau und Charlottes Schwiegermutter. Bis heute Vormittag hatten wir keine Ahnung, dass sie in der Gegend ist. Sie hat eine SMS geschickt und gefragt, ob sie vorbeikommen kann, also haben wir sie zum Tee eingeladen. Und dann hat William sich per SMS gemeldet, während wir zu Mittag gegessen haben. Er hat uns mitgeteilt, sie hoffe, Ihr Cottage mieten zu können, damit sie am Wochenende und in den Ferien kommen kann. Charlotte war bei dieser Aussicht etwas bestürzt. Und das ist noch milde ausgedrückt. Bitte, lieber Tim, lassen Sie nicht durchblicken, dass Sie in näherer Zukunft ausziehen wollen.«

Er konnte sich eines Lachens nicht erwehren. »Aber was ist so verkehrt an Fiona?«

»An ihr ist gar nichts verkehrt«, erklärte Tante Kat, während sie den Hof überquerten. »Sie kann sogar richtig nett sein. William und sie haben sich vor fünf Jahren getrennt, nachdem sie einen Spitzenjob in London angenommen hatte, und wir waren alle ziemlich abgemeldet – nun ja, bis auf Andy. Aber jetzt sind wir plötzlich wieder interessant und begreifen nicht ganz, warum. Na ja, der Grund ist natürlich Oliver.«

Die unbekannte Fiona tat Tim ein wenig leid. »Ich nehme an, als seine Großmutter …«

»Sie liebt ihn«, sagte Tante Kat. »Natürlich liebt sie ihn. Es ist nur so, dass es ein wenig taktlos ist, sich fünf Jahre lang distanziert und unnahbar zu verhalten und dann plötzlich zu erwarten, wieder an den Busen der Familie gedrückt zu werden, weil man wie früher dazugehören will. Verstehen Sie?«

»Ja, das sehe ich ein«, antwortete er. »Also, warum soll ich dabei sein? Nur damit ich mir darüber im Klaren bin.«

»Weil Ihre Anwesenheit dafür sorgen wird, dass es zivilisiert zugeht«, sagte Tante Kat. »Reißen Sie sich am Riemen, mein Lieber! Drei Frauen, die sich alle ein wenig bedroht fühlen. Das wird zwangsläufig knifflig. Wir brauchen den bodenständigen männlichen Einfluss.«

Er lachte. »Oliver ist doch auch noch da.«

»Und denken Sie daran«, mahnte sie, während sie in Charlottes Cottage traten, »dass Sie für immer hierbleiben.«

Kurz nahm sie seinen Arm und lächelte ihm zu, und der Schmerz zerriss ihm das Herz, vertrieb die Freude, die er in ihrer Gesellschaft immer empfand, und quälte ihn.

»Ich wünschte, es wäre so«, murmelte er verbittert und folgte ihr ins Haus.

Und hier steht er, beobachtet die drei Frauen, studiert ihre Körpersprache und hört, was nicht laut ausgesprochen wird. Es ist, als schärfte die Vorahnung seines eigenen Endes seine Wahrnehmung anderer Menschen. Inzwischen passiert das ständig, doch er sagt nichts. Stattdessen sieht er zu. Er bemerkt, dass Charlotte leicht aus dem Gleichgewicht geraten ist; sie weiß, dass Fiona in Oliver vernarrt ist, hat Verständnis für Fionas Mutterinstinkte und freut sich darüber, dass sie ihren Enkel liebt. Aber Charlottes Miene – ein leises, höfliches Lächeln, das ihre argwöhnisch dreinblickenden Augen nicht ganz erreicht – zeigt auch Unmut, weil Fiona ohne Rücksicht auf die anderen Familienmitglieder ihren Anspruch anmeldet. Tim vermutet, dass Charlotte sich um Williams willen in der Defensive fühlt, der so nett zu ihr und Oliver ist – und den Andy liebt. Doch Tim hat den Verdacht, dass Charlotte weiß, dass sie hier alle Trümpfe in der Hand hält und es ihr sehr schwerfallen wird, der Versuchung zu widerstehen, ihre Macht auszuspielen.

Tante Kat wirkt ein wenig unbeteiligt, wehrt Fionas taktlosere Bemerkungen über die richtige Art, ein Baby großzuziehen, ab und scheint das Drama beinahe zu genießen. Ständig bezieht sie Charlotte als Olivers Mutter ein und betont ihre Tüchtigkeit und Aufopferungsbereitschaft.

»Erstaunlich«, meinte Tante Kat, »wie Charlotte das alles allein schafft, nachdem Andy so oft fort ist und die Last nicht mit ihr teilen kann. Sie hält mit ihrer Arbeit mit, entwirft wunderbare Websites, kümmert sich um Oliver und führt Wooster aus. Sie erledigt sogar Williams Bügelwäsche.«

Fiona sieht sie kühl an. »William sollte selbst bügeln.«

»Ich übernehme das nur gelegentlich«, sagt Charlotte gereizt. »Hör mal, leg doch Oliver ab, damit du deinen Tee trinken kannst. Auf dem Sofa ist er gut aufgehoben.«

»Nein, wir sind zufrieden, was, Ollie?« Fiona lässt Oliver auf ihrem Arm hüpfen. »Wir müssen die Gelegenheit zum Kuscheln doch ausnutzen, oder, Süßer?« Sie trinkt einen schnellen Schluck aus ihrer Tasse und stellt sie zurück auf den Tisch.

»Dann bist du wie immer im *Cott* abgestiegen?«, fragt Tante Kat fröhlich. »Wir hatten ja keine Ahnung, dass du hier bist. Wusste William davon?«

»Nein«, sagt Fiona. Sie wirkt leicht befangen. »Nein, das war ein ziemlich spontaner Einfall.«

Sie sieht auf Oliver hinunter und mag keiner der beiden anderen Frauen in die Augen schauen, und Tim weiß, dass sie gerade entscheidet, ob sie die Wahrheit sagen soll oder nicht. Er erkennt beinahe den Moment, in dem sie beschließt, die Vorsicht in den Wind zu schlagen: das kleine Atemholen, das Recken der Schultern und das trotzige Hochziehen der Augenbrauen.

»Eigentlich«, erklärt sie fast beiläufig, »wollte ich mit William eine Idee besprechen, und ich wollte es persönlich tun. Um seine Reaktion zu testen. Ich habe mich heute Morgen in Totnes mit ihm getroffen.«

»Wie aufregend«, erwidert Tante Kat in einem beinahe vertraulichen Plauderton, als säßen sie bei einem Mädchenabend zusammen. »Was in aller Welt könnte das sein?«

Sie fängt Tims Blick auf und wirft ihm ein leises Zwinkern zu, und er kann sein Grinsen nicht ganz bremsen.

Fiona sieht Charlotte mit gerecktem Kinn an. »Ich hatte gehofft, das andere Cottage als Ferienhaus zu mieten, damit ich öfter herkommen kann, um euch alle zu besuchen. In den Ferien und zu Weihnachten, so etwas in der Art. Ich wusste nur nicht, dass dieser junge Mann« – sie sieht Tim kurz an – »mir zuvorgekommen ist.«

Ihr Blick ist beinahe feindselig und das darauf folgende Schweigen verlegen. Selbst Tante Kat fällt keine passende Retourkutsche ein.

»Ich hätte nie gedacht«, setzt Fiona hinzu, »dass der alte Cousin Francis das Cottage an einen Fremden vermieten würde.«

»Tim ist kein Fremder«, versetzt Charlotte schnell und fast verärgert. »Er ist ein Freund von Mattie. Sie waren in London Kollegen.«

Tim ist gerührt, weil sie so rasch zu seiner Verteidigung herbeieilt, und sieht, dass Fiona ihre taktlose Wortwahl bedauert.

»Na, ihr wisst doch, was ich meine«, sagt sie ungeduldig. »An niemanden, der nicht zur Familie gehört. Schließlich hat das Cottage seit Ewigkeiten leer gestanden. Die Mieter waren immer entweder Verwandte oder Personal. Francis hat es nie an einen …« Sie zögert, sucht nach einem Wort; »Außenseiter« ist wohl kaum passend.

»Nein, hat er nie«, stimmt Tante Kat zu, die sie versteht. »Und das hat er jetzt auch nicht. Tim ist ein Freund der Familie. Wir haben großes Glück, dass er nach Brockscombe gekommen ist. Schließlich hätte wohl keiner von uns geahnt, dass du zurückkehren willst, Fiona. Du hast uns ja nicht besonders regelmäßig besucht, oder?«

Damit trägt sie den Krieg ins feindliche Lager, und Tim ist beeindruckt, wenn auch leicht entsetzt über Tante Kats Verwegenheit, besonders angesichts des Umstands, dass sie ihm eingeschärft hat, alles solle zivilisiert bleiben.

»Ich muss zugeben«, sagt er gewandt, stellt seinen Teller ab und tritt ein kleines Stück nach vorn, »dass es mir hier außerordentlich gut gefällt. Ich bin so froh, dass Mattie mir von dem Cottage erzählt hat. Leid tut mir allerdings, dass ich Ihnen zuvorgekommen bin.«

Fiona ist noch von Tante Kats Frage abgelenkt und starrt ihn an, und er sieht, dass sie wieder an Boden gewinnen will, obwohl sie sich immer noch darüber ärgert, dass er gewissermaßen ihr Feind ist.

»Dann haben Sie hier in der Gegend Arbeit gefunden?«, fragt sie. »Ist ein bisschen entlegen hier draußen, oder? Vermissen Sie London nicht?«

Am liebsten möchte er lachen – oder weinen –, aber er

antwortet wahrheitsgemäß, jedenfalls bis zu einem gewissen Punkt. »Ich habe mir unbezahlten Urlaub genommen«, erklärt er. »Ich bereite mich auf die nächste Phase meines Lebens vor.«

Er sieht, dass er sie leicht aus dem Gleichgewicht gebracht hat, und ihm fallen Tante Kats Worte ein: »Denken Sie daran, dass Sie für immer hierbleiben.«

»Um ehrlich zu sein«, setzt er hinzu, »kann ich mir inzwischen nicht mehr vorstellen, anderswo zu leben.«

Er schaut Fiona an und weiß, dass er der Wahrheit näher gekommen ist, als sie je ahnen wird, und wünscht sich, sie wäre umgänglicher. Sie sieht ihn stirnrunzelnd an, als verwirrte er sie, und wendet sich dann ab.

»Jemand noch Kuchen?«, fragt Tante Kat. Oliver beginnt zu quengeln, und Charlotte nimmt ihn Fiona ab.

»Er muss gewickelt werden«, erklärt sie. »Noch Tee, Tim?«

Zögernd lässt Fiona Oliver los. »Vielleicht könnte ich helfen, ihn zu baden?«, fragt sie hoffnungsvoll.

»Ja, natürlich«, antwortet Charlotte.

Und plötzlich hat sich die ganze Dynamik verändert, und Tim stößt einen Seufzer der Erleichterung aus; der schwierige Moment ist vorbei.

4. Kapitel

Als William am nächsten Morgen in seine Kanzlei in Ashburton fährt, geht ihm Fiona nicht aus dem Kopf. So engen Kontakt zu ihr hatte er schon eine Weile nicht, und das bringt ihn aus dem Gleichgewicht. Seit Andy und Charlotte nach Brockscombe gezogen sind, hatten sie etwas häufiger miteinander zu tun, aber nicht oft. Fiona macht deutlich, dass sie Andy – und in letzter Zeit Ollie – besuchen kommt, und bei einigen dieser Besuche hat William sie überhaupt nicht zu Gesicht bekommen.

Jetzt ist alles anders. Am vergangenen Abend, als er aus der Kanzlei kam, war sie noch in Brockscombe, und ihr Auto parkte auf seinem Stellplatz in der Scheune, sodass er seines auf dem Hof abstellen musste. Kat hörte Musik, die wie eine Mischung aus modernem Jazz und mittelalterlichen Madrigalen klang, und las in einem Manuskript. Ein Freund, Miche Brot, ein Tänzer und Choreograf, der seine Memoiren schreibt, hat sie gebeten, es daraufhin zu überprüfen, ob seine Aussagen faktisch richtig sind. Er schickt ihr jedes Kapitel, sobald es fertig ist, und sie genießt das Ganze außerordentlich.

»Wir sind gerade in Leningrad«, erklärte sie und wedelte mit einer Seite in Williams Richtung. »In den 1970ern. *La Fille mal gardée*. So, wie Miche es erzählt, klingt es so aufregend. Ich kann mich nur noch daran erinnern, dass wir immer gefroren haben und hungrig waren.« Sie sah William aufmerksamer an. »Geht's dir auch gut?«

»Fiona«, erklärte er knapp. »Wie ich sehe, ist sie noch hier.«

»Sie hat geholfen, Ollie zu baden, und dann hat Charlotte sie zum Abendessen eingeladen. Gut, dass du uns vorgewarnt hast. Charlotte war ihretwegen etwas nervös.«

»Fiona hat mich vollkommen auf dem falschen Fuß erwischt«, gestand er ärgerlich. »Ich meine, kannst du dir vorstellen, dass sie nebenan wohnt? Zu Weihnachten und Ostern hier ist? Am Wochenende auftaucht?« Noch beim Sprechen beschlich ihn ein schlechtes Gewissen; schließlich wohnte er gleich neben Charlotte und Oliver – und Andy, wenn er zu Hause war –, warum also sollte Fiona das nicht tun? »Gib mir keine Antwort darauf«, sagte er und setzte sich an den Tisch. »Erzähl mir von Leningrad.«

Inzwischen ist ihm klar, dass sein Zorn tief in seinem Groll wurzelt. Er dachte, er sei darüber hinweg, aber die quälende, beißende Eifersucht steigt erneut auf, der fast schon vergessene Schmerz darüber, dass Fiona ihn nach über zwanzig glücklichen Jahren so einfach abgelegt hat. Von Sam hatte sie ihm schon ziemlich früh erzählt. Sie konnte einfach nicht anders. Die Sehnsucht danach, den geliebten Namen auszusprechen und sich jemandem anzuvertrauen, war stärker als jedes Gefühl von Anstand oder auch nur Rücksichtnahme. Sie musste reden, wieder und wieder davon erzählen, während William sie ungläubig und hilflos beobachtete und ihr zuhörte. Es war, als erwartete sie von ihm, ihre frisch entflammte Leidenschaft zu verstehen und sogar zu akzeptieren, als wäre es natürlich, dass er diese Unterstützerrolle in ihrem neuen, aufregenden Leben annahm. Der liebe, langweilige alte William, abgestiegen zum neuen treuen Freund. Sie hatte ein Recht darauf, glücklich und verliebt zu sein. Ihre Gefühle hatten Vorrang vor seinen und Andys Empfindungen zu haben.

William denkt darüber nach, während er die A38 überquert und die Nebenstraße nach Ashburton einschlägt. So war es immer schon gewesen. Vielleicht hat er dieses Verhalten damals, ganz zu Anfang, als er verliebt in sie war, ja gefördert. Fiona war anspruchsvoll, amüsant, getrieben. Ihre Energie und ihr Ehrgeiz gefielen ihm. Er war so stolz auf sie. Es erstaunte ihn nicht, dass eine Londoner Agentur einen Headhunter auf sie angesetzt hatte, obwohl die Aussicht darauf, wie sich ihre Arbeitsstelle in London mit dem Leben hier vereinbaren lassen sollte, ihn entsetzte. Als Fiona sah, dass er nicht bereit war, seine Lebensweise für diese neue, unerprobte zu opfern, hatte sie ihn davon überzeugt, dass eine Wochenend-Ehe die Lösung sein und sie vielleicht teilweise von zu Hause aus arbeiten könnte. Mit Sam hatte keiner von beiden gerechnet. Wie es schmerzte, als er zuerst etwas ahnte, ihr an den Augen ansah, dass sie ihm etwas verheimlichte! Als er das flüchtige Lächeln auf ihren Lippen und die verstohlenen Blicke auf ihr Handy bemerkte. Merkwürdigerweise sorgte es zu Beginn dafür, dass sie sich ihm gegenüber großzügiger, liebevoller verhielt. Als er sie darauf ansprach, machte sie einen Scherz daraus: Da war dieser Mann, einer der Direktoren, der in sie verschossen war. Das war alles ein wenig verrückt, ein wenig »durchgeknallt«.

Wann, fragt sich William jetzt, war Sam eigentlich vom Witz zur Bedrohung geworden? War Fiona zuvor leicht überdreht gewesen, wirkte sie jetzt verdrossen. Sie begann sich über Williams Verdacht, über seine Fragen zu ärgern. Als sie sah, dass er sich nicht einfach damit zufriedengab, dazusitzen und zuzusehen, wie sie glücklich war, und ihren Geschichten aus London, den Anekdoten von Sam, der ihr nachstellte, zuzuhören, ging sie auf Distanz. Jetzt wurde deutlich, dass ihr gemeinsames Leben in Ashburton ihr einfach nicht genügte, und als er sie schließlich vor die Wahl stellte, entschied sie sich für London.

Manchmal fragt er sich, ob sie das Ganze als Spiel gesehen hat – schließlich wollte sie keine Scheidung – und sie vielleicht immer noch insgeheim glaubte, zurückkommen zu können, sobald das Spiel zu Ende war.

William schüttelt den Kopf: Das ist zu weit hergeholt, die Vorstellung zu kompliziert. Trotzdem fühlt er sich bedroht – und hilflos.

Kat trainiert. Jeden Tag benutzt sie die Schiene an ihrem Rayburn-Herd als Ballettstange und absolviert ihr Programm: Pliés, Battements, Ports de Bras. Sie hält sich gern fit, hoch aufgerichtet, geschmeidig. Miches Autobiografie hat sie erschüttert, an vergangene Zeiten erinnert und einen Hunger in ihr erweckt.

»*Erinnerst du dich an* Jazz Calendar?«, hat Miche auf eine Karte geschrieben, die dem letzten Kapitel beilag. »*Das erste Mal, als wir in* Friday's Child *zusammen getanzt haben?*«

Natürlich erinnert sie sich. Kat stellt sich auf die Zehenspitzen, dreht sich um. Mit der rechten Hand an der Stange beginnt sie, die Linke ausgestreckt, ihre Pliés »auf der anderen Seite«. Als sie gerade achtzehn war, hatte sie das narzisstische *Monday's Child* getanzt: Androgyn, elegant, die Hände flach auf die Schenkel gelegt, hatte sie vor einem imaginären Spiegel posiert. Später, als sie in Miches Tanzensemble eintrat, hatten sie zu Richard Rodney Bennetts Jazzmusik den anzüglichen »Liebend und gebend«-Pas de deux aus *Friday's Child* getanzt – »Sex durch Klassik«, wie jemand sagte. Was hatten sie damals für einen Spaß gehabt! Und wie viele Tränen, Wutanfälle und welche Freude hatte es gegeben! Als Kat ihr eigenes Talent als Choreografin entdeckte – die aufregenden Vorarbeiten in einem kleinen, abgelegenen Studio, das Formen der jungen Tänzer, sich bei den Schritten von Gyorgys Musik inspirieren zu lassen –, hatte Miche sie ermuntert und unterstützt.

»Komm zurück zu uns«, sagt er ab und zu am Telefon zu ihr. »Komm nach Hause, Irina. Es ist noch Arbeit zu tun. Du hast lange genug um Gyorgy getrauert.«

Im Herbst will er Tänzer für ein neues Musical im West End vortanzen lassen, und er möchte, dass sie mit ihm an der Choreografie arbeitet. Die Verlockung ist sehr groß. Doch Kat hat Angst, ihr Talent könnte zusammen mit Gyorgy gestorben sein, sie könnte zu alt sein …

»Zu alt?«, brüllt Miche verächtlich, wenn sie davon spricht. »Unsinn, Liebes! Sieh dir doch Gillian Lynne an.«

Das sagt er immer, und tatsächlich ist Gillian Lynne ihr großes Vorbild.

»Ich denke darüber nach«, antwortet sie Miche dann. »Ehrlich. Lass mir Zeit.«

»Du hast keine Zeit«, gibt er dann grob zurück. »Ich will dich bei dieser Produktion mit an Bord haben, Irina.«

Doch es ist schwer, daran zu denken, Brockscombe zu verlassen, wo sie seit ihrer Kindheit ihr erstes richtiges Zuhause gefunden hat. Hier hat sie Sicherheit, Frieden, eine Familie. All die Jahre hatte sie nur schäbige Unterkünfte und trostlose gemietete Zimmer gekannt, zugige Gemeindehäuser und stickige Studios, Züge, Flugzeuge und Gepäck.

Ein Klopfen an der Tür, eine Stimme, die »Hallo, jemand zu Hause?« ruft, holen sie aus ihren Gedanken, und sie reißt die Küchentür auf und sieht Cousin Francis, der sich auf seinen Stock stützt, auf der Schwelle stehen. Der bloße Anblick seiner hochgewachsenen, knochigen Gestalt, seiner braunen Augen, die sich bereits zu dem vertrauten Lächeln verziehen, wärmt ihr das Herz.

»Francis«, sagt sie. »Liebster Francis! Wie geht es dir?«

Langsam und vollkommen unbeeindruckt von ihren Leggins, dem übergroßen Sweatshirt und den weichen Ballettschuhen folgt er ihr in die Küche; er hat Kat schon oft trainieren sehen.

»Mir geht's gut«, antwortet er. »Ich habe beschlossen, dass ich einen kleinen Ausflug brauche. Also bin ich schnell mit dem Treppenlift hinuntergefahren, und da bin ich.«

Sie umarmt ihn vorsichtig, spürt seinen knochigen Brustkorb und ist sich seiner Gebrechlichkeit bewusst. »Kaffee?«

»Oh ja, bitte. Also, was ist los?«

Mit der Kaffeekanne in einer Hand dreht sie sich um. »Los?«

Francis zuckt mit den Schultern. »Ich habe nur so ein Gefühl, da könnte etwas im Busch sein.«

»Nun ja.« Sie beschäftigt sich mit dem Kaffeekochen, überlegt dabei, wie viel sie ihm sagen soll, und entscheidet sich für die Wahrheit. »Wir hatten unerwarteten Besuch von Fiona. Sie wünscht sich einen Stützpunkt in der Nähe, um Ollie häufiger sehen zu können. Genauer gesagt, hatte sie sich Hoffnungen auf das dritte Cottage gemacht.«

Er zieht die Augenbrauen hoch, und sie bricht in Gelächter aus. »Na, du kannst es dir vorstellen. Die Katze im Taubenschlag, liebster Francis. Zum Glück haben wir Tim vor Ort! Unsere Fi war nicht besonders erfreut. Tim war großartig.«

Sie stellt die Kaffeekanne und Becher auf den Tisch und setzt sich Francis gegenüber. »Was hältst du von Tim?«, fragt sie beiläufig.

Sein Blick schweift von ihr ab, und er sieht in die Ferne, als wäre er in der Lage, tief in Tims Kopf und Herz zu blicken. Francis tut das oft; und es vermittelt Kat immer das merkwürdige Gefühl, mit jemandem zusammen zu sein, der Zugang zu einer zusätzlichen Dimension hat, der Dinge sehen und hören kann, die sich ihr entziehen. Es ist, als zöge er eine Weisheit zurate, die größer als seine eigene ist, und Kat beobachtet ihn und hält fast den Atem an.

»Ich mag ihn gern«, sagt Francis, »aber ich spüre, dass er ein Geheimnis hat. Ich kann nicht entscheiden, ob er vor etwas davon- oder auf etwas zuläuft.«

»Vielleicht nimmt er sich ja wirklich nur eine Auszeit. Du weißt schon. Zwischen einer Sache und der nächsten?«

Francis' Blick kehrt wieder zu ihr zurück, und er lächelt ihr beruhigend zu. »Sehr wahrscheinlich. Hat Mattie ihn schon besucht?«

Kat quittiert die Frage mit einem Stirnrunzeln. »Nein. Warum?«

Francis zuckt mit den Schultern. »Ich hatte mich das nur gefragt. Und du?«

»Ich?« Leicht abgelenkt schenkt sie Kaffee ein und überlegt dabei, ob er wohl ihre Gedanken lesen kann. »Was soll mit mir sein?«

»Nimmst du dir immer noch deine Auszeit?«

Kat holt tief Luft. »Warum fragst du?«

Er weist auf den unordentlichen Stapel am Tischende: das Manuskript mit dem Titel *A Dancer's Life For Me*, die Fotos von Tänzern und Bühnendekorationen, die daneben verstreut sind, eine CD von einem modernen Jazzkomponisten.

»Aber Brockscombe ist mein Zuhause«, sagt sie, als beantwortete das seine Frage.

»Tatsächlich?«

Schockiert starrt sie ihn an. »Was meinst du?«

»Zu Hause ist, wo man lebt und arbeitet und mit seinem Wesen verankert ist. Eine Zuflucht ist ein Ort, an dem man sich versteckt, um seine Wunden zu lecken und von seinem Schmerz zu genesen.«

»Du glaubst also, Brockscombe sei mein Zufluchtsort?«

»Wie lange ist es jetzt her?«

»Zwei Jahre, fast drei«, antwortet sie. »Er fehlt mir immer noch.«

Sein Blick bleibt an ihrer Trainingskleidung hängen. »Du wirst ihn immer vermissen. Ja, und? Du solltest dich davon nicht blockieren lassen.«

Kat beginnt zu lachen. »Danke für dein Mitgefühl, lieber Francis.«

»Mitgefühl.« Er schnaubt. »Das hilft niemandem weiter.« Francis beugt sich näher zu ihr. »Warum solltest du Mitgefühl wollen? Du hast all das …« Er zögert und tippt sich dann an den Kopf. »Und lässt *all das* verkümmern.« Mit einer Kopfbewegung weist er auf die CD. »Komm schon. Hören wir sie uns an!«

Sie zögert, steht dann auf und legt sie in den CD-Spieler, der im Regal steht. Die Küche ist erfüllt vom Klang einer spanischen Gitarre, von Trommeln und einem Schlagzeug, und Kat steht still da, während vor ihrem inneren Auge Bewegung, Farben und Umrisse Gestalt annehmen. Francis beobachtet sie und trinkt seinen Kaffee aus.

»Ich habe mir stets gewünscht, tanzen zu können«, meint er wehmütig. »Hatte aber schon immer zwei linke Füße.«

Blinzelnd sieht sie ihn an, als könnte sie ihn nicht klar erkennen, und geht dann zu ihm, beugt sich vor und küsst ihn auf die eingefallene Wange. »Du bist ein Segen«, sagt sie.

»Heißt das, ich kriege noch einen Kaffee?«
»Ja«, antwortet sie. »Das heißt es.«
»Und dann, liebe Kat, solltest du weitertrainieren.«
»Ja«, sagt sie. »Ja, weißt du, das sollte ich wohl wirklich.«

Francis bleibt in der Sonne stehen und ist dankbar für ihre Wärme. Langsam und vorsichtig geht er zur Vorderseite des Hauses, hält wieder inne und sieht über die Einfahrt und den kaum noch sichtbaren Abtrennungsgraben zum Wald hinaus. Hier, außerhalb des schützenden Hofes, ist es viel kälter; der vorösterliche Märzwind fegt den Himmel leer, sodass er klar und eisig blau ist. Francis kriecht tiefer in seinen Mantel hinein. Er denkt an Kats Frage und daran, was an Tim die Verbindung zu seiner – Francis' – Erfahrung darstellt. An dem jungen Mann erkennt er etwas wieder: Tim hält etwas zurück. Er ist ein Mann mit einem Geheimnis, vermutet Francis, der selbst ein Experte für Geheimnisse ist.

Während er die Frühlingsblumen betrachtet, die wie luftige Wolken wirken, und dem lauten Zetern der Vögel lauscht, ermahnt er sich, nicht überheblich zu sein. Es ist ihm nicht gegeben, all diese Menschen zu beschützen, die hier in Brockscombe zufällig zusammengefunden haben. Trotzdem hat er sie gern, seine kleine Ersatzfamilie – und sogar Tim, der ein Fremder für ihn ist, hat seine väterlichen Instinkte geweckt.

Merkwürdig, dass ein so junger Mann eine Auszeit braucht und eine gute Stelle aufgibt, um unter Fremden zu leben. Anscheinend hat er keine Familie, doch Mattie kennt ihn schon eine Zeit lang und mag ihn offensichtlich. Ihn kommen auch keine Freunde besuchen. Vielleicht ist es wahr, dass Tim eine neue Lebensorientierung sucht. Aber Brockscombe scheint eine merkwürdige Wahl dafür zu sein; es ist so entlegen und von der Welt abgeschnitten.

»Kümmere dich um deine eigenen Angelegenheiten«, sagt Francis sich – doch er betet um Weisheit für den Fall, dass plötzlich Hilfe nötig wird, und fühlt sich beruhigt, als er jetzt in sein Haus und seine Wohnräume im obersten Stock zurückkehrt.

5. Kapitel

Im April wehen heftige Stürme aus Südwest den kalten, lieblichen, zarten Frühling davon. Morsche Äste krachen von sich im Sturm biegenden Bäumen herunter, verteilen Zweige und totes Laub um sich herum und versperren die Fahrwege. Vom Sturm getriebene Wogen mit weißen Kämmen donnern heftig an die Klippen, reißen Felsbrocken, Steine und Geröll mit sich und lassen sie überall am Ufer wieder fallen. Kamine stürzen ein, schieferne Dachpfannen zerbrechen. Empfindliche Blüten liegen zermalmt und zerrissen wie Konfetti in Rinnen und Gräben. Schafe drängen sich mit ihren unbeholfenen, zitternden Lämmern unter einer schützenden Hecke, während über ihnen vor der Kulisse des dunklen, stürmischen Himmels Möwen wie Papierfetzen umhergewirbelt werden.

Fassungslos steht Tim vor diesem Bild elementarer Verwüstung. Noch nie ist er Zeuge so brutaler Gewalt gewesen; noch niemals hat er mit solcher Klarheit erkannt, dass der schwache Mensch keinerlei Kontrolle über das Universum hat. Nichts an seinem ruhigen Großstadtleben und seinen Auslandsreisen in die heiße Sonne hat Tim auf diese Erfahrung vorbereitet. Oh, er hat furchtbare Bilder im Fernsehen gesehen, hat Tragödien und Trauer aus zweiter Hand miterlebt, aber noch nie hat er gespürt, wie der Wind so heftig an seinen Kleidern riss, ihm ins Gesicht knallte und ihn vor sich hertrieb wie eben auf dem Weg zu seinem Wagen. Er ist entsetzt und beschwingt zugleich.

Während er nun über die Straßen am Rand des Moors fährt

und im strömenden Regen Ausschau nach peitschenden Ästen und rasch dahineilenden Wolken hält, fragt er sich, warum er keine Angst hat. Aber warum sollte er auch? Er hat nichts zu verlieren.

Diese Erkenntnis verstärkt seine Verletzlichkeit, sein Alleinsein. Spontan biegt er in eine Einfahrt ein, wo der Schlamm voller Fußspuren ist, und kramt in seiner Tasche nach dem Smartphone. Er scrollt herunter, tippt und hält das Handy ans Ohr.

Sie geht sofort ran. »Hi.«

Er entspannt sich und sinkt auf seinem Autositz ein wenig zusammen. »Hi, Mattie. Hör zu, ich fahre gerade auf einem kleinen, schmalen Feldweg durch diesen gewaltigen Sturm. So etwas habe ich noch nie zuvor erlebt.«

Sie lacht. »Du bist ja verrückt. Warum tust du das? So etwas kann gefährlich werden. Ein Baum könnte auf dein Auto fallen.«

»Ich weiß.« Er lacht mit ihr und spürt plötzlich wunderbare Freude in sich aufsteigen. Es war schon immer einfach, mit Mattie zu lachen. »Wann kommst du?«

Ein verblüfftes kurzes Schweigen. »Oh«, sagt sie dann, »ich bin mir nicht sicher. Normalerweise warte ich auf eine Einladung von Charlotte.«

»Du könntest herkommen. Ich meine, du könntest bei mir unterkommen.«

Wieder beginnt Mattie zu lachen. »Ja, das könnte ich. Ich meine, warum nicht?«

»Ja, wieso nicht?«

»Okay.« Sie klingt amüsiert und fasziniert zugleich. »Dann also dieses Wochenende?«

»Ich weiß, das ist sehr kurzfristig. Geht es denn?«

»Hm, so gerade eben. Ich fahre morgen nach der Arbeit los. Du wirst Charlotte Bescheid geben müssen. Immerhin wird sie erleichtert darüber sein, dass es ihr erspart bleibt, die Campingliege im Wohnzimmer oder der Abstellkammer aufzustellen.«

»Warum sollte sie etwas dagegen haben? Wenn ich anderswo wohnen würde, würdest du mich doch auch besuchen, oder?«

»Würde ich das? Ja, wahrscheinlich schon. Wenn du mich einladen würdest.«

»Na dann. Das ist toll.«

»Dann bis morgen Abend! Ich komme spät, vielleicht erst kurz vor zehn.«

Auf dem Heimweg begleitet ihn das Hochgefühl weiter. Die unheilbare Krankheit, die sich in ihn hineinfrisst, könnte verschwinden; vielleicht ist die Prognose falsch. Nur für heute, für diesen Moment, ist alles möglich.

Sein Optimismus gibt ihm Auftrieb, trägt ihn durch den Einkauf, die Suche nach Bettwäsche und Handtüchern, durch das Staubwischen und Staubsaugen, sodass er schon die Tür für sie geöffnet hat, als Mattie auf den Hof fährt und über die nassen Steinplatten poltert. Er zieht sie aus dem Regen ins Haus hinein, umarmt sie und sieht in ihr liebes Gesicht hinunter. Stark und zuversichtlich fühlt er sich, voller Hoffnung und Mut.

Mattie ist hier bei ihm in Brockscombe, und alles wird gut werden.

Das Hochgefühl trägt ihn in den Abend hinein, durch das Essen, das er für Mattie gekocht hat, und auf das Sofa, auf dem sie zusammen vor dem Holzofen sitzen und wo sie in die

Flammen sieht und an seiner Schulter einnickt. Sie ist warm und schwer, und er ist von einer beschützerischen Liebe zu ihr erfüllt und von sehnsüchtigem, verzweifeltem Begehren. Als sie aufwacht, sich kurz verwirrt umsieht und ihm dann zulächelt, zieht er sie an sich, küsst sie, und sie lieben sich. Die Erleichterung, diese Glückseligkeit – dieser intime leidenschaftliche Akt, von dem er geglaubt hat, ihn nie wieder zu erleben – überwältigen ihn mit solcher Dankbarkeit, dass er kurz lautlos und heftig aufschluchzt und sie fest an sich zieht, damit sie weder sehen noch spüren kann, dass er zittert.

Gemeinsam stolpern sie die schmale Treppe hinauf, erledigen in dem kleinen Bad das Nötige und fallen dann eng umschlungen in sein Bett. Die Nacht ist voller Liebe.

Samstag ist dann Familientag: Sie treffen sich mit Tante Kat und William, Mattie spielt mit Oliver, sie gehen mit Wooster am Fahrweg spazieren, und alle essen in Charlottes Cottage gemeinsam zu Abend.

Und am Sonntag nach dem Mittagessen fährt sie, hupend und durch das Fenster winkend, wieder davon. Alle sind da, um sie zu verabschieden, alle gehen davon aus, dass sie nach Brockscombe gekommen ist, um die ganze Familie zu besuchen, doch die Zeit, die Tim allein mit ihr verbracht hat, war kurz, aber etwas unglaublich Besonderes.

Leise huscht er davon und geht in das Gelände hinein, wo an den zugewachsenen Wegen, die sich durch den Wald schlängeln, Nieswurz und Immergrün blühen. Er denkt immer noch an Mattie und bemerkt seine Umgebung eigentlich nicht, sodass der freie Fleck ihn überrascht. In dem wild wuchernden Gras entdeckt er kleine Grabsteine und bleibt schockiert stehen: ein Friedhof. Nur einen Moment lang glaubt er, es müssten Kindergräber sein, bis er näher herangeht, sich bückt, um die Aufschriften zu lesen, und erkennt, dass hier Hunde beigesetzt sind: Mitzi, Benny, Jimbo … Zu jedem Namen gehört ein grob in den Stein gehauenes Bild. Hier ruhen Spaniels, Terrier und Labradore – und auf dem jüngsten Grab, dem eines Cairn Terriers namens Brack, liegt ein kleines Sträußchen Primeln.

Tim hockt sich in das nasse Gras vor dem Grab. Das Relief erweckt den kleinen Hund zum Leben, und er kann sich die gespitzten Ohren, die leuchtenden Augen und das kratzige, warme Fell vorstellen. Vor langer Zeit kannte er genau so einen kleinen Hund, der im Sonnenschein mit ihm rannte und auf dem Sofa mit ihm kuschelte. Sein Name war Ban.

Tim kauert immer noch vor dem Grab. Er beugt den Kopf und schließt die Augen, als könnte er so den vertrauten Kummer und die Schuldgefühle abwehren. Es ist, als spürte er unter seiner Hand wieder den Torriegel, der kalt, glatt und hart in seinen kleinen Fingern liegt. Tim erinnert sich daran, wie er seiner Mutter, die auf der anderen Straßenseite stand und gleich zu ihm herüberkommen würde, einen Gruß zurief. In der einen Hand trug sie die Einkaufstasche, und mit der anderen winkte sie ihm zu. Zu seiner Verblüffung öffnete sich mit einem Klicken der Riegel, das Tor schwang auf – das war ihm noch nie zuvor gelungen –, und blitzschnell schlüpfte Ban hinaus und flitzte auf die Straße, und Tim rannte ihm nach.

Er erinnert sich an den Schrei, mit dem seine Mutter voranstürzte, das Quietschen von Bremsen, das dumpfe Geräusch, mit dem Fleisch und Metall zusammenstießen. Tim konnte nur ihre Beine sehen, die in einem eigenartigen Winkel unter den Autorädern lagen, und die überall verstreuten Einkäufe.

Und dann kam sein Vater herausgeeilt und stieß Tim beiseite, und jemand nahm ihn auf den Arm und trug ihn davon.

Danach wollte sein Vater Ban weggeben, weil er seinen Anblick nicht mehr ertrug. Anscheinend konnte er überhaupt niemanden mehr um sich ertragen, ob Familienmitglieder oder Freunde. Er nahm eine Stelle im Ausland an, und Tim lebte fortan bei seiner Großmutter – mit Ban. Dem kleinen Hund vertraute er seine Tränen und seine Schuldgefühle an, seine Verwirrung, seine Angst. Ban war sein Freund, sein Trost und seine Verbindung zu allem, was er fast fünf Jahre lang gekannt und geliebt hatte.

Tim steht auf und fragt sich, wem Brack wohl gehört hat. Vielleicht dem alten Cousin Francis? Aber bestimmt ist es nicht Francis, der in diesem feuchten Wäldchen Wildblumen pflückt, um dem Pan oder dem Grab eines kleinen Hundes Ehre zu erweisen, oder?

Jetzt wünscht er, er hätte Mattie zu dem Pan mitgenommen – und als er an sie denkt, verrinnen der Mut und die Hoffnung, die ihn durch das Wochenende getragen haben, und er bleibt einsam und verängstigt zurück. Dieser elementare Moment während des Sturms hat seine Verteidigungsmechanismen eingerissen und seiner Liebe erlaubt, ihm vorzugaukeln, er könnte eine Zukunft mit Mattie haben. Seit Rachel ihn verlassen hat, hat er bewusst niemanden mehr an sich herangelassen. Dabei war das gar keine besonders ernste Beziehung gewesen, deswegen trauert er ihr auch nicht nach. Das Einzige, was er wirklich bedauert, ist, dass Mattie einen Freund hatte, als er sie kennenlernte; und dann, als die beiden sich trennten, waren Rachel und er bereits eine Beziehung eingegangen.

Tim steht auf dem Hundefriedhof, sieht sich um und versucht sich einzureden, dass es so das Beste war, dass Mattie ihn vielleicht ebenso abrupt verlassen hätte wie Rachel, nachdem sie von der Diagnose erfahren hatte. Wenigstens bemitleidet Mattie ihn nicht; er tut ihr nicht leid. Ihre Liebesnacht war echt und wunderbar, und er hat sich stark und lebendig gefühlt. Er hegt die Erinnerung und wärmt sich an ihrem Nachhall.

Als er sich umdreht, erhascht er einen Blick auf eine Bewegung zwischen den Bäumen, eine große dunkle Gestalt, die aus dem Blickfeld huscht. Tim hält inne, späht in den Wald hinein und fragt sich, ob das Rob war. Doch es ist niemand da. Plötzlich verspürt er das Bedürfnis nach Gesellschaft, nach Wärme, und geht eilig zurück.

Der Sturm ist nach Osten weitergezogen, und der frisch gewaschene Himmel ist strahlend blau. Auf dem Hof hält William Ollie auf dem Arm und zeigt ihm die Osterglocken und die Autos in der Scheune, während Tante Kat sich mit Francis unterhält, der auf der Bank sitzt. Charlotte kommt mit einem Tablett voller Kaffeebecher aus ihrem Cottage.

»Oh, hi!«, ruft sie Tim zu. »Da sind Sie ja! Warten Sie, ich hole noch eine Tasse.«

Da sind sie alle, seine Familie. Tante Kat dreht sich um und winkt ihn heran, Francis lächelt ihm zu, und William legt ihm wenig später Ollie in die Arme.

»Na, na«, sagt er. »Das ist dein Onkel Tim.«

Er hält das warme Bündel fest, verbirgt die Tränen der Schwäche, die in diesen Tagen nie fern sind, und sieht in das kleine Gesicht hinunter, das sich unerwartet zu einem zahnlosen Lächeln verzieht. Gerührt über Ollies vertrauensvolle Reaktion, erwidert er es und setzt sich zu Francis auf die Bank. Wooster kommt und lehnt sich an seine Knie, als wüsste er, dass Tim Trost braucht.

»Mattie schien es gut zu gehen«, meint Francis. »Was halten Sie davon, dass sie sich für diese Stelle bei der BBC in Bristol bewirbt?«

»Sie ist gut dafür qualifiziert«, antwortet Tim und verstummt dann. Alles, was er noch sagen könnte – wie schön er es fände, wenn sie näher bei ihm wohnen würde, oder über seine eigene Zukunft –, würde Verwicklungen nach sich ziehen.

Ich liebe sie, aber es ist alles vollkommen sinnlos, möchte er am liebsten sagen.

Er wirft Francis einen Seitenblick zu und ist bestürzt über dessen mitfühlende Miene: Mitgefühl – nicht Mitleid –, als litte er mit Tim und wünschte, er könnte seine Not lindern.

Charlotte taucht wieder auf, gibt Tim einen Becher Tee und nimmt ihm Ollie ab. »Andy ruft später über Skype an«, erklärt sie. »Was soll ich ihm von dir ausrichten, William?«

William antwortet ihr, Tante Kat gesellt sich zu ihnen, und Tim trinkt seinen Tee und beobachtet sie alle, während die Sonne sinkt und es kälter wird. Und die ganze Zeit über hört er die Drossel in der Esche unterhalb des Cottages singen.

6. Kapitel

In Totnes sitzt Kat im *Thrive Café*, trinkt einen Latte macchiato und hört *My Funny Valentine* in der Version von Miles Davis. Sie kann unmöglich Musik hören, ohne dass sich in ihrem Kopf Tanzsequenzen bilden. Sie sieht Tänzer, die sich bewegen und Formen schaffen. Das Café mit seinen zwei großen Fenstern – das eine geht zum Hofgarten hinaus, das andere auf die Fore Street –, die Holztische, die Kelims in prächtigen Farben, die vor den Geschirrregalen hängen, alles ist ein Teil des Musters in ihrem Kopf. Die Jazzmusik, jemand, der hinter der Theke beschäftigt ist, dieser Mann, der hereinkommt, Kat einen Blick zuwirft und lächelt …

Kat blinzelt, die Tänzer verblassen, und sie erwidert das Lächeln. Er sieht ziemlich nett aus: graublondes, etwas längeres Haar, breiter, geschwungener Mund, ein guter, kräftiger Knochenbau. Er trägt Jeans und einen weiten, marineblauen, hochgeschlossenen Pullover. Sofort stellt sie sich vor, wie er zu der Musik tanzt. Sie kann nicht anders, es fliegt ihr so natürlich zu wie das Atmen: Er wiegt sich, dreht sich und bewegt sich – und sie kann nicht verhindern, dass sie jetzt vor Vergnügen strahlt.

Er ist sich der Rolle, für die er besetzt worden ist, natürlich nicht bewusst, bestellt Kaffee, lässt seine Jacke und seinen Rucksack auf einen Stuhl am nächsten Tisch fallen und zieht eine Zeitung aus der Tasche. Kat taxiert ihn: Er wirkt freundlich, aber vorsichtig. Unwahrscheinlich, dass er ein Gespräch beginnt, damit es nur zu keinem Missverständnis kommt.

»Sie legen den Jazz extra für mich auf«, erklärt sie. »Ich war heute Morgen die Erste hier. Hoffentlich mögen Sie Miles Davis!«

Er reagiert sofort. »Aber sicher. Als Teenager habe ich in einer Jazzband Schlagzeug gespielt.«

»Du meine Güte!«, sagt sie, erfreut über seine positive Reaktion. »Das war sicher ein Spaß. Sie sind nicht dabeigeblieben?«

Er schüttelt den Kopf und setzt sich an den Tisch.

»Wir waren nicht besonders gut. Ich glaube nicht, dass Acker Bilk sich bedroht gefühlt hat.«

Seine kleinlaute Aufrichtigkeit belustigt sie; doch bevor sie wieder etwas sagen kann, kommt rasch eine Frau herein. Sie wirkt eifrig, hoffnungsvoll. »Oh, da sind Sie ja, Jeremy!«, ruft sie aus, als sie den Mann erspäht. »Ich hatte mich schon gefragt, ob ich Sie verpasst habe.«

Interessiert mustert Kat sie; wohl nicht seine Frau oder Freundin, denkt sie, aber jemand, der es gern wäre. Diese Frau mit dem sorgfältig gefärbten silbrig blonden Haar und der adretten Kleidung strahlt vor Erwartung. Sie starrt Kat mit instinktiver Feindseligkeit an und tritt besitzergreifend an den Tisch des Mannes.

»Wie haben Sie sich eingelebt?«, fragt sie und beugt sich vertraulich und doch zaghaft zu ihm.

Der Mann, der aufgestanden ist, als sie näher kam, gibt eine freundliche, aber unverbindliche Antwort, und Kat weiß – sie weiß es einfach –, dass das Auftauchen dieser Frau ihn ein wenig irritiert. Am liebsten möchte sie lachen, und sie spürt den altvertrauten beschleunigten Herzschlag und die bebende

Aufregung, die sie durchläuft. Kat hat einem Flirt noch nie widerstehen können.

Jetzt wirft er ihr einen Blick zu, sie verzieht das Gesicht, um ihm ihr Verständnis zu signalisieren, und er räumt mit einem schiefen Grinsen ein, dass sie die Situation rasch erfasst hat. Er geht zur Theke, um Kaffee für die neu Dazugekommene zu bestellen, die ihren Mantel auszieht, an einem Armband herumnestelt, sich das Haar glatt streicht. Sie ist mollig und selbstbewusst, jemand, der gern organisiert, bei Komitees den Vorsitz führt, dafür sorgt, dass Dinge erledigt werden. Als er sich wieder zu ihr setzt, richtet sie sich ein wenig gerader auf und sortiert ihre Züge zu einer Miene, die sowohl aufmunternd als auch beifällig wirkt.

»Haben Sie noch einmal über meine kleine Party nachgedacht?«, fragt sie. »Ich kann Sie ein paar neuen Leuten vorstellen.«

Kat beobachtet, lauscht schamlos und ist sich bewusst, dass er immer noch Interesse an ihr hat. Eine weitere Frau taucht auf und wird von der ersten begeistert begrüßt. Jetzt ist er auf beiden Seiten von Bewunderung und Sorge flankiert. Doch sie weiß, dass er viel stärker an ihr interessiert ist als an diesen schicken, hübschen Damen, obwohl sie ungeschminkt ist, obwohl ihr wildes, ungebärdiges Haar sich unordentlich aus den Nadeln löst und sie Leggins und kniehohe Lederstiefel trägt.

Zutiefst zufrieden seufzt sie und steht auf. Dabei ist sie sich bewusst, dass er sie beobachtet. Sie lächelt ihm noch einmal zu und geht hinaus.

Jerry Fermor sieht ihr nach. Er wünschte, Sandra wäre nicht ausgerechnet jetzt aufgetaucht, und er hätte sich besser mit der hochgewachsenen, auffälligen Frau bekannt machen können, die genau zu wissen schien, welches Gefühl Sandra und ihre Freundin ihm vermitteln. Es war, als hätten sie unter Umgehung der üblichen Förmlichkeiten auf einer tieferen Ebene Verbindung aufgenommen; als würden sie einander sehr gut kennen und über einen Scherz lachen, den nur sie beide verstehen. Er ist amüsiert, fühlt sich geschmeichelt und ist enttäuscht darüber, dass sie schon gegangen ist. Er muss sich auf das konzentrieren, was Sandra über ihre Party erzählt, über die Clubs, denen er vielleicht beitreten möchte, und einen Kinobesuch in Dartington. Sie haben sich in der Bibliothek bei einem Vortrag des Schriftstellers und Historikers Bob Mann kennengelernt, und sie und ihre Freundin – deren Namen er vergessen hat – nehmen den Fremden in ihrer Mitte sehr freundlich auf. Doch Jeremy ist die weniger konventionelle Herangehensweise der hochgewachsenen, attraktiven Frau lieber.

In den vier Jahren seit Veronicas Tod hatte er keine engeren Beziehungen, und außerdem halten seine beiden Töchter ohnehin nicht viel von anderen Frauen. Sie sind mit ihrem Beruf und ihren Kindern so eingespannt, dass sie gar nicht auf die Idee gekommen waren, er könnte sich in der geräumigen, alten viktorianischen Villa am Rande der Stadt einsam fühlen, nachdem er als Leiter des theaterwissenschaftlichen Instituts eines Colleges in Plymouth in den Ruhestand gegangen war. Ebenso wenig ahnten sie, dass er nicht mehr einfach zufrieden damit ist, dass sie ab und an aus dem Landesinneren angefahren kommen, um ihn zu besuchen – Besuche, die jedes Jahr weniger werden, weil sie mit ihrem eigenen Leben, mit Arbeit und Babys, beschäftigt sind. Daher waren sie schockiert, als er ihnen eröffnete, er werde das Haus abstoßen und sich in Totnes eine moderne Wohnung kaufen. Es war beinahe eine

Rebellion, ein Ventil für seinen Hang zum Dramatischen. Vee hatte immer dafür gesorgt, dass er mit beiden Beinen auf dem Boden blieb; sie war die Vernünftige von ihnen – und er war ihr sehr dankbar dafür, dass sie stets einen kühlen Kopf bewahrt und ihn gut beraten hatte. Aber er war entschlossen, diese Chance zu ergreifen, seiner Persönlichkeit Ausdruck zu verleihen. Dann ging alles ganz schnell: Er bekam ein Angebot für das Haus, und eine moderne, gepflegte, helle Wohnung mit Aussicht auf den Fluss war gerade frei.

»Ich brauche einen Tapetenwechsel«, erklärte er seinen Töchtern. »Das Haus ist viel zu groß für mich, und ich habe nie besonders gern gegärtnert. Das war die Domäne eurer Mutter. Ich liebe die Atmosphäre, die Szene und die Livemusik in den Pubs. Ich habe aus der Wohnung eine großartige Aussicht auf den Fluss, und ich kann überall zu Fuß hingehen, sogar zum Bahnhof.«

Als sie einwandten, dann könnten sie ihn ja nicht mehr besuchen, wies er sie darauf hin, dass er auch dort ein Gästezimmer habe, und außerdem sei es unrealistisch, für ein paar wenige Wochenenden im Jahr ein großes Haus zu unterhalten, nachdem er jetzt pensioniert und allein sei.

»Mietet euch doch ein Ferienhaus in der Nähe«, erklärte er. »Ich kann es mir leisten, finanziell dazu beizutragen.«

Und so ist er hier, sitzt mit zwei neuen Freundinnen im *Thrive Café* und plant eine Party und einen Kinobesuch – aber trotzdem trauert er der Gelegenheit nach, die große, attraktive, ausländisch wirkende Frau kennenzulernen, die ihm zugelächelt hat, als amüsierte sie sich über seine missliche Lage, als schwebte er in einer Art Gefahr. Bei der albernen Vorstellung lächelt er in sich hinein, und doch bekommt er die Frau nicht aus dem Kopf.

7. Kapitel

In Brockscombe sitzt Francis in seinem Wohnzimmer im ersten Stock in seinem hochlehnigen Ohrensessel und sieht über den Garten und die Wälder auf die Täler und Hügel dahinter hinaus. Als Kind war das hier sein liebster Raum, das Schlafzimmer seiner Eltern, und später, als er das Haus erbte, richtete er darin sein Arbeitszimmer ein. Liz beklagte sich, natürlich – sie wollte den Raum selbst als Schlafzimmer –, aber Francis ließ sich nicht beirren. Schließlich verbrachte man in einem Schlafzimmer so wenig Zeit. Nach Brockscombe und in dieses Zimmer kehrte er stets zurück, um neue Energie zu tanken und seine Seele zu pflegen.

Damals war Brockscombe voller Leben: Liz organisierte Dinner- und Gartenpartys; die beiden Jungs, die kaum elf Monate auseinander waren, wurden größer und brachten ihre Freunde mit nach Hause. Manchmal glaubt er, sie noch hören zu können, wenn er träumend in seinem Sessel sitzt: Liz, die in den Garten hinausgeht und zu ihm hochruft, die Jungs, die auf der Treppe schreien. Er schaut durch die beiden hohen Schiebefenster, die nach Süden und Osten hinausgehen, und sieht vor sich, wie die Jungen auf dem Rasen spielen, sich auf der Einfahrt ein Fahrradrennen liefern, mit ihren Hunden im Schlepptau in den Wald rennen. Ständig diskutierten und stritten sie und konkurrierten immerzu miteinander.

»Sie sehen dich nicht oft genug«, pflegte Liz zu sagen. »Sie brauchen einen starken männlichen Einfluss.«

Er tat sein Bestes, schimpfte sie aus, zog ihnen die Ohren

lang, strich ihnen das Taschengeld; aber sie waren zähe kleine Burschen. Insgeheim bewunderte er den Geist, der sie antrieb; sie waren ganz vom alten Schlag. Sie sahen aus wie Liz. Klein, drahtig und rothaarig, umschwirrten sie ihn wie Mücken das Licht, waren schrill, streitlustig, strapaziös. Als sie aufs Internat gingen, war das eine Erleichterung. Sogar Liz gab zu, dass sie die Ruhe und den Frieden genoss, obwohl sie ihr natürlich fehlten; aber es gab ja freie Wochenenden, Frühjahrs- und Herbstferien, Urlaube. Ihre Freunde kamen zu Besuch, und sie wurden erwachsen: James ging nach Cambridge und trat ins Außenministerium ein; Philip verbrachte eine kurze Zeit als Offizier bei der Armee und wurde dann Banker. Jetzt lebt James in Moskau und Philip in Boston – und Liz ist tot.

Francis beugt sich in seinem Sessel vor. Er kann Rob erkennen, der am Waldrand arbeitet und totes Holz ausräumt. Jemand hilft ihm, eine hochgewachsene Gestalt, die sich bückt, um die toten Äste aufzuheben, und sie auf eine Schubkarre lädt. Es ist Maxie. Francis stößt einen tief empfundenen Seufzer aus. Sein unehelicher Sohn ist zwar groß und langgliedrig, sieht ihm aber überhaupt nicht ähnlich. Maxie kommt auf seine Mutter.

Maxie ist sein Erstgeborener, und nach all den Jahren der Trennung weiß er ihn gern in seiner Nähe, obwohl sehr wenige Menschen – nicht einmal Maxie selbst – wissen, dass er Francis' Sohn ist. Als junger Abgeordneter damals in den Fünfzigerjahren hätte es das Ende seiner Karriere bedeutet, wenn bekannt geworden wäre, dass er eine Geliebte hatte. Und doch, wie hätte er Nell widerstehen können? Und was für eine Grausamkeit des Schicksals, dass er sich, nur Wochen nachdem er die außerordentlich präsentable, praktische Liz geheiratet hatte, in Nell verlieben musste!

Während er still dasitzt, verblasst die ferne Szene, und er erinnert sich daran, wie er Nell bei seinen Freunden in Exeter kennengelernt hat. Sie hatten sie kürzlich als Kindermädchen für ihr Neugeborenes eingestellt, und an diesem Nachmittag tauchte sie im Salon auf, als sie gerade Tee getrunken hatten. Sechzig Jahre später lächelt Francis unwillkürlich bei der Erinnerung daran, wie er Nell zum ersten Mal sah: ihre rosigen Wangen, die leuchtenden Augen, das goldbraune Haar. So adrett und liebreizend schaute sie in der Uniform der Kinderpflegerinnen-Schule aus, so anziehend und begehrenswert. Er war fast siebenundzwanzig. Sie war neunzehn.

Seine Gastgeber luden sie ein, sich zu ihnen zu setzen. Nell war mehr als nur ihr Kindermädchen; die beiden Familien waren seit langer Zeit befreundet. Nells Vater, ein Offizier, war im Krieg gefallen; und ihre Mutter schlug sich in einer kleinen Wohnung in der Nähe der Kathedrale mit einer Witwenrente durch. Nell war ein wenig schüchtern, erzählte aber sehr amüsant von dem Baby, und als sie ihn ansah, spürte Francis alle möglichen eigenartigen Empfindungen, die er bei Liz nie erlebt hatte.

Es begann mit ein paar zwanglosen Begegnungen in dem Haus in Princesshay, immer in Begleitung der Freunde und manchmal sogar des Babys. Dann lief er ihr »zufällig« an einem ihrer freien Tage in einem ihrer Lieblingscafés, das sie einmal erwähnt hatte, über den Weg. Sie aßen zusammen zu Mittag. Das passierte mehrmals; sie nahmen zusammen eine Kleinigkeit zu sich oder tranken Tee und verliebten sich heftiger und gefährlicher ineinander. Eines herrlichen Sommernachmittags unternahm er mit ihr eine kleine Spazierfahrt in seinem Auto, und sie landeten in der Wohnung, die er in seinem Wahlkreis unterhielt und in der er mehrere Tage die Woche lebte. Noch jetzt erinnern sich seine kalten, gebrechlichen Glieder an Nells warmen Körper und die Freude, sie in den Armen zu halten. Es wurde zu einer Sucht, gegen die er einfach nicht ankam. Er brauchte Nell.

Liz besuchte die Wohnung selten; sie war zu beschäftigt damit, Brockscombe zu modernisieren und die Familien kennenzulernen, die Francis' politische Karriere fördern würden. Als er zu ihr nach Hause zurückkehrte, sprudelte sein Glück auch in sein Zusammenleben mit ihr über, und es amüsierte sie immer, wie begeistert er sie in die Arme nahm, wobei sie nie die Schuldgefühle und die Scham wahrnahm, die dahinterstanden. Er ging zur Beichte, versuchte, die Beziehung zu beenden, aber er war zu schwach; er liebte Nell zu sehr.

Als sie ihm gestand, sie sei schwanger, war er schockiert und verängstigt, doch ein kleiner Teil von ihm jubelte. Ein Kind von Nell und ihm, die Aussicht erfüllte ihn mit Freude. Doch die Realität sah trostlos aus. In seiner politischen Karriere eilte er von Erfolg zu Erfolg – und was, wenn Liz es herausfand? Alles in ihm zog sich vor Furcht zusammen, und er nahm Nells Hände, wusste aber nicht, was er ihr sagen sollte. Seine Gedanken schossen auf der Suche nach akzeptablen Lösungen hin und her. Nell nahm seine Furcht wahr. Sofort erklärte sie, sie würden ihm nicht zur Last fallen, sie und das Baby; irgendwie würden sie zurechtkommen. Ihre Mutter wisse Bescheid, sagte sie, und sei bereit, sie zu unterstützen.

Sie standen zusammen in der halbdunklen, friedlichen Wohnung. Francis starrte sie an, und vor Überraschung verschlug es ihm die Sprache. Er dachte an die kleine, stille Frau, der er ein- oder zweimal begegnet war, und konnte es kaum glauben.

»Sie weiß nicht, dass du es bist«, setzte Nell rasch hinzu.

»Ich wollte es ihr nicht sagen; sie weiß allerdings, dass der Vater verheiratet ist. Sobald wir beide den Schock verdaut hatten, haben wir darüber geredet, und wir wollen das Kind beide behalten. Mummy war wundervoll. Ich glaube, es liegt daran, dass Daddy ihr immer noch so furchtbar fehlt. Das Kind gibt ihrem Leben wieder einen Sinn. Du kannst nichts tun, Francis. Wenn es herauskommt, bist du erledigt.«

Er zog sie in die Arme und hielt sie fest. Er wollte alles zugleich. »Aber es ist auch mein Kind.«

»Ich weiß, mein Liebster, doch wir müssen den Tatsachen ins Auge sehen. Wir ziehen zu einer Cousine von Mummy in die Nähe von Tavistock. Wir erzählen, ich sei verwitwet, und irgendwie schaffen wir das.«

»Ich will aber helfen«, rief er stur. »Ich liebe dich. Vielleicht sollte ich mit Liz reden.«

Noch während er es aussprach, war ihm klar, dass er den Mut dazu nicht aufbringen würde.

Nell schüttelte den Kopf und hielt ihn immer noch fest. »Lass uns eine Weile abwarten. Wir sollten nichts überstürzen.«

»Aber kann ich dich und das Baby trotzdem sehen? Ich kann euch finanziell unterstützen. Bitte, Nell!«

»Natürlich sollst du das Baby sehen«, sagte sie sanft. »Doch wir müssen vorsichtig sein. Bitte, Francis, du musst mir vertrauen.«

Und er hatte ihr vertraut. Sie nannte das Baby Maxim. Sie brachten es fertig, in Verbindung zu bleiben, und trafen sich, sooft Francis es einrichten konnte, und er sah seinen Jungen vom Baby zum Kleinkind heranwachsen. Und dann, als Maxie zweieinhalb war, wurde ihm ein Posten als Staatssekretär angeboten – und Liz verkündete, sie sei schwanger.

Francis lehnt sich in seinem Sessel zurück und stöhnt bei der Erinnerung an das Gefühl, in so viele Richtungen gleichzeitig gezerrt zu werden, zwischen London, seinem Wahlkreis und Brockscombe hin und her zu hetzen. Manchmal sah er Nell und Maxie monatelang nicht, und dann, zwei Jahre später, erhielt er einen Brief von ihr, in dem sie ihm mitteilte, sie werde heiraten.

Du würdest Bill mögen, schrieb sie. *Er ist Leutnant auf einer Fregatte mit Heimathafen Devonport, also wird das Militär erneut meinen Alltag bestimmen. Er liebt Maxie, und es wird gut sein, ein richtig geregeltes Leben zu führen. Ich bleibe natürlich in Kontakt mit dir …*

Er wusste, dass er Bill nicht mögen würde – dass er Bill hasste –, aber was konnte er tun? Und zu seiner Beschämung war ein Teil von ihm zutiefst erleichtert. Er legte einen Treuhandfonds für Maxie an und schickte Nell ein Glückwunschschreiben. Sein Brief hätte, genau wie ihrer, von einem sehr lieben alten Freund stammen können, doch er enthielt ein oder zwei kleine vorher vereinbarte Codewörter und Ausdrücke, die beiden vielleicht Trost spenden würden. Dann wurde Bill nach Singapur versetzt, die Familie sollte ihn begleiten, und Nell und Francis vereinbarten, die Verbindung abzubrechen. Er sollte Nell und Maxie erst über vierzig Jahre später wiedersehen.

Jetzt kann er Maxie sehen. Er schiebt die Schubkarre und lacht mit Rob, der neben ihm hergeht und einen Arm um seine Schultern gelegt hat. Auch auf eine andere Gestalt erhascht Francis einen Blick. Dort, wo die beiden ihn nicht bemerken, spaziert Tim durch den Wald. Einmal hat Francis ihm zugewinkt, aber der junge Mann hat nicht reagiert. Er stand reglos da und starrte beinahe erschrocken zu den Fenstern hinauf, als sähe er einen Geist, und eilte dann tiefer in den Wald hinein.

Vorsichtig steht Francis auf, bemüht sich, das Gleichgewicht zu wahren, und sieht dabei immer noch aus dem Fenster. Seit seinem letzten Schlaganfall beschränkt er sich hauptsächlich auf das oberste Stockwerk des Hauses. Hier liegen sein Schlafzimmer, das Bad, sogar eine kleine Küche – und sein Arbeitszimmer, sein Heiligtum. Langsam tritt er an den Schreibtisch, beugt sich vor, stützt sich auf die Fäuste und sieht auf seine Papiere hinunter. Er schreibt seine Memoiren und überträgt die Notizen aus Jahren auf den Computer. Quälend langsam geht das, doch er macht Fortschritte. Francis schaltet den Rechner ein, lässt sich auf seinen Stuhl hinunter, öffnet das Dokument und lächelt beim Lesen der Überschrift ironisch in sich hinein.

1. Kapitel – Die Macmillan-Jahre: »Euch ging es noch nie so gut.«

8. Kapitel

Auf dem Weg zum Parkplatz geht William die South Street entlang und winkt den anderen Mitgliedern seines Chors, die ebenfalls auf dem Heimweg sind, zum Abschied zu. Es war einer dieser magischen Abende, an denen die Gruppe zu einem Einverständnis über die Musik findet, zu einem geteilten Gefühl dafür, was die Musik von den Sängern verlangt. Und aus diesem Einverständnis heraus konnten die daraus resultierenden Harmonien auf eine Weise erklingen und sich erheben, die William und den anderen Chormitgliedern normalerweise nicht zugänglich zu sein scheint.

Ein beseligendes, süchtig machendes Gefühl war das. Einer der Tenöre war ganz aus dem Häuschen. »Wow! Das haben wir richtig toll hinbekommen!« Ein anderer knuffte William leicht gegen die Schulter. »Wie haben wir das gemacht?« – »Ganz gut«, pflichtete der Dirigent ihm bei, »aber wir singen das noch einmal, und dieses Mal, Tenöre, passt auf euren Einsatz im fünfundzwanzigsten Takt auf! Der kam nämlich zu spät!«

Das Singen schenkt William Energie und das Gefühl, lebendig zu sein. Selbst als er jemanden aus der Tür des Hauses treten sieht, in dem er mit Fiona und Andy zwanzig Jahre lang gelebt hat, kann ihm das die gute Laune nicht verderben. Inzwischen kann er sich ohne Verbitterung an die guten Zeiten erinnern, und an diesem Abend, nach einem solch überschäumenden Erlebnis, ist er sogar in der Lage, mit Gleichmut über Fionas Vorschlag, Tims Cottage zu mieten, nachzudenken.

Er nimmt an, Sam hat ihr klargemacht, dass es keine gemeinsame Zukunft für sie beide gibt, und dass Fiona jetzt erkennt, wie viel Wichtiges sie für diesen Schatten weggeworfen hat. Fiona war schon immer jemand mit starken Gefühlen, der im Augenblick lebte und sich der Emotionen der Menschen in seiner Umgebung nicht bewusst war. Sie sieht jede Situation nur aus ihrem eigenen Blickwinkel und kann sich nicht vorstellen, wie unterschiedlich sie auf jemand anders wirken könnte. Und doch konnte sie ihn immer zum Lachen bringen.

Ihr Humor und ihre Vitalität haben ihm ebenso Energie geschenkt wie heute Abend das Singen. Mit ihr zusammen fühlte er sich doppelt so lebendig; es war, als verwandelte sie seine von Natur aus trübe graue Tarnfarbe in leuchtende Töne. Oft fühlte er sich unbehaglich angesichts ihrer heftig verfochtenen Überzeugungen – alles war schwarz oder weiß –, und nach einer Weile hörte er auf, mit ihr zu diskutieren, ihr einen anderen Standpunkt entgegenzusetzen. Fiona hatte nichts für die Schwachen oder Langsamen übrig; der Zweitplatzierte war für sie immer nur der Erste unter den Verlierern.

William kramt in seiner Jackentasche nach dem Autoschlüssel und fragt sich, was sie als Nächstes tun wird. Er ist sich sicher, dass sie eine neue Kampagne starten wird. Halbherzig geht ihm durch den Kopf, dass sie vielleicht zu ihm zurückkehren will, und mit einem Mal macht sich Beklemmung in ihm breit. Er fragt sich, ob er einem solchen Feldzug widerstehen könnte – und ob er das überhaupt wollen würde. Bei dem dummen Gedanken schnaubt er verächtlich. Warum in aller Welt sollte sie sich so etwas wünschen? Ist es denkbar, dass sie erneut ihren Zauber über ihn wirft?

Er weiß, dass Kat überlegt, Miches Angebot anzunehmen. Was, wenn sie nach London zieht und Fiona zu dem Schluss kommt, dass er so viel Platz hat, dass sie über das Wochenende oder zu Weihnachten bei ihm wohnen kann? William vermutet, dass Kat nur noch wenig Zeit in Brockscombe verbringen wird, sobald sie wieder unter ihren alten Freunden und Spießgesellen ist. Die Zeit hier hat sie für ihre Heilung gebraucht, um auszuruhen und sich zu erneuern, aber sie hat immer weitertrainiert, als hätte sie gewusst, dass eines Tages der Ruf kommen und sie zu ihrer Arbeit zurückkehren würde.

William steigt in sein Auto. Bewusst kommt er zur Ruhe, holt ein paarmal tief Luft und lässt die Freude des Singens und die Kameradschaft der Gruppe in sich nachklingen. Er startet den Motor, fährt vom Parkplatz und beginnt unterwegs zu singen.

Als er zu Hause ankommt, sitzt Kat am Küchentisch und hat die Ellbogen auf die Tischplatte gestützt. Um sich herum hat sie Miches Papiere ausgebreitet. Sie wirft einen Blick hinter sich, als William hereinkommt, und er nimmt einen kleinen Glanz, etwas Helles wahr, das sie von innen leuchten lässt. Er kennt die Anzeichen und spürt wie üblich einen Anflug von Neid angesichts ihrer Fähigkeit, sich auf einen neuen Flirt einzulassen, sich zu verlieben und wieder zu entlieben, ohne dass dabei besonders viel Kummer oder Verzweiflung ins Spiel kommen.

»Diese Frühlingsabende sind so wunderschön und melancholisch«, sagt Kat. »Hörst du die Drossel? Herzzerreißend, nicht wahr? Aber auf eine gute Art.«

Er stellt den Aktenkoffer auf einen Stuhl und lacht sie an. »Wie kann etwas Herzzerreißendes denn etwas Gutes sein?«

»Ich glaube, das kann es«, gibt sie vollkommen ernst zurück. »Manchmal muss das Herz brechen, um Platz zu machen und Raum zum Wachsen zu schaffen. Es vergrößert die Möglichkeiten von Emotionen und Reaktionen.«

»Sehr philosophisch«, sagt er. »Also, wer ist er?«

Sie lacht ebenfalls und strahlt ihn voller Zuneigung an. »Lieber William! Du wirst mir fehlen, falls ich nach London gehe.«

Seine Furcht kehrt zurück, und er holt ein Glas, setzt sich und greift nach der Weinflasche, die offen auf dem Tisch steht.

»Und, gehst du?« Die Erkenntnis, wie sehr er Kat vermissen würde, verblüfft ihn.

Sie denkt über seine Frage nach und schiebt die Papiere herum, und er ist beeindruckt davon, wie elegant ihre Hände selbst bei dieser einfachen Bewegung wirken.

»Ich bin mir nicht sicher«, sagt sie. »Francis glaubt, ich werde gehen. Er findet, ich sollte es tun.«

William möchte sich am liebsten über Francis' Einmischung ärgern – was weiß er schon? –, doch er unterschätzt seine Weisheit nicht.

»Miche hat dich verunsichert«, meint er. »Aber selbst wenn du gehst, würdest du doch ab und zu zurückkommen, oder?«

»Ich weiß nicht«, antwortet Kat aufrichtig. »Wollen würde ich schon. Ich würde denken, dass ich will, andererseits jedoch habe ich nur allzu gut in Erinnerung, wie leicht man in diesen Sog hineingerät.« Betrübt sieht sie ihn an. »Du weißt doch, wie egoistisch und unzuverlässig ich bin, mein Lieber.«

Er lächelt ihr zu. »Das weiß niemand besser als ich. Aber sind wir das nicht alle? Auf der Heimfahrt habe ich gedacht, dass Fiona vielleicht zu mir ziehen will, wenn du fortgehst.«

Kat wirft ihm einen listigen Blick zu. »Und?«

»Nichts.« Er füllt sein Glas und prostet ihr damit zu. »Also noch einmal: Wer ist es?«

»Ein sehr netter Mann, den ich heute Morgen im *Thrive* gesehen habe. Sehr sexy.«

»Und was noch?«

»Seine Freundin hat ihn Jeremy genannt.«

Er zieht die Augenbrauen hoch. Für gewöhnlich jagt Kat nicht in fremdem Revier. »Freundin?«

Sie zieht eine Grimasse. »Sie möchte es jedenfalls werden. Arbeitet daran. Überfreundlich und herzig und zappelt herum wie ein Welpe.« Seufzend trinkt sie von ihrem Wein. »Wäre schade, wenn er auf sie hereinfällt. Sie ist zutiefst gewöhnlich.«

»Und was jetzt?«

Kat zuckt mit den Schultern. »Wer weiß. Wahrscheinlich sehe ich ihn in der Stadt wieder. Anscheinend ist er gerade nach Totnes gezogen, daher dürften unsere Wege sich früher oder später kreuzen.«

»Unterdessen hast du es genossen, ein wenig Unruhe zu stiften. Ein paar Wellen zu schlagen.«

»Etwas in der Art.«

Sie stapelt die Blätter aufeinander und lächelt dabei in sich hinein, und er beobachtet sie. Vielleicht wird ja dieser Jeremy der Grund, weshalb sie bleiben muss; oder vielleicht geht alles so weiter wie jetzt: Kat und er, Charlotte und Ollie, Tim. Wortlos erhebt er das Glas auf seinen privaten Traum, trinkt einen Schluck und setzt es dann ab.

»Ich schaue nur rasch bei Francis vorbei«, erklärt er, »um mich zu vergewissern, dass es ihm gut geht, und ein wenig zu plaudern. Ich bleibe nicht lange, und dann essen wir zu Abend.«

Nebenan sieht Charlotte nach Ollie und geht nach unten, um sich etwas zum Abendessen zuzubereiten. Eins der tristen Dinge am Alleinleben ist, dass das Essen zur lästigen Pflicht wird. Es fühlt sich unnatürlich an, sich mutterseelenallein vor eine ordentlich zubereitete und servierte Mahlzeit zu setzen, gemessen zu kauen und dem Drang zu widerstehen, dabei zu lesen oder fernzusehen. Wie viel einfacher sind da kleine Snacks zwischendurch! Wenigstens kann sie inzwischen mit Ollie zusammen frühstücken und zu Mittag essen, aber das Abendessen ist immer noch eine einsame Angelegenheit. Manchmal kommt Tim vorbei, und sie teilen sich ein Curry oder eine Pizza. Und sie hat Wooster, der jetzt mit dem Schwanz wedelt, als sie die Küche betritt, und mit seinem großen, kräftigen Körper etwas Tröstliches ausstrahlt.

Sie hört Williams Auto und wünscht sich, es wäre Andy, der nach Hause kommt, die Haustür öffnet und nach ihr ruft. »Pst«, würde sie dann zurückrufen, »ich habe Ollie gerade ins Bett gebracht«, und Andy würde sie umarmen, und sie würden darüber reden, wie ihr Tag war. Andy ist wie sein Vater: entspannt, fröhlich, tüchtig, und sie vermisst ihn furchtbar.

»Vielleicht werde ich beim nächsten Mal ja im Ausland stationiert«, hat er zu ihr gesagt. »Was würdest du von Washington halten?«

Jetzt steht sie am Fenster, von dem aus man die Gärten der Cottages sieht, und weiß nicht, wie sie das finden soll.

»Was würden wir mit Wooster anfangen?«, fragte sie ausweichend. »Wir könnten ihn nicht zurücklassen.«

Und Wooster stand auf, als wüsste er, worüber sie redeten, kam zu ihr und stieß mit dem Kopf gegen ihre Beine.

»Oh, irgendwie bekommen wir ihn schon dorthin, was, Wooster, alter Knabe?«, meinte Andy leichthin und beugte sich vor, um ihn an den Ohren zu ziehen. »Er müsste natürlich in Quarantäne …«

Charlotte weiß, dass ihre Familie ihr fehlen würde; und sie

fühlt sich wohl hier, wo William und Tante Kat und auch Tim nebenan wohnen. Sie würde sich eigentlich wünschen, dass Andy einen Job an Land bekommt, in der Werft, auf einem Schiff, das überholt wird, damit er bis auf die Tage, an denen er diensthabender Offizier ist, jeden Abend nach Hause kommen würde und sie einfach gemeinsam eine kleine Familie sein könnten. Seit Ollies Geburt haben sie so wenig Zeit zusammen gehabt, dass es schön wäre herauszufinden, wie es ist, eine Familie zu sein und sich daran zu gewöhnen, bevor sie zu einem solchen Abenteuer aufbrechen.

Diese langen, hellen Abende verunsichern sie. Sie wärmt Suppe auf, schneidet Brot ab und fühlt sich ruhelos und melancholisch, sodass sie erleichtert nach ihrem Handy greift, als es summt. Es ist Mattie, die ihr ein fröhliches Foto schickt, auf dem sie zusammen mit einem anderen Mädchen zu Abend isst. Charlotte sendet eine Antwort. Sie hofft, dass Mattie den Job bei der BBC in Bristol bekommt. Es wäre schön, sie näher bei sich zu haben – und vielleicht entwickelt sich ja etwas zwischen Mattie und Tim, obwohl die beiden sich benehmen, als wären sie nur gute Freunde –, doch wenn Andy nach Washington versetzt wird, kommt es darauf nicht mehr besonders an.

Wann kommst du wieder vorbei?, tippt sie.

Bald, antwortet Mattie. Ich sag Bescheid, wenn ich einen Termin für das Vorstellungsgespräch bekomme.

Charlotte fühlt sich fröhlicher. Sie isst auf, setzt sich mit Wooster an das Ende des Küchentischs und klappt den Laptop auf. Wie so oft an diesen langen Abenden flüchtet sie sich in die Arbeit.

9. Kapitel

Um diese Jahreszeit, denkt Tim, wirkt die ländliche Umgebung wie ein halb fertiges Aquarell. Verwaschene goldfarbene, zartrosa und milchig grüne Kleckse prangen an Gräben, in Hecken und an kahlen Ästen. Durch Gatter erhascht er hier und da einen Blick auf das ferne Moor, das sich grob gezeichnet von einem blassen Himmel abhebt. Schafe sind aufs Geratewohl über ein smaragdgrünes Feld verstreut wie weiße Steine.

Er ist mit Tante Kat im Auto nach Totnes unterwegs und immer noch überwältigt davon, wie schön das alles ist. Er lässt sich gern chauffieren; so hat er Gelegenheit, sich umzusehen, ohne dass er Angst zu haben braucht, abgelenkt zu werden oder einen Unfall zu verursachen.

»Es muss wundervoll sein«, meint er, »wenn man malen kann.«

Tante Kat, die in Staverton gerade die schmale Brücke über den Dart passiert, antwortet nicht gleich. Sie winkt dem Fahrer zu, der wartet und sie durchlässt, und dieser reagiert fröhlich. Dann gibt sie Gas, fährt den Hügel hinauf und verlässt das Tal.

»Ich könnte natürlich ein Foto machen«, fährt er fort, »doch das wäre nicht dasselbe. Aber warum nicht? Das Foto würde die Szene genauso aufzeichnen, wie sie in diesem Moment ist; also was macht den Unterschied?«

Er wirft Tante Kat einen Blick zu und sieht, dass sie darüber nachdenkt. Sie runzelt die Stirn und schüttelt den Kopf.

»Vielleicht lässt ein Foto ja keinen Raum für Fantasie«, meint sie schließlich. »Die Kamera lügt nicht und all das. Obwohl das heutzutage natürlich nicht ganz stimmt. Lässt ein gemaltes Bild denn mehr Spielraum für die Fantasie? Es stellt den eigenen Blickwinkel des Künstlers dar, seine einzigartige Sichtweise.«

»Sie meinen, er kann Dinge hinzufügen oder weglassen, was ihm nicht gefällt?«

Kat lächelt. »So etwas in der Art. Das erinnert mich an eine Geschichte über Widgery, der irgendwo auf dem Dartmoor eine Moorszene malte. Ein Wanderer blieb stehen, um das entstehende Gemälde anzusehen, dann betrachtete er die Aussicht und blickte wieder auf den Fluss auf dem Bild. ›Mr. Widgery‹, sagte er, ›da unten ist doch gar kein Wasser.‹ – ›Nein‹, antwortete der große Mann, ›das sollte es aber.‹«

Tim lacht. »Vielleicht ist es das. Der Künstler hat die Kontrolle. Und ich bin ein Kontrollfreak.«

Er verstummt und erinnert sich daran, dass er nicht mehr das Sagen hat; dass er von etwas übernommen worden ist, das sich seiner Kontrolle entzieht. Tim versucht, jeden Tag als Geschenk anzunehmen, aber an Tagen wie diesem fällt es schwer zu wissen, dass man vielleicht keinen weiteren Frühling mehr erleben wird. Jetzt gerade ist er froh, mit Tante Kat zusammen zu sein; ihre Herzlichkeit und Vitalität schenken ihm Mut. Sie akzeptiert ihn ohne Fragen nach seiner Vergangenheit. Er ist Matties Freund, und das genügt.

Während sie in die Stadt hinein und zum Parkplatz fahren, denkt er über Mattie nach. Er weiß nicht, was er tun soll. Ganz einfach und natürlich hat er sich in sie verliebt, als hätte ihre alte Freundschaft in London immer zu diesem Punkt führen müssen. Er liebt sie, aber er kann es ihr nicht sagen, und inzwischen ist klar, dass sie sich fragt, wie ihre Freundschaft sich vielleicht entwickeln wird. Sie setzt ihm deswegen nicht zu, das ist nicht Matties Art, doch sie hat verständlicherweise das Gefühl, dass sich ihre Beziehung seit diesem Wochenende in Brockscombe verändert hat.

»Zuerst Kaffee?«, schlägt Tante Kat vor. »Ich finde, es ist warm genug, um draußen zu sitzen, meinen Sie nicht?«

Sie geht ins *Brioche*, um zu bestellen, und als sie zurückkommt und noch über ein Gespräch lächelt, das sie mit Jai an der Theke geführt hat, sieht sie sich wachsam und aufgeregt um. Tim mustert sie interessiert und fragt sich, was ihr durch den Kopf geht. Langsam gewöhnt er sich an die Freundlichkeit im Westcountry, an die Art, wie Fremde lächeln und »Guten Morgen« sagen. Wenige Menschen gehen Blickkontakten aus dem Weg, und Gespräche ergeben sich aus bloßen Nichtigkeiten. Tim kann vergnügt kleine Kinder beobachten, ohne dass er fürchten muss, ihre Eltern könnten Schlimmeres vermuten, als dass die Possen der Kleinen ihn bezaubern.

Tim sitzt in der Sonne und tut so, als wäre er nicht zum Tode verurteilt. Er beobachtet die Markthändler auf dem Platz auf der anderen Straßenseite, dem die Markisen und Stände eine mittelalterliche Anmutung verleihen, und nippt an seinem Kaffee. Ein Junge und ein Mädchen, Teenager, gehen eng umschlungen vorbei. Ihre Hand steckt in der hinteren Tasche seiner Jeans, und er umfasst ihr Gesicht und dreht es zu sich, um sie zu küssen. Angesichts dieser Einfachheit schießt Neid durch Tims Herz. Ein kleiner Aufruhr an dem anderen Tisch lenkt ihn ab. Ein Mann steht da, schiebt die leeren Kaffeetassen herum und stellt Teller um; er wirkt bedrückt.

»Mein Handy ist verschwunden«, sagt er zu ihnen. »Ich muss es auf dem Tisch liegen gelassen haben, als ich eben gegangen bin. Haben Sie gesehen, wer es genommen hat?« Er blickt auf und schaut die Straße entlang, als würde er vielleicht den Dieb sehen, der davonrennt. »Hat sich jemand hier hingesetzt, nachdem ich fort war?«

»Warten Sie mal«, sagt Tante Kat. »Haben Sie auch nachgefragt, ob es abgegeben worden ist?«

Stirnrunzelnd starrt er sie an, als verstünde er nicht, was sie meint. *»Abgegeben?«*

»Mmm.« Leicht belustigt über seine Ungläubigkeit, nickt sie ihm zu. »Möglich ist das. Warum fragen Sie nicht nach?«

Immer noch stirnrunzelnd, geht er ins Café. Das kleine Zwischenspiel fasziniert Tim. Er wirft Tante Kat einen Blick zu, und sie zieht die Augenbrauen hoch und zuckt kaum merklich mit den Schultern. Der Mann taucht mit strahlender Miene wieder auf. Er ist so glücklich, dass er sogar Tante Kats Arm ergreift und ihn ein wenig drückt.

»Sie hatten recht!«, ruft er. »Jemand hat es abgegeben. Das ist erstaunlich. Mein Gott! Ich liebe diesen Ort. Danke.«

Er läuft davon, zu seinen Begleitern, und Tante Kat lacht. Dann setzt sie sich ein wenig gerader hin und richtet den Blick auf jemanden hinter Tims Rücken. Er wartet, bis die Person, die Tante Kat beobachtet, neben ihm steht; dann wendet er den Kopf und sieht zu dem Mann auf, der Tante Kat zulächelt.

»Hallo«, sagt sie leichthin, beinahe herausfordernd. Sie wirkt amüsiert.

Tim ist sich dessen bewusst, wie vorsichtig sich der Neuankömmling verhält. Er sieht auf Tim herunter und murmelt etwas über den schönen Vormittag. Der Mann trägt einen Rucksack, und in der Hand hält er eine Zeitung. Tante Kat schlägt nicht vor, dass er sich einen Stuhl holt und sich zu ihnen setzt. Sie beobachtet ihn einfach mit derselben amüsierten Miene, und er zögert, nickt dann verlegen und geht in das Café.

»Kennen Sie ihn?«, fragt Tim, dem die Begegnung Rätsel aufgibt.

»Noch nicht«, antwortet Tante Kat heiter, »aber ich habe vor, das zu ändern.«

Tim lacht laut heraus. »Sie haben ihn nervös gemacht.«

»Ach ja?« Durch die Fenster wirft sie einen Blick ins Innere des Cafés. »Ausgezeichnet.«

Er schmunzelt weiter, während er in der Sonne seinen Kaffee trinkt. Und dann, ganz plötzlich, überkommt ihn wieder das Grauen, und er wünscht sich verzweifelt zu leben, in der Lage zu sein, Jahre mit einer vernünftigen Hoffnung auf Überleben vor sich zu haben, im warmen Sonnenschein zu sitzen, Kaffee zu trinken und mit Tante Kat zu lachen.

»Denn wer plant schon seinen Selbstmord, wenn er in der Sonne sitzt?«, murmelt er.

Tante Kat mustert ihn neugierig; ihre Belustigung von eben ist von ihrem Gesicht gewischt.

»Ich habe nur laut gedacht«, sagt er schnell, beiläufig. »Mir ist da gerade ein Gedichtfragment in den Kopf gekommen. Lesen Sie, Tante Kat, oder ist eher Musik Ihr Ding? Ich denke oft in Lyrik, wenn Sie verstehen, was ich meine. Nicht in meiner eigenen, leider. In der von anderen Menschen. Erweckt diese Art von Szene in Ihnen Tanz, Bewegung? Spüren Sie den Wunsch, daraus etwas Neues zu erschaffen?«

Und so lenkt er sie ab, bis sie wieder lächelt und er das Gefühl hat, dass sein Geheimnis noch sicher ist.

Während Tim davongeht, um sich im Buchladen umzusehen und den Markt zu besuchen, bleibt Kat an ihrem Tisch sitzen. Sie hat seine Einladung zu einem weiteren Kaffee ausgeschlagen und beobachtet nun die Passanten, die Lieferanten und die Markthändler. Ein Jugendlicher auf einem Skateboard springt und poltert mitten auf der Straße entlang, wedelt um die Einkaufenden herum und schießt vor einem Auto davon, und sie beobachtet vergnügt seine Eleganz und Beweglichkeit. Muster bilden sich in ihrem Kopf, eine Abfolge von Bewegungen – und dann steht Jeremy neben ihr und lächelt mit dem gleichen leicht vorsichtigen Blick wie eben zu ihr herunter.

»Hi«, sagt sie, speichert sich den Skateboarder für später ab und zeigt auf Tims leeren Stuhl. »Haben Sie Kaffee getrunken?«

»Ja«, antwortet er und zögert, die Hand auf den Stuhl gelegt. »Ja, aber … möchten Sie …?«

»Ja, bitte«, gibt sie sofort zurück. »Danke. Ich hätte sehr gern noch einen Americano.«

Er stellt den Rucksack auf den Stuhl und geht wieder hinein, um zu bestellen. Kat wartet. Es erstaunt sie, wie sehr sie sich freut, Jeremy zu sehen, und sie erkennt diesen leicht beschleunigten Pulsschlag.

»Jeremy«, sagt sie, als er zurückkommt. »Das ist doch richtig, oder?«

»Ja.« Er wirkt erstaunt und hält einen Moment inne, bevor er seinen Rucksack auf das Straßenpflaster stellt und sich setzt. »Aber woher wissen Sie …?«

Und dann sieht sie, wie er sich erinnert. Ein Anflug von Peinlichkeit huscht über sein Gesicht, der ihn verlegen macht.

»Eigentlich bevorzuge ich Jerry«, sagt er beinahe vertraulich, als schlösse er die Frau aus dem Café irgendwie von jeder Intimität aus.

Kat strahlt ihn an. »Jerry«, wiederholt sie. »Hallo, Jerry. Ich bin Irina Bulova.«

Er sieht sie an; ihm ist nicht entgangen, wie bewusst sie ihre Worte gewählt hat; und kurz darauf dämmert die Erkenntnis in seinem Blick auf. »Sie sind die Tänzerin. Die Choreografin«, sagt er ehrfürchtig. »Ich hatte so ein Gefühl, Sie schon einmal gesehen zu haben. Du meine Güte! Ich habe diese Fernsehsendung gesehen ... Wow!«

Kat lacht über seinen Gesichtsausdruck. Channel 4 hatte die Sendung nach Gyorgys Tod ausgestrahlt. Sie hatte erstaunlichen Erfolg und machte sie beide in der Welt des Tanzes zu so etwas wie Popikonen.

»Aber eigentlich«, ahmt sie ihn nach, »ziehe ich Kat vor.«

»Cat?«

»Ich heiße Katerina«, erklärt sie ihm. »Mein Vater war ein polnischer Kampfpilot. Als sein Flugzeug abstürzte, wurde er verletzt, und meine Mutter war die Krankenschwester, die ihn pflegte. Irina Bulova ist ein nützlicher Name für eine Tänzerin. Doch für meine Familie und meine Freunde bin ich Kat.«

»Ich fühle mich sehr privilegiert, nach so kurzer Bekanntschaft zu Ihren Freunden zu zählen«, sagt er ziemlich steif.

Kat mustert ihn nachdenklich und fragt sich, ob er so offen für einen netten Flirt ist, wie sie dachte. Sie ist an die schnellen Reaktionen von Künstlern gewöhnt, die unverbindlichen Beziehungen am Theater, und umgeht oft die Verteidigungsmechanismen und die gesellschaftlichen Floskeln, die die echte Person dahinter maskieren und schützen sollen. Manche Menschen finden das grenzüberschreitend, bedrohlich; andere sind erleichtert darüber, ihre Zurückhaltung aufgeben und auf einer tieferen Ebene Verbindung aufnehmen zu können.

Der Kaffee wird gebracht, sodass sie beide einen Moment Zeit haben, sich wieder zu fangen.

»Leben Sie sich denn gut ein?«, fragt sie und lacht über seine Miene. »Ich fürchte, ich habe neulich in dem Café gelauscht. Macht es Ihnen etwas aus?«

»Ganz und gar nicht. Ich bin in eine sehr schöne Wohnung im Obergeschoss eines dieser neuen Häuserblocks unten am Fluss gezogen. Wunderbare Aussicht.«

Er hebt seine Tasse und trinkt einen Schluck Kaffee, und Kat sieht, dass er versucht, sich darüber schlüssig zu werden, ob er sie einladen soll, sie sich anzusehen, oder ob das vielleicht dreist klingt oder einen falschen Eindruck erweckt. Kat fragt sich, ob es unklug war, ihm ihren Künstlernamen zu nennen. Ruhm kann manchmal zu einem Ungleichgewicht in einer Beziehung führen.

Sie erzählt ihm von Brockscombe, bringt ihn mit ihrer Beschreibung der Konstellation dort zum Lachen und sieht die vielsagenden Zeichen dafür, dass er sich entspannt. Seine hochgezogenen Schultern sinken herab, seine zur Faust geballten Finger lösen sich. Manche Menschen hassen es, wenn man ihnen direkt in die Augen sieht, doch Jerry begegnet ihrem Blick offen und fragend, und es ist, als grüßten sie einander auf einer sehr tiefen Ebene des Verstehens.

Kat lädt ihn weder nach Brockscombe ein, noch fragt sie nach seiner Vergangenheit; sie forscht und stochert nicht. Sie spricht über eine neue Produktion, die sie im Theatre Royal gesehen hat, die frisch erschienene Biografie eines berühmten Schauspielers, ein Konzert im Kloster Buckfast. Jerry erzählt von seinen eigenen Inszenierungen mit seinen Studenten, von seiner Freude, als einer von ihnen eine Rolle in einer Fernseh-Sitcom bekam. Er erwähnt einen Film, den er sich anzusehen hofft, und sie reagiert mit Begeisterung und zitiert aus einigen Kritiken.

»Vielleicht«, sagt er, »könnten wir ja zusammen gehen?«

»Großartig«, antwortet sie. »Sehr gern. Ich gebe Ihnen meine Telefonnummer.«

Sie bemerkt, dass sich seine Brust zu einem lautlosen Seufzer voller Erleichterung und Freude hebt, und lächelt insgeheim in sich hinein. Das Spiel hat begonnen.

Nachdem Kat fort ist, sitzt Jerry noch am Tisch und denkt über die Begegnung nach. Er fühlt sich beschwingt und auf angenehmste Weise schockiert, sodass er Sandra erst bemerkt, als sie ihm schon sehr nahe gekommen ist. Instinktiv greift er nach seinem Rucksack und schickt sich zum Aufstehen an, um zu entkommen, aber ihre offensichtliche Freude darüber, ihn zu treffen, vereitelt seinen Versuch.

»Was für ein schöner Zufall!«, sagt sie, und in der Tat strahlt echtes Vergnügen aus ihrem rundlichen, hübschen Gesicht.

»Hallo«, antwortet er.

Er kann sich nicht erklären, warum er so empfindet: eine Art schuldbewusster Verlegenheit, als hätte er sich bei einer unwürdigen Handlung erwischen lassen. Sie sieht hoffnungsvoll auf den leeren Stuhl, und er nimmt den exakten Moment wahr, in dem sie die zwei leeren Kaffeetassen bemerkt und ihre Miene kaum wahrnehmbar von Freude zu … – ja, zu was genau? – umschlägt. Zu Argwohn? Ärger? Seine natürliche Reaktion entspringt allein seinen guten Manieren, obwohl er sich selbst dafür treten könnte, dass er ihr nachgibt.

»Haben Sie schon Kaffee getrunken?«, fragt er sie. »Möchten Sie einen?«

Sofort hellt sich ihre Miene auf.

»Sehr gern, Jeremy. Und Sie? Hören Sie, dieses Mal gehe ich ihn holen. Ich bin an der Reihe. Americano, nicht wahr? Aha. Wie Sie sehen, bemerke ich alles.«

Er sieht, dass diese kleine Vertraulichkeit sie erfreut, dass sie sie als Fortschritt betrachtet. Während Jerry wartet, denkt er wieder an Kat und daran, wie sich ihre Gedanken in einem Austausch von Ideen, Erfahrungen und Scherzen vermischt haben, obwohl er vermutet, dass Kat sich nicht daran erinnern würde, wie er seinen Kaffee trinkt. Wieder ergreift ihn dieses Hochgefühl, und er muss sich die größte Mühe geben, sich auf Sandra zu konzentrieren, als sie zurückkehrt. Er empfindet ein leises, seiner nicht würdiges Triumphgefühl, weil er ihr die Abkürzung seines Namens vorenthalten hat. Das macht es umso spezieller, sie mit Kat – mit Irina Bulova – zu teilen. Sie haben ihre Telefonnummern ausgetauscht, und er fragt sich, wer zuerst Kontakt aufnehmen wird.

»Glauben Sie nicht, dass ich das nicht verstehe«, sagt Sandra gerade, »dass ich nicht weiß, wie schwer es ist, allein zurechtzukommen.« Sie seufzt teilnahmsvoll und mit zurückgenommenem Kinn, und in ihren Augen stehen Zuneigung und Verständnis. Am liebsten würde er aufstehen und vor ihrem ungebetenen Mitgefühl davonlaufen. »Ich sage immer, es wird nicht besser, man lernt einfach nur, damit umzugehen.«

Er murmelt etwas und sieht, dass sie glaubt, er sei nur tapfer, und dann piept sein Handy zweimal, und er greift mit einem leisen, entschuldigenden Schulterzucken in die Tasche und ist froh über die Unterbrechung.

Wollten Sie wirklich eine dritte Tasse Kaffee?

Er liest die SMS noch einmal, blickt instinktiv in die Runde und späht in die summende Menschenmenge auf dem Marktplatz. Am liebsten möchte er laut herauslachen und mit der Faust in die Luft boxen, aber er kann nicht. Er schreibt nur ein Wort zurück.

Nein!

Dann versucht er, sein Lachen zu unterdrücken, und lehnt sich wieder zurück, um mit Sandra zu reden.

10. Kapitel

Nach ihrem Vorstellungsgespräch bei der BBC in der Whiteladies Road fährt Mattie in ihrem alten, ramponierten VW Polo in Richtung M5 und fühlt sich glücklich und energiegeladen, obwohl sie sich keineswegs einbildet, den Job in der Tasche zu haben. Sie ist sich ziemlich sicher, dass sich jede Menge Leute für diese Recherche-Stelle beworben haben, die besser qualifiziert sind als sie. Während sie das Gespräch noch einmal an sich vorüberziehen lässt, denkt sie an all die intelligenten, beeindruckenden Antworten, die sie hätte geben können – verpasste Gelegenheiten. Sie erinnert sich an einige Erwartungen aus der Stellenbeschreibung: *Gute Laune, emotionale Belastbarkeit und ein Sinn für Humor auch unter Druck. Teamfähigkeit Voraussetzung.* Mattie hofft, dass sie diese Eigenschaften rübergebracht hat, doch sie hat trotzdem das Gefühl, den Anforderungen vielleicht nicht gerecht geworden zu sein. Die Leute waren aber nett, und es war klar, dass es dort ungezwungen zugeht; die meisten trugen Jeans.

Nach dem Vorstellungsgespräch fragte sie, ob sie sich irgendwo umziehen und für die Fahrt nach Westen ihren schicken Hosenanzug ausziehen könne, und ein reizendes Mädchen zeigte ihr die Garderobe und plauderte mit ihr. Sie nannte die BBC »the Beep« und erzählte Mattie, wie sie einmal Schwester Wendy zu Aufnahmen begleitet hatte und wie sie im Auto Kirchenlieder gesungen hatten. Nach der Unterhaltung wünschte sich Mattie den Job mehr denn je.

Es ist nicht so, dass sie nicht gern in London arbeitet, aber irgendwie kann sie das Westcountry nicht ganz aus ihrem Herzen verbannen. Sie träumt von den Stränden, den Mooren, der vielfältigen Landschaft. All ihre vielbeschäftigten, erschöpften Londoner Freunde erzählen ihr, wie sehr ihr die Nachtclubs und Kinos, die Theater und Ausstellungen fehlen würden, obwohl nur wenige von ihnen selbst überhaupt Zeit zu finden scheinen, sie zu besuchen. Das tägliche Pendeln, die sozialen Medien und die Kinderbetreuung beanspruchen den größten Teil ihres Lebens.

Sie fährt über die Hängebrücke, wirft einen Blick in die Avon-Schlucht und fragt sich, ob sogar Bristol zu weit von allem entfernt liegt, was sie am meisten liebt. Ihre gemeinsame Kindheit mit Charlotte am Westrand des Moors war glücklich. Ihr Vater war oft auf See, und ihre Mutter versuchte, ihr Leben trotz seiner langen Einsätze im Gleichgewicht zu halten. Mit den Hunden über das Moor zu laufen, Picknicks am Strand, die jährliche Fahrt zur Weihnachtsaufführung nach Plymouth, all das erscheint ihr im Rückblick idyllisch. Merkwürdig – und ziemlich beneidenswert –, wie Charlotte zusammen mit Andy, dem kleinen Oliver und Wooster das Rad neu erfunden hat. Die Geschichte wiederholt sich.

Aber Mattie liebt Bristol. Sie hat da die Uni besucht und hätte wahrscheinlich leicht einen Job dort gefunden, doch es erschien ihr notwendig, es einmal in London zu versuchen, sich eine möblierte Wohnung mit einer Freundin zu teilen, in einem Buchladen und später dann in einem Verlag zu arbeiten. Es hat Spaß gemacht, aber sie sieht nicht, worauf das hinauslaufen soll. Ehrgeiz ist etwas, das ihrem Charakter zu fehlen scheint – vielleicht bis jetzt. Denn jetzt will sie diesen Job bei der »Beep«, und sie möchte näher bei ihrer Familie sein – und bei Tim.

Ihre Stimmung verbessert sich, als sie auf die M5 auffährt. Sie hat das letzte Wochenende mit Tim und allen anderen in Brockscombe so genossen. Seine Leidenschaft hat sie überrascht – er ist so eine stille, sanfte Seele –, und es war solch eine Erleichterung, darauf zu reagieren und ihm ganz offen und fröhlich ihre Liebe zu zeigen. Bis jetzt war ihre Freundschaft so verfahren gewesen. Als sie sich kennenlernten, war sie mit Josh zusammen gewesen, und als diese Beziehung auseinanderging, gab es eine andere Frau in seinem Leben. Dann hatten Tim und Rachel sich getrennt, und er kündigte. Selbst jetzt weiß Mattie noch nicht genau, warum er seinen Job hingeworfen und sich diese ziemlich eigenartige Auszeit genommen hat. Besonders scheint ihn die Trennung von Rachel jedenfalls nicht belastet zu haben, obwohl es ihm damals nicht gut ging. Er erzählte allen, seine Großmutter sei gestorben und habe ihm das Haus in Fulham hinterlassen, wo sie ihn großgezogen hatte, und er habe es verkauft und wolle sich einige Zeit freinehmen, um sein Leben neu zu bewerten.

Mattie war ein wenig erstaunt, als er so positiv auf Brockscombe reagierte. Als er sie fragte, ob sie wisse, wo er hingehen könne, schien es ihr genau das Richtige zu sein, doch sie hatte nicht damit gerechnet, dass er so bereitwillig auf ihren Vorschlag eingehen würde. Aus ihren Gesprächen mit ihm wusste sie, dass er abgesehen von seiner Großmutter keine Familie hatte, aber er hatte nie irgendwelche Erklärungen dafür abgegeben. Vielleicht hat ihr Tod als eine Art Katalysator gewirkt, überlegt Mattie, und er muss sich jetzt mit bestimmten Themen auseinandersetzen und sie für sich klären, bevor er sein Leben wieder aufnimmt.

Langsam gewöhnt Mattie sich an den Gedanken, dass sie aufrichtig hofft, eine Rolle darin zu spielen. Verrückt, wie sehr sie sich darauf freut, Tim wiederzusehen, obwohl dieses Mal Charlotte sie eingeladen hat.

»Da du nur ein paar Stunden entfernt bist«, sagte sie, »versuch doch, hinterher bei uns vorbeizukommen.«

Mattie rief Tim an. »Wie wäre es damit?«, fragte sie beinahe scherzhaft. »Soll ich vorbeikommen und euch alle besuchen?«

»Das wäre toll«, antwortete er – doch es lag etwas Merkwürdiges in seiner Stimme. Sie klang warm, liebevoll sogar, aber es schwang nicht die gleiche Aufregung darin mit wie an dem Tag, an dem er sie während des Sturms angerufen hatte – und er schlug nicht vor, dass sie bei ihm übernachten solle.

Mattie fragt sich, ob ihm die Leidenschaft peinlich ist, die er an diesem Wochenende gezeigt hat. Vielleicht hat sie sich wegen ihrer spontanen Reaktion darauf nachher ein bisschen zu zurückhaltend gegeben. Es war eine so eigenartige Situation, nach einer solchen Liebesnacht in Brockscombe auf glückliche Familie zu machen, doch irgendwie war es auch hilfreich. Jetzt kann sie hinunterfahren und bei Charlotte wohnen, und es wird nicht ungewöhnlich oder seltsam aussehen. Aber trotzdem ist sie voll gespannter Erwartung, wie Tim sich geben wird. Ihr Instinkt rät ihr, ihm Zeit zu lassen und alles behutsam anzugehen.

Mattie schnaubt leise: Jetzt kann sie wirklich nicht mehr behaupten, sie hätte keinen Ehrgeiz. Sie will Tim, und jetzt will sie diesen Job. Wenn es schon nicht der bei der BBC wird, dann auf jeden Fall wieder einen im Westcountry. Es ist ein Anfang.

Tim isst sein Sandwich auf, schiebt den Teller beiseite und wirft einen Blick auf die Armbanduhr. Bei der Aussicht auf Matties Kommen fühlt er sich unruhig, nervös. Ein Teil von ihm sehnt sich danach, sie zu sehen; ein anderer Teil weiß nicht, wie er damit umgehen soll. Ihm ist klar, dass er ihr die Wahrheit sagen sollte, doch er erträgt es nicht, diese fröhliche, offene Freundschaft, die sie ihm bietet, zu verlieren. Er kann den Gedanken an ihren schockierten Blick, ihr Mitgefühl und die Sonderbehandlung, die darauf folgen wird, nicht ertragen. Sobald alle die Wahrheit kennen, wird niemand in Brockscombe ihm mehr auf Augenhöhe begegnen. Immer noch bewahrt er die von Freude erfüllte Liebesnacht mit Mattie in seinem Herzen. Aber wie soll er diese Beziehung weiterführen, ohne Mattie zu täuschen?

Als sie anrief und fragte, ob sie nach ihrem Vorstellungsgespräch in Bristol nach Brockscombe herunterkommen sollte, tat sein Herz einen freudigen Satz. »Ja!«, hätte er am liebsten ausgerufen. »Ja, bitte! Komm und übernachte wieder bei mir!«

Stattdessen blieb er kühl und hinterfragte nicht, dass sie bei Charlotte wohnen würde. Wie schwer es gewesen war, sich zu verhalten, als wäre sie einfach eine gute Freundin, die ihre Schwester besucht.

Frustriert und unglücklich stößt er den Stuhl zurück. Von dem Kleiderhaken an der Tür schnappt er sich seine Jacke, tritt hinaus in den windigen, hellen Tag Anfang Mai und schlägt den Pfad in die Wälder ein. Doch selbst in seinem Elend hält er inne, um dem Vogelgezwitscher zu lauschen, um Eichhörnchen zu beobachten, die hoch in den Bäumen über ihre bezweigten Wege flitzen, und um sich an den herrlichen, sich zartrosa entfaltenden Blättern der Rotbuche zu erfreuen. Im Frühling liegt ein Zauber über den Wäldern, dem er sich nicht zu entziehen vermag.

Heute hält der Pan Glockenblumen in der Hand, deren lange, blasse Stiele durch seine kleinen Steinfinger gefädelt sind, und er trägt eine Girlande aus Immergrün. Tim steht vor ihm; er möchte etwas Törichtes tun, zum Beispiel beten oder sich etwas wünschen. Hier, an diesem wilden, magischen Ort, kann er fast an Wunder glauben: dass er geheilt und dass Mattie ihn lieben wird. Ganz still steht Tim da, lässt sich vom Gesang der Vögel und den Gerüchen der feuchten Erde erfüllen und erliegt dem Frieden, der auf ihn einwirkt. Kurz verbindet sich seine Seele mit etwas Unendlichem, und sein Herz erschauert in unvorstellbarer Freude.

Schließlich wendet er sich ab, folgt dem moosbewachsenen, überwucherten Weg am Waldrand und bleibt neben der zwischen zwei Bäumen aufgestellten Holzbank stehen, um den Blick über die Felder bis zu den fernen Hochmooren auszukosten. Er fragt sich, wer diese Bank aufgestellt hat, wer hier gesessen und, so wie er jetzt, im Schutz von Bäumen und Büschen hinausgesehen hat. Mit einem Mal bemerkt er, dass jemand auf der breiten hölzernen Armlehne der Bank ein paar Gegenstände abgelegt hat, die einen Umriss bilden. Als er sich vorbeugt, um genauer hinzuschauen, sieht er, dass es ein Gesicht ist: zwei Eichelkappen als Augen, ein Tannenzapfen als Nase, fünf kleine Steine als lächelnder Mund und Tannennadeln als Haarschopf.

Tim sitzt da und starrt das Gesicht an. Seine Gefühle überschlagen sich: Belustigung, Verblüffung und sogar Aufregung. Das ist so merkwürdig; als hätte jemand eine Nachricht speziell für ihn hinterlassen. Aber wer? Er mustert den Wald und späht durch die Büsche hinter der Bank. Er ist überzeugt davon, dass das Kind dort irgendwo steht, ihn beobachtet und seine Reaktion auf dieses kleine Kunstwerk im Wald abwägt.

»Komm heraus«, möchte er am liebsten rufen. »Komm und sprich mit mir«, aber das wagt er nicht. An diesem wilden, eigenartigen Ort fürchtet er sich vor dem, was passieren könnte. Ganz behutsam berührt er die als Augen dienenden Käppchen und verändert das Tannennadel-Haar leicht. Er hat das Gefühl, dass es unbedingt darauf ankommt, auf diese Nachricht zu reagieren. Er steht auf, sieht sich suchend um, pflückt von einem Busch in der Nähe zwei orangefarbene Beeren, hebt einen Tannenzapfen auf, der noch an einem kleinen Zweig hängt, und geht zurück zur Bank. Ganz vorsichtig drückt er die orangefarbenen Beeren in die Augenkäppchen, um sie fröhlicher aussehen zu lassen, und legt den Zweig mit dem Zapfen so hin, dass es aussieht, als rauchte das Gesicht eine Pfeife.

Erfreut über das Ergebnis, sieht Tim darauf hinunter und hofft, dass der Wind es nicht davonweht und niemand anders es zerstört. Eine neue Idee nimmt in seinem Kopf Gestalt an und erfüllt ihn mit geradezu kindlicher Aufregung. Mit einem letzten Blick in die Runde dreht er sich um und geht nach Hause.

Francis beobachtet ihn vom Fenster seines Arbeitszimmers aus. Er sieht, wie Tim mit großen Schritten in die Wälder strebt. Mit den tief in den Taschen vergrabenen Händen und dem gesenkten Kopf wirkt er angespannt. Dann bleibt er stehen, als würde er sich plötzlich des neuen Lebens um sich herum bewusst, sieht nach oben und beobachtet die Eichhörnchen. Er verschwindet aus seinem Blickfeld, und Francis fragt sich, welchen Weg er einschlagen wird. Ob er den Pan schon entdeckt hat? Und den Hundefriedhof?

Es ist Jahre her, seit er so weit laufen konnte, doch im Kopf kann sich Francis diese Spaziergänge vorstellen, dort, wo seine Vorfahren Rhododendren und Azaleen, Kamelien und Magnolien gepflanzt haben. Jetzt werden die Glockenblumen und die Waldanemonen aufblühen. Im Frühling und Frühsommer hat Francis es immer vorgezogen, früh am Morgen allein spazieren zu gehen und hinauszuschleichen, damit die Hunde ihn nicht hörten. Er ging leise, blieb im Schatten stehen und sah die Kaninchen auf dem Feld spielen, erspähte eine Amsel mit einem Schnabel voll Futter, die wachsam auf einem Zweig in der Nähe ihres Nests saß, oder beobachtete einen Fasan, der in seinem steifbeinigen Gang dahinrannte, bevor er sich flügelflatternd über den Zaun ins Feld erhob. Eine Zeit zum Nachdenken war das, um neue Kraft zu tanken.

Francis pflegte auf der Holzbank zu sitzen, die sein Vater so wohlbedacht am Waldrand aufgestellt hatte, und sah zu, wie die Strahlen der aufgehenden Sonne die dunklen höheren Hänge der fernen Moore in einen himmlischen, rosagoldenen Schein tauchten. Der langsame Wechsel der Jahreszeiten war ihm so vertraut, so teuer. Er erdete ihn mit seinem Rhythmus, lehrte ihn, dass er keine Kontrolle darüber hatte, und zeigte ihm seine Mysterien von Leben, Tod und Auferstehung.

Als Tim wieder auftaucht, wirkt er verändert, beinahe aufgeregt. Er geht schnell, zielbewusst, und Francis fragt sich, was er gesehen hat, das seine Stimmung von vorhin so hat umschlagen lassen. Er spürt eine Verwandtschaft mit diesem Jungen – denn ihm kommt er fast wie ein Kind vor –, der so viel Zeit allein verbringt und den die Entdeckung der ländlichen Welt zu überwältigen scheint.

»Ich war immer ein Großstadtkind«, hatte er Francis bei ihrem Kennenlernen erklärt. »So etwas wie hier habe ich noch nie erlebt. Es ist so ruhig.«

»Und Sie suchen Ruhe?«, fragte Francis ihn. »Normalerweise ist es das Letzte, was sich junge Menschen wünschen.«

Da sah Tim ihn an, ein seltsam distanzierter Blick, als dächte er eingehend darüber nach.

»Ja«, antwortete er schließlich sehr ernst. »Ich glaube, das ist genau das, was ich jetzt brauche.«

»Dann willkommen auf Brockscombe!«, sagte Francis.

Sie schüttelten einander die Hand. Der viel größere Francis sah auf diesen schmal gebauten jungen Mann hinunter, und die beiden wechselten einen Blick voller Verständnis und Sympathie. Kurz hielt Francis Tims Hand in seinem festen Griff und ließ sie dann los.

»Mögen Sie Gedichte?«, fragte er, und Tims Miene leuchtete überrascht und freudig auf.

»Ja«, sagte er.

Francis lächelte und vollführte eine Handbewegung in Richtung Bücherregal.

»Wenn Sie erst eingezogen sind, müssen Sie kommen, um zu sehen, ob ich etwas habe, was Sie noch nicht gelesen haben. Ich vermute allerdings, Sie werden mich sehr altmodisch finden.«

Tim erwiderte sein Lächeln. »Ich komme sehr gern.«

Aber er ist nicht gekommen, noch nicht. Vielleicht, denkt Francis, braucht er eine zweite Einladung; möglich, dass er Angst hat, zu viel von sich preiszugeben.

Er wendet sich vom Fenster ab, denn ihm fällt ein, dass Mattie heute kommt und bei Charlotte übernachtet. Später wird er hinuntergehen, die beiden besuchen und hoffen, mit Tim ein paar Worte unter vier Augen wechseln zu können. Irgendwie scheint das wichtig zu sein – obwohl er nicht sagen könnte, warum. Unterdessen hört er, wie Maxie nach ihm ruft, und er tritt hinaus auf den Treppenabsatz, um ihn zu begrüßen.

11. Kapitel

Wooster begrüßt Mattie als Erster. Er liegt ausgestreckt auf den Pflastersteinen vor Charlottes Haustür, hebt den Kopf, als ihr Wagen auf den Hof fährt, und bellt ein- oder zweimal, bevor er aufsteht und ihr entgegenläuft. Er mag Mattie sehr gern, die die Finger in seinem dicken goldbraunen Nackenfell vergräbt und liebevoll mit ihm spricht. Jetzt richtet sie sich auf, um Charlotte zuzuwinken, die inzwischen mit Oliver auf dem Arm aufgetaucht ist.

»Wie ist es gelaufen?«, ruft Charlotte. Merkwürdig, denkt sie, während sie zusieht, wie Mattie Wooster umarmt. Merkwürdig, dass ihre sehr starke Zuneigung zu ihrer Schwester von einem Hauch von Groll durchzogen ist, von einer Art ungeduldiger Gereiztheit, gemischt mit Liebe und Loyalität, etwas, das sie nie bei jemand anders empfindet.

»Du gehst ein bisschen hart mit Mattie ins Gericht, oder?«, meinte Andy einmal zu ihr, als ihre Schwester etwas angestellt hatte – den Geburtstag eines gemeinsamen Freundes vergessen oder ein Wochenende doppelt verplant –, und sie fühlte sich sofort in die Defensive gedrängt.

»Ihr lässt man eben alles durchgehen«, hatte Charlotte geantwortet. »So war das immer schon. Dad hat sie nach Strich und Faden verwöhnt.«

Aber nachher dachte sie darüber nach und versuchte, den Unterschied in ihrer Reaktion auf Mattie und der auf ihre Freunde zu analysieren. Es war, als hätte sie seit jeher das Bedürfnis, dafür zu sorgen, dass Mattie nicht abhebt, als wollte sie sie stets daran hindern, anzugeben, sich albern zu verhalten, in Schwierigkeiten zu geraten.

»Behalte Mattie im Auge«, pflegte ihre Mutter zu sagen, wenn sie zu einer Party gingen oder bei Freunden übernachteten. »Vergiss nicht, dass du die Ältere bist.« Oder: »Lass Mattie auch mal an die Reihe kommen. Denk daran, dass sie jünger ist als du.«

Charlotte ärgerte sich über diese Last der Verantwortung, diese unausgesprochene Annahme, sie müsse immer die Vernünftige sein.

Als sie jetzt zusieht, wie Mattie aufsteht – sie lacht über Woosters Begrüßung und schiebt sich das lange dunkle Haar zurück, das ihr in Ringellocken um das Gesicht fällt –, registriert ein kleiner Teil von ihr nervös, dass ihre Schwester dünner geworden zu sein scheint, während ein anderer Teil leicht verbittert bemerkt, dass Mattie irgendwelche alten Sachen tragen kann und trotzdem auffälliger wirkt als alle anderen.

»Ich hoffe, du hast diese abgerissene Jeans nicht zum Vorstellungsgespräch getragen.« Charlotte kann sich die kritische Bemerkung nicht verkneifen, obwohl Mattie gerade die Arme um sie und Oliver schlingt und sie fest umarmt.

»Natürlich nicht. Obwohl es nichts ausgemacht hätte. Alle waren sehr locker.«

»Und wie war es nun?«

Mattie kraust die Nase und zieht die Mundwinkel herunter. »Keine Ahnung. Sie waren supernett, aber ich bin nicht zuversichtlich. Ich vermute, dass sie jede Menge Leute zum Vorstellungsgespräch einladen werden, die besser qualifiziert sind als ich. Hey! Ist Ol nicht gewachsen? Hi, Ol! Komm mal her!«

Sie nimmt Oliver auf den Arm. Charlotte, die immer noch mit ihrer eigenartigen Selbstbeobachtung beschäftigt ist, bemerkt, dass sie nichts Beruhigendes einwirft. Bei einer Freundin hätte sie jetzt so etwas gesagt wie: »Natürlich bekommst du den Job. Ich wette, du warst großartig.« Und sie wünschte, Mattie würde Oliver nicht Ol nennen.

»Ich vermute mal«, erwidert sie ziemlich gelassen, »dass du die Stelle bekommst, wenn alles stimmt. Hast du abgenommen? Hast du zu Mittag gegessen?«

Mattie tanzt mit Oliver und dreht sich, während sie eine seiner molligen Fäuste in die Höhe hält und lachend *My Favourite Things* summt.

Ich führe mich immer noch auf wie die typische große Schwester, denkt Charlotte irritiert. Mache mir Sorgen, Mattie könnte nicht ordentlich essen und weil sie müde aussieht. Aber sie ist vollkommen in der Lage, auf sich selbst aufzupassen.

Während sie zusieht, wie Oliver zu ihrer Schwester auflacht, spürt sie einen ganz leichten Anflug von Eifersucht. Mattie hat es immer so leicht gehabt; sie konnte Menschen schon früher dazu bringen, sie zu lieben. Sie bringt sie zum Lachen und sorgt dafür, dass sie sich in ihrer Haut wohlfühlen.

»Ich habe unterwegs ein Sandwich gegessen«, gibt Mattie zurück, »aber eine Tasse Tee trinke ich gern.«

Und dann taucht Tim plötzlich auf dem Weg auf, der in die Wälder führt, und Charlotte sieht, wie seine Miene umschlägt, als er Mattie erblickt. Kurz erhascht sie einen Eindruck von seiner Freude, seiner Liebe, bevor er sich beherrscht.

»*Groß*-artig, Liebes. Zehn von zehn Punkten«, ruft er aus wie ein Quizmaster.

Mattie dreht sich lachend. »Tim«, schreit sie. »Ist das nicht toll?«

Charlotte sieht zu, wie er die beiden umarmt, und erhascht

einen Blick auf Matties halb verborgenes Gesicht, als sie ihn umschlingt.

Aha, sie sind verliebt, denkt sie. Also, was ist los?

»Ich setze Wasser auf und brühe Tee auf«, ruft sie. »Und du hörst jetzt auf, dich zu drehen, Mattie. Oliver wird sonst noch schlecht. Es ist sowieso Zeit für sein Schläfchen. Ich bringe ihn hinein.«

Mattie gibt ihr Oliver, aber als Charlotte mit ihm hineingeht, ärgert sie sich auf widersinnige Art über sich selbst. Sie ist eine Spielverderberin. Das passiert oft, wenn sie zusammen sind. Dieses alte Bedürfnis, ihre kleine Schwester zu beschützen, sorgt für Reibereien. Der Altersunterschied von sechs Jahren war einfach zu groß, als dass die beiden echte Spielkameradinnen hätten werden können, doch nicht groß genug, um bei Charlotte irgendwelche mütterlichen Instinkte zu wecken. Sie war so lange Einzelkind gewesen, dass sie sich durch dieses neugeborene Baby, bei dem jeder davon ausging, dass sie ihm eine kleine zweite Mutter sein würde, vor den Kopf gestoßen fühlte.

Nun hält Charlotte Oliver in den Armen, wiegt ihn und sieht in sein kleines, friedliches Gesicht hinunter. Vor Liebe zu ihm fühlt sie sich ganz schwach. Erst jetzt begreift sie, wie stark der Mutterinstinkt ist: dieses Wissen, dass sie nun an die Zukunft denken muss und nichts je wieder wie vorher sein wird.

Mattie zieht eine kleine Grimasse, als Oliver ihr aus den Armen genommen und davongetragen wird. Sie weiß, dass sie Charlotte manchmal irritiert, doch sie versteht nicht immer ganz, warum. Anscheinend umgibt sie beide ein unausgesprochenes Mantra, das darauf besteht, dass Charlotte die vernünftige und ernste Schwester ist und sie, Mattie, die unverantwortliche, emotionale – so ähnlich wie Elinor und Marianne Dashwood in Jane Austens *Verstand und Gefühl*. Einen kurzen Moment lang fragt sie sich, ob Tim dann die Rolle des Willoughby übernehmen müsste, und platzt vor Lachen heraus.

»Was ist denn so lustig?«, will er wissen und kann sich angesichts ihrer Belustigung eines Lächelns nicht erwehren – aber sie schüttelt den Kopf, weil sie nicht mit ihm diskutieren will. Ihre Beziehung zu Charlotte ist zu tief, um so beiläufig darüber zu reden.

»Ach, ich habe nur Quatsch mit Ol gemacht.«

»Sieht aus, als wäre das Vorstellungsgespräch gut gelaufen«, meint er. »Du scheinst gute Laune zu haben.«

»Hm, ich weiß nicht.« Sie zuckt mit den Schultern und hakt ihn unter. »Ich will den Job wirklich, Tim, doch sie haben sich absolut nicht in die Karten sehen lassen. Und warum sollten sie mich auch aussuchen? Ich wette, eine Menge Leute sind scharf auf diese Stelle.«

Mit dem Ellbogen drückt er ihren Arm an seine Seite. »Weil du die Beste bist, deswegen. Ich wette, du kriegst den Job.«

Mattie fühlt sich sehr emotional; sie ist ihm dankbar für seine Parteinahme und Bestärkung. Sie weiß, dass es eine Schwäche ist, Liebe zu brauchen, aber sie reagiert darauf wie eine Blume auf Sonnenschein; sie wächst und entspannt sich in ihrer Wärme. Als sie so untergehakt dastehen, fragt sie sich mit einem Mal, ob es eine Dummheit war vorzuschlagen, Tim solle hierher nach Brockscombe ziehen. Sollte sich etwas zwischen ihnen entwickeln, könnte es viel schwieriger sein, unter dem kritischen Blick ihrer älteren Schwester eine Beziehung zu führen.

Typisch, sagt sie sich, jetzt daran zu denken, wo es eh zu spät ist.

So war sie immer schon: impulsiv, jemand, der instinktiv handelt und mit der Tür ins Haus fällt. Als sie jünger war, brachte sie sich damit regelmäßig in Schwierigkeiten: Sie lud eine Freundin zum Tee ein, versprach, eine Party zu veranstalten, oder sagte zu, ein Spielzeug oder Buch zu verleihen – und alles, ohne vorher um Erlaubnis zu bitten.

»Genau wie dein Vater«, pflege Mummy mit entnervter Stimme zu sagen, und Daddy zog dann hinter dem Rücken seiner Frau eine kleine Grimasse, sodass Mattie am liebsten laut herausgelacht hätte. Sie tat es nicht, damit er keinen Ärger bekam, doch sie liebte ihn dafür. Sogar heute noch passt sie auf, was sie sagt, wenn sie nach Hause fährt, um die beiden zu besuchen, und nur wenn sie mit ihrem Vater allein ist, erzählt sie ihm von den Dramen in ihrem Leben. Er sagt immer das Gleiche darauf.

»Ich bin auf deiner Seite, Liebes. Lass dich bloß von solchen Leuten nicht herunterziehen.« Dann umarmt sie ihn und fühlt sich besser. Immer noch braucht sie die Gewissheit, dass er sie liebt und unterstützt.

Jetzt hält sie Tims Arm und begreift, wie schwierig alles werden könnte, wenn das zwischen ihnen wirklich ernst wird. Und doch erschien es ihr damals vollkommen richtig, ihm von Brockscombe zu erzählen.

»Charlotte bringt gleich Tee nach draußen.« Mattie lächelt ihm zu und lässt ihn los. »Ich habe eine Idee, Tim. Lass uns nachher alle an den Strand fahren. Wir könnten uns in South Milton Backfisch und Pommes frites kaufen, falls das *Pop-up-Restaurant* schon für den Sommer geöffnet hat. Warst du schon einmal dort?«

Tim schüttelt den Kopf. »Glaub nicht.«

»Du wirst es lieben«, erklärt sie zuversichtlich.

»Wir dachten, wir könnten alle nach South Milton fahren«, sagt sie, als Charlotte mit ein paar Henkelbechern auf einem Tablett herauskommt. »Oh. Lecker, Früchtetee! Danke. Was meinst du? Ol hätte sicher Spaß.«

Ganz kurz sieht sie auf Charlottes Gesicht einen Widerhall der Miene ihrer Mutter, die beherrschte Verärgerung zeigt, und beobachtet, wie Charlottes Brust sich zu einem leisen Seufzer voll gezügelter Ungeduld hebt.

»Das würde viel zu spät für Oliver«, gibt sie zurück. »Du weißt doch, dass er um halb sechs badet.«

Nur einen Moment lang möchte Mattie das komische Gesicht ihres Vaters ziehen, aber sie tut es nicht. Sie hat ein schlechtes Gewissen, weil sie nicht an Ols Bad gedacht hat. Weil sie keine verantwortungsbewusste Tante ist. Obwohl, wenn Ol ihr eigenes Kind wäre, würde sie ihn trotzdem mitnehmen, ihn, gemütlich in seinem Tragesitz eingepackt, aufs Meer hinaussehen und dem Kreischen der Möwen zuhören lassen. Macht es etwas, wenn er einmal später badet oder das Bad ganz ausfallen lässt? Nach Charlottes Miene zu urteilen, lautet die Antwort eindeutig Ja.

»Natürlich«, sagt Mattie. »Das war dumm von mir. Egal. Wir fahren ein andermal. Ol hat noch sein ganzes Leben lang Zeit, hinzufahren, das Meer zu sehen und Backfisch mit Pommes frites zu essen.«

Sie wirft Tim einen Blick zu und sieht, wie ein merkwürdiger, flüchtiger Ausdruck über sein Gesicht huscht. Er wirkt unermesslich traurig. Doch im nächsten Moment lächelt er schon wieder und hebt den Becher, als wollte er ihr zuprosten.

»Auf den Job bei der BBC!«, sagt er, alle drei stoßen mit ihren Bechern an, und Mattie erwidert das Lächeln der anderen.

Interessiert beobachtet Tim das kleine Zwischenspiel. Als Einzelkind hat er wenig Erfahrung mit dem Familienleben, aber die Beziehungen zwischen Geschwistern faszinieren ihn. Wenn sie unter sich sind, scheint das ganze Jahr über Jagdsaison zu sein. So ist es auch zwischen Mattie und Charlotte. Doch er ist sich ziemlich sicher, dass sie sofort die Reihen schließen würden, sollte ein Außenseiter eine der beiden vor der anderen kritisieren. Blut ist dicker als Wasser. Er hat auch erlebt, dass die Anwesenheit eines Fremden in einer Familiengruppe oft dafür sorgt, dass alle ihr Temperament zügeln, sodass sie sich zurückhalten – wenn auch nicht immer.

Er trinkt den Tee und bemerkt, dass Charlotte sich bemüht, ihren Ärger zu beherrschen, und dass Mattie beschwichtigend wirkt und Charlotte Komplimente über den Tee und ihr hübsches Geschirr macht. Allerdings kann er nicht ganz begreifen, wie eine einfache Bemerkung über einen Ausflug ans Meer zu einem solchen unterschwelligen emotionalen Aufruhr führen kann. Tim vermutet, dass nicht einfach der Vorschlag, Oliver zu einer unpassenden Zeit ein Erlebnis zu bescheren, der Grund dafür ist. Dieses Verhalten ist das Ergebnis der besonderen Dynamik zwischen den Schwestern, die ständig ausgelebt wird.

Es kommt darauf an, wo man in der Hackordnung steht, denkt er. Als ältestes, jüngstes oder mittleres Kind. Oder man ist Einzelkind wie ich.

Natürlich weiß er, dass es nicht ganz so einfach ist; auch

andere Faktoren spielen eine Rolle, nicht zuletzt die genetische Ausstattung – und das Schicksal.

All diese Einflüsse formen uns, ohne dass es uns bewusst ist, denkt er, sodass unsere Reaktionen fast so automatisch ablaufen wie bei dem lieben alten Wooster hier, der beim Aussprechen eines bestimmten Wortes oder dem Öffnen einer Packung bei der Aussicht auf einen Hundekuchen zu seibern beginnt.

Tim beugt sich vor, um Wooster zu tätscheln, der dankbar reagiert, die Ohren anlegt, mit dem Schwanz auf den Boden schlägt und den Keks frisst, den Tim ihm zusteckt. Er leckt sich die Lefzen, blickt hoffnungsvoll auf, ob es noch einen gibt, lässt sich dann wieder nieder und legt den schweren Kopf auf Tims Füße.

12. Kapitel

Der Vortrag ist beendet, der Redner wurde beklatscht, und die Zuhörer wenden sich zum Gehen. Jerry hat schon gesehen, dass Sandra mehrere Reihen vor ihm sitzt, und bemerkt, wie sie sich immer wieder nervös umsah, bis sie ihn entdeckt hatte, und jetzt hofft er, aus der Bibliothek zu entkommen, bevor sie ihn einholt. Sie ist mit ihrer Freundin zusammen, daher hat sie wahrscheinlich ohnehin andere Pläne und wird nicht vorschlagen, dass er mit ihnen Tee trinkt.

Ziemlich schnellen Schritts bricht er auf, doch er hört sie nach ihm rufen, geht zögernd langsamer, dreht sich um und setzt ein halb erfreutes, halb verblüfftes Lächeln auf.

»Sandra. Hi.«

»Jeremy.« Sie steht da und strahlt ihn an, und wie üblich siegt ihr unermüdliches Wohlwollen über seine Absicht, höflich, aber bestimmt weiterzugehen. »Freut mich, dass Sie es geschafft haben. Wir hatten gehofft, Sie hätten Lust auf eine Tasse Tee. Schöner Vortrag, nicht wahr?«

»Sehr gut. Es ist nur so …«, er tut, als sähe er rasch auf die Uhr, »dass ich um halb verabredet bin.«

»Oh.« Ihre Miene schlägt auf fast lächerliche Weise um. Er sieht Enttäuschung und ein ganz leicht tadelndes Zurückziehen des Kinns. »Oh, verstehe. Ich hatte gedacht, vielleicht …«

Sie lässt ihre Worte ausklingen, aber Jerry verhärtet sein Herz gegen ihre Enttäuschung. Er hebt die Hand, um die Freundin zu begrüßen, die Sandra jetzt eingeholt hat, lächelt den beiden zu und wendet sich dann ab.

»Einen Moment noch, Jeremy.« Sandra gibt nicht auf. »Ich wollte Sie für Sonntag zum Mittagessen einladen. Wir sind eine Runde, die sich mit dem Kochen abwechselt, und diese Woche bin ich an der Reihe. Ich würde Sie gern einigen netten Leuten vorstellen. Einer ist ein pensionierter Dozent von der Universität Exeter. Ich bin mir sicher, Sie haben viel mit ihm gemeinsam, und seine Frau war Schulleiterin.«

Das hoffnungsvolle, freundliche Lächeln ist wieder da, und er ist nicht in der Lage, sich zu weigern. Ohnehin fällt ihm gerade keine Ausrede ein, und einfach »Nein danke« zu sagen würde grob unhöflich wirken; außerdem meint sie es ja so gut.

»Das ist sehr nett«, erwidert er. »Danke!«

»Wunderbar.« Sie strahlt wieder. »Kommen Sie früher, und ich zeige Ihnen die Bücher, über die wir gesprochen haben.«

»Okay. Großartig«, sagt er. »Dann bis Sonntag.«

Er eilt davon, die Fore Street entlang und über die Plains. Seine Wohnung liegt in einem der Gebäude, die früher einmal Lagerhäuser waren, und er betritt das Foyer, läuft die Treppe hinauf und schließt die Tür auf. Als Erstes geht er fast immer ins Wohnzimmer, um auf Vire Island hinunter- und am Fluss entlangzusehen. Heute jedoch nimmt er die Aussicht kaum wahr; er denkt an Kat. Jerry zieht das Handy aus der Tasche, sieht einen Moment darauf und tippt eine Nachricht.

Sie sind nicht zufällig in der Nähe, um eine Tasse Tee zu trinken?

Er schickt die SMS ab, geht ein wenig auf und ab und fragt sich, ob er verrückt geworden ist. Seit Jahren hat er sich nicht mehr so aufgedreht gefühlt. Fast sofort gibt sein Handy einen Ton von sich, und er ruft die eingegangene Textnachricht auf.

Könnte ich. Wo sind Sie?

In meiner Wohnung. Wo sollen wir uns treffen?

Was ist verkehrt an Ihrer Wohnung?

Amüsiert schnaubt Jerry kurz: Allerdings, was? Er schickt ihr seine Adresse und erklärt ihr, dass es einen Parkplatz gibt – und gerät dann in Panik. Er läuft herum, räumt auf, stellt Gegenstände weg und überzeugt sich davon, dass in der Gästetoilette ein frisches Handtuch hängt. Dann steht er mitten im Wohnzimmer, blickt sich um und versucht, es mit Kats Augen zu sehen. Es ist eine moderne Wohnung, und von den großen Möbeln, die in der viktorianischen Villa richtig am Platz wirkten, hätten nur wenige hierher gepasst. Die guten Stücke hat er unter seinen Kindern aufgeteilt und ein oder zwei kleinere Lieblingsteile behalten. Doch er hat beschlossen, ganz von vorn anzufangen. Er hat helles Holz ausgewählt, Jalousien mit impressionistischen Mustern, einfache Polstermöbel. Die Bilder sind Aquarelle oder Kohlezeichnungen. Zum ersten Mal seit Studentenzeiten hatte er die Freiheit, genau das auszusuchen, was ihm am besten gefällt. Keine Kissen oder Überwürfe, keine Spur von den Porzellanfiguren, die Veronica so geliebt hat. Manchmal hat er ein schlechtes Gewissen – als verleugnete er ihr gemeinsames Leben –, aber er hat das Bedürfnis, minimalistisch zu bleiben.

Sandra war schon einmal in der Wohnung und hat ein paar selbst gekochte Leckereien vorbeigebracht – es war ziemlich unmöglich geworden, ihre Anspielungen zu ignorieren –, und sie hatte sich in diesem großen, hellen Raum umgesehen und ihm neckisch zugelächelt.

»Ich sehe schon, das ist die Wohnung eines Mannes«, meinte sie. »Hier fehlt eindeutig eine weibliche Note. Nicht gerade das, was ich gemütlich nennen würde.«

Er hatte sich mit dem Kaffeekochen beschäftigt und nichts dazu gesagt, doch als sie sich das nächste Mal in der Stadt zum Mittagessen trafen, hatte sie ihm ein Päckchen mitgebracht. Es war ein Kissen, ein kleines, seidiges, cremefarbenes Teil, auf das ein Welpe gestickt war. Es verblüffte ihn selbst, wie ärgerlich er darüber war, aber er hatte es so liebenswürdig wie möglich angenommen und ihren Bemerkungen zugestimmt. Als er nach Hause kam, warf er das Kissen auf das Bett in seinem kleinen Gästezimmer. Er würde eben daran denken müssen, es wieder hervorzuholen, falls er Sandra noch einmal einlud. Unterdessen verdross es ihn, dass sie versuchte, ihm ihren Geschmack aufzudrängen. Wenig später beruhigte er sich und hatte ein schlechtes Gewissen. Es war einfach eine freundliche Geste.

Es klingelt an der Tür, und Kat ist da. Sie kommt herein, und sofort ist seine Nervosität verschwunden. Sie bringt keine köstlichen Teekuchen mit, kein Kissen, nur ein Sträußchen Primeln, die locker in ein Papiertaschentuch eingeschlagen sind. Das gibt sie ihm, folgt ihm ins Wohnzimmer und sieht sich um.

»Wie schön, so hoch oben zu sein!«, meint sie. »So viel Licht.«

Sie vollführt eine merkwürdige Bewegung; fast als übersetzte sie das Licht und die Formen des Raumes in Tanz. Als sie ihn ansieht, empfindet Jerry eine seltsame Mischung von Gefühlen: Aufregung und eine eigentümliche Art von Verbundenheit.

»Wenn Sie tanzen wollen, nur zu«, sagt er leichthin zu ihr.

»Das mache ich«, gibt sie zurück.

»Ich stelle die Blümchen ins Wasser und koche Tee.« Er zögert. Die Primeln sind regennass, und er beugt den Kopf, um ihren schwachen Duft einzusaugen.

»Nachdem ich sie gepflückt hatte, habe ich mich gefragt, ob Sie eine Vase haben, die klein genug ist«, sagt sie. »Sie wuchsen einfach da, in der Hecke, und ich konnte nicht widerstehen.«

Er hebt den Kopf. »Ich dachte, heutzutage dürfte man keine Wildblumen mehr pflücken.«

Verblüfft starrt sie ihn an. »Nicht? Warum in aller Welt nicht?«

Er fühlt sich ziemlich prosaisch und zuckt mit den Schultern. »Irgendetwas mit Landschaftsschutz. Sie sind wunderschön. Welchen Tee möchten Sie?«

Veronica hat immer Früchtetee getrunken; Sandra mag Earl Grey.

»Stark, mit Milch und Zucker?«, sagt sie. »Darjeeling? Was immer Sie trinken.«

Er geht in die lang gestreckte, schmale Küche, legt die Primeln auf die Arbeitsfläche neben dem Spülbecken, füllt den Wasserkessel und fragt sich, wohin er die Teekanne gestellt hat. Da wird ihm klar, dass er keinen Kuchen hat. Er öffnet einen Schrank, holt ein Paket Plätzchen hervor und sieht sie nervös an. Er hat es geöffnet, vergessen, den Inhalt in eine Blechdose zu geben, und jetzt überlegt er, ob sie wohl weich geworden sind.

Kat lehnt in der Tür und beobachtet ihn belustigt. »Ihre Wohnung gefällt mir.«

Sie bietet ihm weder Hilfe an, noch sucht sie nach einer Vase oder fragt, wie er allein zurechtkommt. Sie und Sandra, denkt er, könnten Besucherinnen von verschiedenen Planeten sein.

»Ich habe irgendwo Früchtetee in Beuteln. Und Earl Grey. Ich fürchte, ich trinke ziemlich gewöhnliches Zeug.«

»Ziemlich gewöhnlich passt mir gut«, sagt sie. »Ich mag keinen aromatisierten Tee.«

»Ich auch nicht«, antwortet er erleichtert. »Selbst trinke ich eigentlich lieber Kaffee.«

»Ich auch. Also Kaffee? Oder warum trinken wir nicht ein Glas Wein?«

Mit einer Kopfbewegung zeigt sie auf die Flasche, die neben der Kaffeemaschine steht. Instinktiv wirft er einen Blick auf die Uhr – fast fünf – und sieht sie lächeln, als spottete sie über seine Konventionalität.

»Ja, warum eigentlich nicht?«, gibt er verwegen zurück. Er nimmt die Flasche und hält sie Kat entgegen, damit sie das Etikett sehen kann. »Merlot? Ich habe auch Weißwein im Kühlschrank.«

»Merlot klingt perfekt. Aber bitte nur ein halbes Glas. Ich muss noch nach Hause fahren.«

Kurz fragt er sich, was sie sagen würde, wenn er sie bitten würde zu bleiben, weiß aber, dass er den Mut nicht aufbringt. Er fühlt sich vollkommen überfordert – und er genießt jede Minute.

13. Kapitel

Auf der Heimfahrt fühlt Kat sich ein wenig schuldbewusst. Sie mag Jerry gut leiden. Es ist so leicht, mit ihm in Verbindung zu treten, und doch weiß sie nicht, ob er das richtige Temperament für einen Flirt hat. Es ist so einfach, mit ihm zu reden. Er liebt das Theater. Es tut so gut, ihn zum Lachen zu bringen, dazu, dass er keucht und die Augen aufreißt und sich auf neue Ideen und Konzepte einlässt.

Trotzdem vermutet sie, dass Jerry tief im Inneren eine konventionelle Seele ist. Er hat seine Komfortzone verlassen, indem er eine moderne Wohnung gekauft hat und mit einer wieder zurückkehrenden Persönlichkeit experimentiert, die durch Ehe und Vaterschaft überlagert worden war. Er beginnt, sich ein neues Leben mit neuen Freunden aufzubauen, und ist bereit, etwas Aufregendes und anderes aufzugreifen.

Kat kann sich nur nicht schlüssig darüber werden, ob er in dieser Zeit verletzlich ist und man ihn vor sich selbst schützen sollte. Vielleicht wäre die Frau aus dem Café doch besser für ihn.

Während sie über die Hauptstraße nach Hause flitzt, lacht Kat unwillkürlich in sich hinein. Jerry hatte mehrere Gläser Wein getrunken, wurde redseliger und lud sie für diese Woche nach Dartington ins Kino ein.

»Sehr gern«, sagte sie sofort. »Wie wär's gleich morgen?« – und sie sah, dass er leicht verdattert und unglaublich erfreut war, wie ein Teenager bei seiner ersten Verabredung.

Anders als Gyorgy oder Miche strahlt Jerry eine Sanftmut

aus, die schrecklich anziehend ist. Kat ist an getriebene, egoistische Künstler gewöhnt, die bereit sind, für ihre Kreativität jeden zu opfern. Doch Jerry hat nichts Rücksichtsloses an sich. Sie ist sich wohl bewusst, dass seine Bewunderung ihrem Ego schmeichelt. Ihm schmeichelt die Aufmerksamkeit von Irina Bulova, die wiederum sein Ego nährt.

Er hat sie nach Gyorgy gefragt, nach der Musik, die er für sie komponiert hat, und sie versuchte, die Magie zwischen ihnen zu beschreiben, die Gyorgys Musik und ihre Choreografie durchdrang.

»Er und all das müssen Ihnen furchtbar fehlen«, sagte Jerry, nicht sentimental, sondern voll tiefem Verständnis.

In diesem Moment überwältigten sie der bittere Schmerz über diese Lücke in ihrem Leben und die Sehnsucht, aber sie nahm sich noch rechtzeitig zusammen und streckte ihm eine Hand entgegen. Er zögerte, eine Sekunde nur, als wäre er überrascht, und ergriff sie dann mit beiden warmen Händen.

»Ja, ganz schrecklich.«

Er rieb ihre Hand und ließ sie dann los, als wüsste er nicht so recht, was er damit anfangen sollte.

»Ihnen geht's aber genauso, oder?«, fragte sie und dachte an sein Gespräch mit Sandra im *Thrive Café*. Im Bücherregal stehen Fotos seiner Frau und seiner Familie, und instinktiv glitt sein Blick dorthin.

»Ja. Ja, natürlich.«

Sie schwiegen, als schwebten in ihrer Nähe die Geister ihrer früheren Lieben und Leben. Kat spürte sein Unbehagen und fragte sich, wie sie die unbeschwerte Stimmung von eben wiederherstellen sollte.

»Also, dieser Film«, sagte sie und griff nach ihrem Glas. »Sollen wir uns im *Roundhouse* treffen?«

»Ja«, meinte er zustimmend. »Oder im *White Hart?*«

»Das wäre gut«, antwortete sie sofort. »Wir können in der Bar etwas trinken und dann zum Barn-Kino hinüberspazieren.«

Trotzdem war sie sich einer subtilen Veränderung der Atmosphäre bewusst, als hätte die Beschwörung ihres jeweiligen vergangenen Lebens die Dynamik verändert. Zeit zu gehen. Sie trank aus und stand auf.

Schnell sprang er auf; er war sich nicht sicher, ob er versuchen sollte, sie zum Bleiben zu bewegen, und wusste nicht recht, wie sie auseinandergehen sollten. Sie spürte, dass er sich fragte, ob sie sich die Hand schütteln, einen kurzen Kuss austauschen oder nur lächeln sollten. Seine Nervosität rührte sie. Über vierzig glückliche Ehejahre hatten ihn nicht gelehrt, wie man eine Affäre führt.

»Danke für den Drink.« Ganz schnell und leicht strich sie mit den Lippen über seine Wange. »Hat mir das Leben gerettet. Bis morgen dann. Gegen halb sieben.«

Er stand noch in der offenen Tür, aber sie sah nicht zurück zu ihm, sondern eilte die Treppe hinunter.

Jetzt biegt Kat auf die kleine Straße ab, die an der Gärtnerei Staverton Bridge vorbeiführt, überquert den Fluss und bremst ab, als die Bahnschranken herunterkommen. Eine Dampflok rattert vorbei, und Kat sitzt da, sieht ihr nach und denkt an Jerry.

»Das ist doch Tierquälerei, Liebes«, sagt sie sich.

Das war ein Spruch, den Gyorgy immer gebrauchte, wenn sie mit jungen Männern flirtete, die von ihrem Ruhm geblendet waren. Während Kat darauf wartet, dass die Schranke sich hebt, fragt sie sich, was Jerry gerade tut, was er denkt.

»Es ist bloß ein Kinobesuch«, murmelt sie abwehrend, als könnte Gyorgy sie hören. »Was in aller Welt ist das Problem?«

Jerry steht da und betrachtet Veronicas Foto, auf dem sie seinen Blick zu erwidern scheint. Sie hat ein Enkelkind auf dem Arm und hält ein weiteres an der Hand. Das Foto ist fast dreizehn Jahre alt, und Vee trägt ihr mütterliches Lächeln, das es fertigbringt, gleichzeitig glücklich, gebieterisch und selbstbewusst zu wirken.

Er mustert es genau: Liegt da ein Vorwurf in diesem festen Blick? Jerry denkt an Vee, daran, wenn er bei einem dieser ab und zu vorkommenden gesellschaftlichen Anlässe mehr als üblich getrunken oder einer hübschen Frau ein wenig zu viel Aufmerksamkeit geschenkt hatte. Er sah sich um – angenehm beschwingt in seinem Wohlbefinden und erfreut und überrascht über seine Schlagfertigkeit – und begegnete dann diesem stetigen Blick, den sie von der anderen Seite eines Tisches oder quer durch einen Raum voller Gäste auf ihn richtete, und wusste genau, was Vee dachte. »Du machst dich zum Narren, Jerry.« Dieser Blick wirkte wie eine kalte Dusche und brachte ihn meist sehr schnell wieder zur Vernunft.

Doch ich bin immer froh über Vees mäßigenden Einfluss gewesen, ruft er sich jetzt ins Gedächtnis. Sie hatte ganz recht. Er war ja tatsächlich zu empfänglich für Schmeicheleien und freute sich zu sehr, wenn er eine attraktive Frau zum Lachen brachte. Vee hatte verhindert, dass er sich zum Affen machte.

Er kann sich vorstellen, was sie jetzt zu ihm sagen würde, und ein Teil von ihm weiß, dass sie recht hätte, aber dieses Mal will er es nicht hören.

»Es ist schließlich nur ein Kinobesuch«, murmelt er, wendet sich ab und nimmt Kats leeres Glas. »Was in aller Welt ist das Problem?«

14. Kapitel

Tim holt das Spielzeugauto aus der Papiertüte und sieht es an. Glänzend und neu steckt es in seiner Plastikverpackung. Dann reißt er die Verpackung auf, nimmt das Auto heraus, schiebt es über seine Handfläche und findet, dass es weniger wie ein Geschenk wirkt, sondern eher … eher wie was? Etwas, das er im selben Geist hinterlassen wird wie der Unbekannte das Gesicht auf der Banklehne: als ein Freundschaftszeichen.

Er setzt sich an den Küchentisch. Immer noch rollt er das Auto vor und zurück und fragt sich, warum er Mattie nicht mit zum Pan oder zum Hundefriedhof genommen oder ihr von dem Gesicht auf der Bank erzählt hat. Er hatte es wirklich vor, aber im letzten Moment hat es sich ganz falsch angefühlt. Es ist zu wichtig, um es als leichte Unterhaltung zu behandeln, obwohl er aufrichtig nicht weiß, warum das Thema so starke Gefühle in ihm auslöst. Ihm war einfach nichts dazu eingefallen, wie er es hätte aufbringen können, ohne dass alles kindlich oder dumm geklungen oder solche Bedeutung angenommen hätte, dass es aller Interesse geweckt hätte. Er konnte einfach die Vorstellung nicht ertragen, dass Mattie, Charlotte mit Ollie und vielleicht sogar William und Kat in die Wälder gepilgert wären, um sich etwas anzusehen, das für ihn etwas ganz Besonderes ist.

Jetzt ist Mattie zurück nach London gefahren. Ihr kurzer Besuch ist vorüber, und Tim vermisst sie. Heute schmerzen seine Muskeln, und er ist müde, aber er hat sein Herz an einen Waldspaziergang gehängt. Er schluckt seine Tabletten und zieht einen Mantel an. Jetzt, Anfang Mai, ist das Wetter umgeschlagen; es ist kühl und feucht. Die frischen jungen Blätter sind von einem verschwommenen Nebel aus glitzernden Regentropfen überzogen, und Dunst treibt durch das Flusstal wie Rauch.

Er geht langsam, die Hände in den Taschen vergraben, und hat eine Faust um das Spielzeugauto geschlossen. Ein Teil von ihm ist erleichtert darüber, dass er wenig Gelegenheit hatte, allein mit Mattie zu sein. Es ist ihm immer noch möglich, die Vorspiegelung aufrechtzuerhalten, er sei ein fitter, körperlich gesunder Mann, und ihre natürliche Reaktion auf ihn zu genießen. Manchmal probt er, was er ihr sagen könnte.

»Ich habe eine degenerative Krankheit, die die Muskeln angreift. Bald kann ich vielleicht nicht mehr gehen, und schließlich wird sie sich auf meine Atemwege ausbreiten. Dann werde ich sterben. Aber niemand kann mit Sicherheit vorhersagen, wann das sein wird, denn ich habe anscheinend eine sehr seltene Form dieser Krankheit. Es könnte noch Monate dauern oder vielleicht sogar länger, doch ich habe nicht wirklich eine Zukunft.«

Er kann sich Matties Reaktion vorstellen, das langsame Umschlagen ihrer Miene zu Entsetzen und furchtbarem Mitleid, und schüttelt bei dieser Aussicht instinktiv den Kopf.

Wie üblich lindert der Frieden des Waldes – die Böschungen voll blühender Azaleen, der Duft von Glockenblumen und das Flattern der Vögel im Blätterdach – seine Angst und mildert sein Unglück.

Der Pan hält die Glockenblumen noch in der Hand, obwohl sie inzwischen die Köpfe hängen lassen, und er trägt weiter seine Halskette aus Immergrün. Wie üblich bleibt Tim einen Moment stehen, um ihm Ehre zu erweisen, und geht dann weiter. Während er sich eifrig auf die Bank zubewegt, empfindet er eine Mischung aus Hoffnung und Beklommenheit. Das Gesicht befindet sich noch auf der breiten Armlehne, und auf den ersten Blick scheint sich auch hier nichts verändert zu haben. Dann sieht er, dass der Tannenzweig, den er als Pfeife dazugelegt hatte, entfernt worden ist und die Steine, die den Mund bilden, umgelegt worden sind, sodass die Mundwinkel nach unten zeigen und ein trauriges Gesicht bilden.

Tim betrachtet es aufmerksam. Am liebsten möchte er lachen, so sehr freut er sich darüber, dass das Kind bei dem Spiel mitmacht. Ganz vorsichtig zieht er das kleine Auto hervor, setzt es neben das Gesicht auf die hölzerne Armlehne und tritt dann zurück, um sich umzusehen. Kein Geräusch, keine Bewegung.

Er setzt sich auf die feuchte Bank und sieht über die Felder hinaus. Heute sind die fernen Moore in Nebel gehüllt, aber jetzt liegt ein Leuchten in der Luft, ein Glanz, der die bebenden Regentropfen aufblitzen lässt und auf den Grashalmen schimmert. Ein Satz geht ihm durch den Kopf. *Köstlichste Frische lebt tiefinnerst allen Dingen …*

»Ich schätze, Sie sind zu jung für Gerald Manley Hopkins«, sagte Francis gestern bei einem seiner Besuche auf dem Hof, »doch ich habe Ihnen das hier trotzdem mitgebracht, damit Sie es sich ansehen. Bei Lyrik weiß man nie.«

Gerührt über das Einfühlungsvermögen des alten Herrn, hatte Tim das ziemlich abgewetzte Buch genommen und zugesehen, wie Mattie Francis umarmte und er mit seinem durchdringenden Blick auf sie hinuntersah. Tim fand Matties Reaktion interessant. Sie erwiderte seinen Blick dankbar, lächelte, als wäre ihr seine Musterung willkommen, als bedeutete seine Anwesenheit ihr eine Art Erleichterung. Offensichtlich verstanden sie einander, und dieser Austausch wirkte tröstlich auf beide. Sie erzählte ihm von dem Vorstellungsgespräch, zog ihn zu der Bank, auf der sie nebeneinandersaßen, während Tim das Buch mit den Gedichten durchblätterte. Ihm fiel auf, dass einige Passagen dick unterstrichen und an den Rändern mit Bleistift Bemerkungen angebracht waren, und er fand es bewegend, sie zu lesen und einen Einblick in die privaten Gedanken des alten Herrn zu erhalten.

Köstlichste Frische lebt tiefinnerst allen Dingen … Dieser Satz hatte eine Saite in ihm angeschlagen, und jetzt, hier draußen im Wald, tritt er ihm wieder lebhaft vor Augen. Überall um ihn herum steigt frisch und köstlich Leben aus der Tiefe der warmen Erde auf. Hier draußen in diesen Wäldern fällt es ihm so viel schwerer, über seinen Plan nachzudenken, seinem Leben ein Ende zu setzen, bevor er zum Invaliden wird. Hier können Wunder geschehen; Hoffnung blüht auf und umrankt sein Herz wie das Geißblatt die Dornenhecke.

Tim steht auf, wirft einen letzten Blick auf das Spielzeugauto und macht sich zum Hundefriedhof auf. Er weiß, dass sein Verlangen danach, das Kind zu sehen, einfach eine verzweifelte Flucht zurück in die Vergangenheit darstellt – seine Vergangenheit. Er sehnt sich danach, den glücklichen kleinen Jungen zu sehen, der er gewesen war, bevor er mit Ban am Gartentor gestanden hatte, bevor seine Mutter starb. Irgendwie könnte sich dann ein Gefühl von Vergebung einstellen. Er sehnt sich nach einem Zeichen dafür, dass er nicht allein ist.

Als er näher kommt, sieht er etwas Rosafarbenes, das auf Bracks Grab aufgehäuft ist, als hätte jemand ein Tuch darauf fallen lassen. Er eilt hin und bleibt dann abrupt stehen. Jemand hat die abgefallenen Kamelienblüten aufgesammelt und in Herzform ausgelegt. Tim starrt darauf hinunter, und sein eigenes Herz pocht ihm flatternd in der Brust. Er fühlt sich schwach und sinkt, ohne nachzudenken und ohne bewussten Vorsatz, auf die Knie. Genau in diesem Moment spürt er, so verrückt das ist, ein Gefühl in sich aufsteigen, dass dies ein Zeichen ist und ihm und Ban endlich vergeben worden ist. Er kann den Tränen, die über seine Wangen strömen, nicht Einhalt gebieten, reibt sich mit dem Arm ungeduldig über das Gesicht und weiß, dass er sich wie ein Narr benimmt. Trotzdem starrt er weiter das Kamelienherz an, das Steinrelief des kleinen Hundes, und kann nicht aufhören zu weinen.

Bald rappelt er sich schwach und erschöpft auf die Beine und tritt den Heimweg an.

Als sie Oliver aus dem Auto holt, sieht Charlotte, wie Tim auf dem Weg, der in den Wald führt, auftaucht, ihr zuwinkt und in seinem Cottage verschwindet. Sie winkt zurück und lässt sich von seinem hastigen Rückzug nicht stören. Ein so enges Zusammenleben lehrt Menschen, die Privatsphäre der anderen zu respektieren. Außerdem ist Charlotte ganz froh darüber, dass sie Oliver hineinbringen und zu seinem Schläfchen hinlegen kann. Sie hat sich in Plymouth zu Mittag mit einigen ihrer Freundinnen getroffen – alles Marinefrauen mit kleinen Kindern. Dabei herrschte ein ziemlicher Tumult, und Oliver ist quengelig. Charlotte freut sich auf ein paar Minuten Ruhe und Frieden.

Seit Mattie abgereist ist, fehlt sie ihr; das war schon immer so. Selbst wenn sie Diskussionen und Ärger hatten, ist sie traurig, wenn ihre Schwester fährt. Während sie Oliver ins Haus trägt, kann sich Charlotte immer noch nicht ganz vorstellen, für zwei Jahre nach Washington zu gehen und ihre ganze Familie zurückzulassen, solange Oliver noch so klein ist. Sie findet, das ist ziemlich viel von ihr verlangt. Das hat sie auch zu Francis gesagt, als er während Matties Besuch aus seiner Höhle herunterkam, um sie alle zu treffen.

Schweigend saß er da und hörte zu, wie sie ihm ihre Bedenken darlegte: dass es ihr lieber wäre, Zeit zu haben, um hier mit Andy zu leben und zu lernen, eine richtige Familie zu werden; dass sie Zeit braucht, um sich darauf einzustellen. Wooster kam und lehnte sich an seine Knie, und Francis kraulte ihn sanft hinter den Ohren, während er lauschte.

»Ich schätze, ihr würdet auch in Washington lernen, eine richtige Familie zu sein«, meinte er nachdenklich, als sie zu Ende erzählt hatte. »Es könnte euch sogar noch enger zusammenschweißen und euch als kleine Einheit stark und unabhängig machen. Es ist eine großartige Gelegenheit für euch alle. Schließlich wärt ihr in einer sehr sicheren Umgebung. Wie viele junge Leute würden sich auf eine solche Chance stürzen! Ein ordentlicher Karrieresprung für Andy, kann ich mir vorstellen. Und was für eine Erfahrung für Ollie.«

Charlotte war leicht pikiert über Francis' positive Herangehensweise; sie hatte eine ausgewogenere Sichtweise erwartet.

»Oliver wäre noch viel zu klein, um davon etwas mitzubekommen«, gab sie ziemlich schnippisch zurück.

Nachdenklich schürzte Francis die Lippen, wobei er Wooster weiter hinter den Ohren kraulte, und der Hund hechelte und schien vor Freude zu lächeln.

»Ich frage mich, ob man zu jung sein kann, um Nutzen aus Lebenserfahrungen zu ziehen. Sicher hat doch alles auf die eine oder andere Art Auswirkungen auf ihn, auch wenn er sich später nicht wirklich an die Einzelheiten erinnert.«

Jetzt legt Charlotte Oliver in sein Bettchen und sieht auf

ihn hinunter. Er ist sehr schläfrig, aber zufrieden. Sie freut sich darüber, dass er bei den anderen Kindern, über die er abwechselnd staunte und sich amüsierte, so brav und gut gelaunt war. Trotzdem kann sie sich immer noch nicht vorstellen, weit weg von zu Hause und in einem fremden Land zu leben.

Ihr wird klar, dass sie Angst hat. Sie erkennt, dass Andy ihr durch diese Trennung fremd geworden ist. Allmählich vergisst sie, wie es ist, ihn um sich zu haben, mit ihm zu reden, mit ihm im Bett zu sein. Sie kennt ihn nicht einmal drei Jahre, und den größten Teil dieser Zeit war er auf See. Er hat ihr gemeinsames Kind bisher kaum um sich gehabt. Wie wird es sein, wenn sie zusammen an einem Ort leben, an dem sie niemanden kennt – keine Eltern eine Autostunde entfernt auf der anderen Seite des Moors, keine Mattie, die vorbeikommt, um sie zu besuchen, weder William noch Tante Kat nebenan? Sogar Tim wird ihr langsam vertrauter als Andy.

Charlotte schlingt die Arme um ihre Taille, als müsste sie sich selbst zusammenhalten. Ihre Mutter fühlt mit ihr, aber ihre eigenen Jahre als Marine-Ehefrau haben sie gestählt. Und ihr Vater macht sich mehr Gedanken über Andys Beförderung als um Charlottes Ängste und darüber, wie sie damit umgehen wird, denn er selbst hegt diesbezüglich keine Befürchtungen. Er umarmt sie dann und versichert ihr, dass sie das schon schaffen wird und sie sie besuchen werden. Es fällt Charlotte schwer, ihre wahren Gefühle zum Ausdruck zu bringen und Mitgefühl einzufordern. Im Allgemeinen ist *sie* diejenige, die zäh und stark ist und ihre Schwester oder ihre Freundinnen in schlechten Zeiten auffordert, sich zusammenzunehmen und die Schwäche nicht siegen zu lassen.

Während Charlotte, die Arme immer noch tröstlich um sich selbst geschlungen, auf Oliver hinabsieht, wird ihr klar, dass sie sich zum ersten Mal in ihrem Erwachsenenleben wirklich schwach und verängstigt fühlt. Bis jetzt sind ihr sehr wenige Herausforderungen begegnet, und sie erkennt langsam, dass ihr fehlendes Mitgefühl für die Probleme anderer Menschen darauf beruht, dass sie nicht in der Lage ist, sich in sie hineinzuversetzen. Dass sie davon ausgeht, sie müssten in der Lage sein, mit allem fertigzuwerden, liegt daran, dass es ihr an Erfahrung und Einfühlungsvermögen mangelt.

Mutter zu werden war der erste Schritt zu dieser neuen Selbstwahrnehmung, das Getrenntsein von Andy der zweite. Unbestimmt erkennt sie, dass ihre Standardeinstellung eine kritische ist. Sie hat nichts übrig für Verworrenheit, Unentschlossenheit und Bedürftigkeit.

Oliver schlummert friedlich und ist sich ihres inneren Aufruhrs nicht bewusst, und sie deckt ihn behutsam zu, geht hinaus und schließt leise die Tür hinter sich.

15. Kapitel

Als Fiona im *Cott* ankommt, ist fast Mittagszeit. Sie liebt dieses lang gestreckte, weiß getünchte Gebäude aus dem vierzehnten Jahrhundert mit seinem schweren goldbraunen Reetdach und den niedrigen Deckenbalken. Im Winter ist es so gemütlich, wenn an jedem Ende der Bar ein Holzfeuer brennt. Im Sommer macht es Spaß, zu der großen, blumenbepflanzten Terrasse hinaufzusteigen und mit einem kalten Getränk unter den hölzernen Pergolen zu sitzen. Der Pub ist schon recht belebt, aber Anton kommt hinter der Theke hervor, um ihren Koffer zu nehmen und sie zu ihrem Zimmer zu bringen. Als sie wieder nach unten kommt, wartet ihr Lieblingscocktail auf sie, und Anton hat ihr einen Tisch reserviert.

Sie mag diese Aufmerksamkeit, die ihr das Gefühl gibt, etwas Besonderes zu sein, und seufzt vor Vergnügen, als sie ein Mittagessen bestellt und sich dann zurücklehnt, um ihren Drink zu genießen und sich umzusehen. Es ist ein ziemlicher Schock, Kat ein paar Tische weiter sitzen zu sehen. Sie ist in Begleitung eines Mannes, den Fiona nicht kennt. Es gibt überhaupt keinen Grund, warum Kat nicht mit einem Freund im *Cott* zu Mittag essen sollte, aber etwas daran, wie die beiden miteinander umgehen, hindert Fiona daran, sich bemerkbar zu machen. Sie rückt auf ihrem Stuhl nach hinten, sodass sie etwas geschützter sitzt und die beiden beobachten kann, ohne selbst bemerkt zu werden.

Er sieht nett aus, denkt Fiona, wenn auch für Kats Geschmack ziemlich konventionell. Ihre Männer haben für gewöhnlich etwas von Sturm und Drang an sich, was diesem Burschen mit dem graublonden, etwas zu langen Haar zu fehlen scheint. Trotzdem unterhalten sie sich offensichtlich gut. Er erzählt ihr eine Geschichte, und sie hört aufmerksam zu, sieht ihn vergnügt an und reagiert enthusiastisch. Fiona sieht, wie Kats Herzlichkeit und Zugewandtheit ihn aufblühen lassen.

Ungezwungen essen und trinken sie, als wären sie alte Freunde, doch etwas Unterschwelliges verrät Fiona, dass das nicht unbedingt der Fall sein muss. Zwischen den beiden herrscht eine bezaubernde Scheu. Kat berührt ihn leicht am Handgelenk, sieht ihn aber nicht an; er streckt die Beine aus, und als sie ihre berühren, zieht er sie abrupt zurück. Das erinnert Fiona an die Anfangszeit mit Sam – oh, die Spannung und die Vorfreude auf diese ersten Treffen –, und sie empfindet Neid auf Kat und ihren unbekannten Begleiter.

Noch sind sie kein Paar, denkt Fiona, aber sie sind auf dem besten Weg, eines zu werden.

Ihr Lachs wird gebracht, und sie beginnt zu essen, doch ihre Aufmerksamkeit gilt weiter Kat und ihrem Begleiter. Jetzt redet Kat. Sie vollführt eine ihrer unglaublich eleganten und anmutigen Armbewegungen und wirft fast sein Weinglas um; er greift danach und kann es retten, und dann schütten sich beide vor Lachen aus. Ihre Teller werden abgeräumt, aber sie bemerken es kaum.

Fiona ist fasziniert – doch jetzt wird sie abgelenkt. Zwei Neuankömmlinge treten ein, sehen sich um und gehen an die Bar. Beide sind Frauen in den Sechzigern und sehen sich mit ihrem ordentlich frisierten Haar, dem sorgfältigen Make-up und den schicken Kleidern ziemlich ähnlich. Eine beginnt ein Gespräch mit Anton, der ihr offensichtlich erklärt, im

Moment sei kein Tisch frei. Die andere Frau, die weiter in die Bar hineingeschlendert ist, um die Tafel mit der Tageskarte anzusehen, bleibt plötzlich stehen. Ihre Aufmerksamkeit richtet sich auf Kat und ihren Begleiter, und angesichts ihrer unverstellten Miene – eine Mischung aus Schock und Empörung – möchte Fiona am liebsten in Gelächter ausbrechen. Sie fragt sich, ob sie seine Frau ist, und falls ja, wie Kat reagieren wird.

Fiona sieht zu, wie die Fremde Kat mustert, die Situation einschätzt und entscheidet, wie sie vorgehen soll. Sie wirft einen Blick zurück zu ihrer Begleiterin, die sich noch mit Anton unterhält, und geht weiter, bis sie an Kats Tisch steht. Fiona spitzt die Ohren, um das Gespräch mitzuhören, und lacht laut über die Miene des Mannes, die eine Mischung aus Verblüffung, Entsetzen und dem Versuch höflicher Freude zeigt. Kat ist kaum zu erkennen. Klar ist, dass die Frau nicht seine Ehefrau ist, doch die Gelegenheit ergreifen will, sich dazwischenzudrängen: Sie wedelt mit dem Arm, um zu bedeuten, wie voll es in der Bar ist und dass an ihrem Tisch noch Platz für zwei Personen wäre. Sie hat das Überraschungsmoment auf ihrer Seite, und Fiona sieht, wie der Mann Kat einen hilflosen Blick zuwirft und nicht weiß, wie er ihr das Ansinnen, sich zu ihnen zu setzen, abschlagen soll. Fiona erhascht einen Blick auf Kats Gesicht und muss wieder lachen. Sie schiebt ihren leeren Teller beiseite, nimmt ihre Handtasche und steht auf.

»Kat«, ruft sie, als sie sich dem Tisch der beiden nähert. »Toll, dich zu sehen! Tut mir leid, dass ich so spät komme, aber ich habe doch noch Zeit, den Kaffee mit euch zu trinken, oder?«

Die Frau fährt herum; Kat ist kurz verblüfft, gewinnt jedoch fast sofort die Fassung zurück.

»Liebe Fi«, sagt sie und kann ihre Erleichterung nicht verbergen. »Ich hatte dich schon fast aufgegeben. Komm, setz dich!«

Fiona lächelt der Frau zu, ein strahlendes, abschätziges Lächeln, das sie vertreiben soll, und lässt sich neben Kat auf der Bank nieder. Die Frau zögert, doch ihre Freundin – die das Intermezzo nicht bemerkt hat – hat sich schnell des freien Tisches bemächtigt und ruft jetzt eindringlich nach ihr. Frustriert wendet sie sich ab und wirft noch einen Blick zurück. »Dann sehen wir uns bei der Ausstellung im Birdwood House am Dienstag, Jeremy.«

»Also«, sagt Fiona, lässt ihre Tasche auf die Bank fallen und strahlt den Mann an. »Ich hoffe, ich habe euch nicht gestört. Stell mich doch vor, meine Liebe.«

»Großartiges Timing«, murmelt Kat und spricht dann lauter weiter. »Das ist Jerry Fermor. Jerry, das ist die Frau meines Cousins William, Fiona Taylor.«

Jerry wirkt unbehaglich, fast schockiert über Fionas unerwartetes Auftauchen und Kats Reaktion. Es ist klar, dass er sich bei diesem kleinen Spielchen unwohl fühlt, und er sieht der Frau nervös nach, als fürchtete er, sie seien grob unhöflich gewesen. Er schüttelt Fiona die Hand, und sie wirft sich schnell in die Bresche.

»Ich bin gerade erst aus London angekommen«, erklärt sie. »Der Verkehr ist grauenhaft. Ich wette, du hattest vergessen, dass ich kommen wollte, oder, Kat?«

»Ja, das hatte ich tatsächlich, Liebes«, räumt Kat ein. »Obwohl Charlotte mich heute Morgen daran erinnert hat. Aber es ist schön, dass du rechtzeitig hier bist, um Jerry kennenzulernen. Er war noch nicht in Brockscombe, daher hat er die Familie noch nicht getroffen. Du bist die Erste.«

»Fürchten Sie sich, fürchten Sie sich sehr«, warnt Fiona ihn scherzhaft. »Der verrückteste Haufen aller Zeiten.«

Er lächelt ihr zu, und sie sieht, dass er sich ein wenig wohler fühlt, obwohl die Stimmung, die Kat und er geschaffen hatten, zerstört ist. Sie bestellen Kaffee, Fiona erzählt den beiden von dem Projekt, an dem sie arbeitet, und bald steht Jerry auf und geht an die Bar, um die Rechnung zu begleichen. Die beiden sehen zu, wie er stehen bleibt, um mit der Frau und ihrer Begleiterin zu sprechen.

»Wer ist sie?«, fragt Fiona.

»Sandra. Eine ziemlich langweilige kleine Freundin«, antwortet Kat. »Sie ist eindeutig der Meinung, dass ich in fremdem Revier jage, obwohl er ein freier Mann ist. Danke übrigens für eben, Fiona. Ich habe dein Schauspieltalent wirklich unterschätzt. Warst du die ganze Zeit schon da?«

»Teilweise. Aber ihr habt so vertraut gewirkt, dass ich euch nicht unterbrechen wollte. Als die beiden hereinkamen, dachte ich dann, dass ich vielleicht das kleinere Übel wäre. Er ist sehr nett, doch ich bin mir nicht sicher, ob er dir das Wasser reichen kann, Kat.«

»Ich auch nicht, aber ich gebe ihm die Chance, es zu versuchen.«

Sie lachen beide, und Fiona spürt einen neuen, überraschenden Anflug von Zuneigung für Kat in sich aufsteigen. Etwas geht ihr im Kopf herum, und sie runzelt die Stirn und versucht, sich zu erinnern. Ach ja. »Das ist die Frau meines Cousins William, Fiona Taylor.« So hat Kat sie Jerry vorgestellt. Das ist zwar theoretisch richtig, aber normalerweise wird sie nicht mehr so wahrgenommen. Es ist, als hätte Kat ihr etwas geschenkt, zu dem sie zurückkehren kann, etwas, worauf sie ihre Beziehung zu ihrer Familie neu aufbauen kann.

Williams Frau. Sie ist Kat dankbar, die – aus gutem Grund – seit ihrer Trennung entschieden auf Williams Seite steht. Es fühlt sich gut an, wieder dazuzugehören, statt in die Rolle der Außenseiterin gedrängt zu werden.

»Wolltet ihr noch anderswohin?«, flüstert sie Kat zu, während Jerry seine Brieftasche wieder einsteckt und zurückkommt. Sandra lehnt sich auf ihrem Stuhl zur Seite, um ihn aufzuhalten und noch ein wenig mit ihm zu plaudern.

»Das wäre sicher klug«, meint Kat und beobachtet die beiden. »Wir hatten über das Mittagessen hinaus eigentlich keine Pläne.«

»Also, du könntest ihn mit nach Brockscombe nehmen. Oder ihr könntet mein Zimmer benutzen, falls du meinst, er ist dem gewachsen.«

Als Jerry zu ihnen zurückkommt, lachen sie beide, und Kat steht auf.

»Danke für das schöne Essen«, sagt sie. »Würden Sie gern mit nach Brockscombe fahren? Fiona besucht ihre Familie, und wir können alle zusammen Tee trinken. Was meinen Sie?«

Fiona sieht, dass Jerry immer noch leicht aus dem Gleichgewicht gebracht ist, dass er nicht an solche Tricks gewöhnt ist, und lächelt ihm zu. »Kommen Sie doch mit, und lernen Sie meinen Enkel kennen!«, sagt sie. »Er ist einfach vollkommen, und ich habe nicht oft Gelegenheit, mit ihm anzugeben.«

Das ist eine so charmante Bitte, dass Jerry sie ihr nicht abschlagen kann, und sie gehen alle zusammen hinaus auf den Parkplatz.

»Wir nehmen Jerry in die Mitte«, sagt Fiona, »dann kann er sich nicht verfahren.«

Sie sieht zu, wie Kat und Jerry in ihre Autos steigen, und dann schließt sie ihres auf und klettert mit einem frohen Gefühl hinein. Nach der Szene ist sie immer noch erheitert und beschwingt und freut sich jetzt darauf, Ollie und Charlotte zu sehen – und später William. Fiona setzt rückwärts aus der Parklücke und folgt Jerrys Auto die Straße entlang.

Nachdem Kat den Kreisverkehr hinter sich gelassen hat, wirft sie einen Blick in den Rückspiegel, um festzustellen, ob Jerry ihr noch folgt. Sie ist ziemlich überrascht – und amüsiert – über Fionas Parteinahme. Die ganze Episode erinnert Kat daran, wie lustig Fiona sein konnte, und an die glückliche Zeit, bevor sie sich nach London davongemacht hat. Obwohl Kat William unterstützt und ihn liebt, empfindet sie jetzt eine neue Empathie für Fiona. Schließlich wäre es schwierig gewesen, einer so gewaltigen Karrierechance zu widerstehen. Es ist auch möglich, dass Fiona von Sam überrumpelt worden ist, während sie noch damit beschäftigt war, sich zwischen all der Aufregung und den Herausforderungen ihrer neuen Verantwortung zurechtzufinden. Kat vermutet, dass er ein sehr attraktiver und erfahrener Mann war, dem Fiona nur schwer widerstehen konnte. Wie sie nur zu gut weiß, besitzt eine Arbeitsbeziehung eine sehr starke Dynamik.

Erneut sieht sie in den Spiegel, erhascht einen Blick auf Jerrys ernste Miene und verzieht ein wenig das Gesicht. Er war erkennbar nicht amüsiert darüber, wie Fiona sich Sandras »entledigt« hat. Er war peinlich berührt, schockiert sogar, und sie fragt sich, wie er reagieren wird, wenn sie wieder miteinander allein sind.

Und dabei war es so ein schönes Mittagessen gewesen; eine Verabredung im Anschluss an den Film, um die Dynamik zwischen ihnen in Gang zu halten. Jerry sprach davon, wie sehr ihm seine Arbeit und seine Studenten fehlten, berichtete von einem Ausflug nach London, um ein neues Stück zu sehen, und der Möglichkeit, einer Laienschauspielgruppe am Ort beizutreten. Kat arbeitete gerade auf den Vorschlag hin, gemeinsam nach London zu fahren – sie wollte sich mit Miche treffen –, als Sandra hereingeplatzt war und alles verdorben hatte.

Klar ist Kat jetzt, dass sie Jerry ein wenig falsch eingeschätzt hat. Sie war voll und ganz davon ausgegangen, dass er genau wie sie wenig begeistert über Sandras Erscheinen sein und sich deshalb über Fionas Rettungsaktion amüsieren würde. Stattdessen hat er sich unbehaglich gefühlt. Er ist so ein guter Mann, freundlich, eher zögerlich und sehr unterhaltsam. Er unterscheidet sich so stark von Gyorgy, Miche und den anderen, dass Kat fasziniert von ihm ist. Noch hatte sie die Familienkarte nicht ausspielen wollen – wenn überhaupt –, doch sie hatte ihn auch nicht einfach so mit Sandra sitzen lassen wollen. Fionas Vorschlag war die einzige unmittelbare Option gewesen. Jetzt kommt es darauf an, nichts zu überstürzen.

Kat blinkt rechts, früh genug, damit Jerry es sieht, bremst ab und wartet auf eine Lücke im Verkehr. Er folgt ihr die Straße entlang, die zur Brücke führt, und Kat hält an, um sich zu vergewissern, dass sie frei ist, und fährt dann als Erste über den Bahnübergang und weiter nach Brockscombe.

Während Jerry ihrem Wagen folgt, erlebt er einen ganzen Wirrwarr von Emotionen. Er kann sich nicht erinnern, je so verwirrt gewesen zu sein. Er hat vergessen, wie es war, so viel Spaß ohne jede Verantwortung zu haben. Bei Kat kann er seine altvertraute Rolle als Ehemann, Vater, Großvater und die dazugehörende Persönlichkeit abschütteln und einfach er selbst sein. Es gibt keine Erwartungen, keine Verurteilungen, abgesehen von seinem eigenen Bedürfnis, mit ihr in Kontakt zu bleiben, sie zum Lachen zu bringen, sie zu unterhalten. Er kann kaum glauben, dass sie – die so berühmt, so talentiert ist – seine Gesellschaft genießt.

Das Essen war ein großer Erfolg, bis Sandra aufgetaucht ist. Er war so vollständig mit Kat beschäftigt gewesen, dass er gar nicht auf die Idee gekommen war, vielleicht einen der anderen Gäste zu kennen. Und plötzlich hatte Sandra dagestanden, mit dieser inzwischen vertrauten Miene, die Eifer, aber auch Missbilligung ausdrückt. Sie war ganz offensichtlich verblüfft darüber, Kat und ihn dort anzutreffen, doch nur kurz. Dann nutzte sie die Gunst der Stunde und wies darauf hin, dass es eine gute Idee wäre, wenn sie und ihre Freundin sich zu ihnen setzen würden, da die Bar so voll sei.

Er war verärgert und enttäuscht darüber, dass sein Tête-à-Tête mit Kat so schnöde unterbrochen wurde, aber seine guten Manieren verlangten von ihm, höflich damit umzugehen. Kats schnelle Bereitschaft, sich über die üblichen Konventionen hinwegzusetzen und Fionas inszenierten Auftritt zu genießen, schockierte ihn ziemlich. Obwohl Sandras Hereinplatzen ihn irritierte, hatte er das Bedürfnis gehabt, sich dafür zu entschuldigen, und sich dann einverstanden erklärt, nach der Ausstellung mit ihr essen zu gehen. Ja, Sandra hatte ihren Vorteil rasch ausgenutzt, und das wiederum ärgert ihn noch mehr. Er fühlt sich manipuliert.

»Das Problem ist«, pflegte Vee zu sagen, »dass du zu nett bist. Du lässt dich unterbuttern.«

Es hat sie immer in Rage gebracht, wenn sie miterlebte, wie er versuchte, peinlichen Menschen entgegenzukommen, sie zu beschwichtigen, wieder Harmonie zu schaffen. Doch selbst er sieht keinerlei Möglichkeit, irgendeine Beziehung zwischen Kat und Sandra herzustellen. Und er will es auch nicht; sie gehören in unterschiedliche Teile seines Lebens. Sandra hat ihm neue Leute vorgestellt, ihn in Vereine und Clubs eingeführt. Kat ist da vollkommen anders; sie stammt aus einer anderen Welt, und er ist vollkommen verzaubert von ihr.

Und jetzt ist er hier und fährt zu einem Treffen ihrer Familie, von der sie noch nicht erzählt hat, sodass er keine Ahnung hat, was ihn erwartet. Plötzlich steigt diese neue Abenteuerlust, die sie in ihm geweckt hat, erneut auf und vertreibt Ärger und Nervosität. Seine Laune verbessert sich, und er spürt das inzwischen schon vertraute und aufregende Gefühl, sich außerhalb seiner Komfortzone zu bewegen. Jerry biegt auf den Hof ein und parkt neben Kats Wagen.

16. Kapitel

Als William nach Hause kommt, ist es auf dem Hof ruhig. Tims und Kats Autos sind nicht da, obwohl Fionas Wagen neben der Scheune steht. Wenigstens hat sie sich dieses Mal nicht auf meinen Parkplatz gestellt, denkt er. Er fühlt sich ein ganz klein wenig griesgrämig. Die Chorprobe ist abgesagt worden – zwei verheiratete Sänger sind im Urlaub und ihr Dirigent krank –, und William wird sowohl die Gesellschaft fehlen als auch der gesundheitliche Nutzen. Ein paar Stunden Singen beleben ihn; es ist eine großartige Übung für die Lunge, die Zwischenrippenmuskulatur und das Zwerchfell, und nach seiner Chorprobe am Freitagabend fühlt er sich immer mehrere Tage lang lebendiger und energiegeladener.

Während er aus dem Auto steigt und überlegt, ob er kurz bei Francis vorbeigehen soll, taucht Fiona aus Charlottes Tür auf. In ihren Jeans und einem weiten Hemd wirkt sie gut in Form und sexy und lächelt ihm zu. Ganz gelegentlich kann er so tun, als wären sie nie getrennt gewesen, und dann sind mit einem Mal all ihre vertrauten Gewohnheiten und ihre gemeinsame Vergangenheit wieder da. Vielleicht liegt es daran, dass ich im Pub angehalten habe, um ein Bier zu trinken, mahnt er sich zynisch, aber er lässt sich ihren Kuss mit einem Anflug des alten Vergnügens gefallen, und er fühlt sich weniger mürrisch.

»Gut siehst du aus«, sagt er. »Hast du Ollie ins Bett gebracht?«

»Ja. Beim Baden bin ich nass geworden, und Charlotte hat mir ein Hemd von Andy geliehen.«

Sie hakt ihn unter und zieht ihn an sich, und Begierde, die sich aus Vertrautheit und einem plötzlichen Drang nach körperlicher Erleichterung speist, durchschießt ihn. Behutsam macht er sich los, indem er tut, als suchte er nach seinen Hausschlüsseln, während er versucht, seine Gefühle in den Griff zu bekommen. Sie scheint entschlossen zu sein, ihm ins Haus zu folgen, daher lässt er seine Aktentasche auf die unterste Treppenstufe fallen und geht direkt in die Küche.

»Einen Drink?«, bietet er an. »Hattest du eine gute Fahrt?«

»Ja, auf beide Fragen«, gibt sie zurück, lässt sich auf einem der Stühle am Tisch nieder und schlägt die Beine übereinander. »Allerdings viel Verkehr. Ich habe im Pub sehr nett zu Mittag gegessen. Rate mal, wer da war? Kat und ihr neuer Verehrer.«

Er sieht, dass sie hofft, ihn zu überraschen, aber er schenkt ihr einfach ein Glas Wein ein und schiebt es über den Tisch.

»Aha«, sagt er unverbindlich. »Sie hat euch also vorgestellt?«

Fiona wirkt enttäuscht. »Dann wusstest du über ihn Bescheid?«

»Hm.« Er setzt sich ihr gegenüber und lächelt über ihre Miene. »Ich hatte von ihm gehört, ihn jedoch noch nicht kennengelernt. Wie ist er denn so?«

Jetzt lächelt sie wieder und ist bereit, ihn einzubeziehen und zu klatschen. Ganz wie in alten Zeiten. »Nicht ihre Liga, aber ein ganz Netter. Gut aussehend. Sexy, so auf eine Art wie der Junge von nebenan. Das richtig Komische ist, dass noch eine andere Frau ein Auge auf ihn geworfen hat; und sie tauchte tatsächlich auf, während er und Kat unter dem Tisch Füßchen gespielt haben.«

Verblüfft zieht er die Augenbrauen hoch, und sie stößt einen leisen, freudigen Aufschrei aus. Sie hat ihn schon immer gern schockiert.

»Und, was ist passiert?« Es ist ganz angenehm, sich mitziehen, sich von ihr unterhalten zu lassen. »Und wo warst du die ganze Zeit?«

»Hab mich am Ecktisch versteckt. Verstehst du, ich habe die beiden gesehen und beschlossen, taktvoll zu sein und mich fernzuhalten. Dann schlendern diese Frau und ihre Freundin herein. Du hättest ihr Gesicht sehen sollen, Wills, als sie Kat und Jerry entdeckt hat. Gott, es war unbezahlbar!«

»Jerry? So heißt er?«

»Kat nennt ihn Jerry. Die altbackene Freundin nennt ihn Jeremy.«

Er lächelt und schüttelt stirnrunzelnd den Kopf. »Warum?«

Fiona zuckt mit den Schultern und trinkt von dem Wein. »Einen Namen zu verkürzen ist ein Zeichen von Zuneigung, nehme ich an. Mir gefällt das, dir nicht? Deswegen nenne ich dich ja Wills, während die meisten Leute dich William nennen. Und du nennst mich Fi.«

Er weigert sich, darauf anzuspringen. »Und was ist nun passiert?«

»Die altbackene Freundin versuchte, sich aufzudrängen. Die Bar war voll, und sie wollte ihn unter Druck setzen, sie an ihren Tisch zu bitten. Ich habe einen Blick auf Kats Gesicht erhascht, und sie sah aus, als wollte sie explodieren, also habe ich beschlossen dazwischenzugehen. Ich bin hinübergegangen und habe mich entschuldigt, weil ich angeblich zu spät war, mich neben Kat gesetzt und die altbackene Freundin mit meinem Todesblick vertrieben. Du weißt schon.«

Sie sieht ihn durchdringend an und beginnt dann ganz langsam zu schielen, und er platzt vor Lachen heraus. Er kann nicht anders. Das war schon immer einer ihrer Tricks. Bei Partys, quer über einen Esstisch voller Freunde, war das immer ihre Art, amüsierte Missbilligung auszudrücken und ihn zu ermuntern, ihre Belustigung zu teilen.

Fiona lacht mit ihm, sichtlich erfreut über den Erfolg, den sie mit ihrer Geschichte erzielt hat.

»Und was ist dann passiert?«

»Na ja. Kat fand mein Auftauchen zum Schreien komisch, doch Jerry ist ein bisschen aus der Fassung geraten. Ich glaube, die altbackene Freundin tat ihm ein wenig leid. Als er die Rechnung bezahlt hat, ist er zu ihr hinübergegangen und schien sich zu entschuldigen. Kat hat das nicht gefallen, aber sie konnte sich nicht entscheiden, was sie als Nächstes tun sollte. Ich habe ihr mein Zimmer angeboten, doch wir fanden, vielleicht sei er der Sache nicht gewachsen.«

»Ehrlich, Fi! Das hast du nicht getan, oder?«

Seit Ewigkeiten hat er nicht mehr so viel gelacht; es muss an dem Wein nach dem großen Glas Bier liegen. Auch sie lacht und amüsiert sich königlich.

»Doch. Aber dann habe ich vorgeschlagen, dass wir alle hierherfahren. Aus irgendeinem Grund schien es genau das Richtige zu sein. Also sind wir im Konvoi hergefahren, haben Tee mit Charlotte und Ol getrunken, und dann beschloss Kat, Jerry irgendwo hinzuschleppen.«

»Wohin?«

Fiona zuckt mit den Schultern. »Woher soll ich das wissen? Vielleicht zu ihm? Die Stimmung war sehr vergnügt, als sie gefahren sind, aber wenn man nicht im selben Auto sitzt, fällt es schwer, den Impuls aufrechtzuerhalten, Liebling.«

Er lacht immer noch leise und fühlt sich entspannt und auf sie eingestimmt.

»Bleibst du zum Abendessen? Ich könnte etwas kochen.«

»Ach, liebster Wills, das würde ich nur zu gern, doch Charlotte hat mich eingeladen, und ich habe angenommen.«

Er ist erstaunt darüber, wie enttäuscht er ist – aber vielleicht ist es so das Beste. Er fühlt sich wehrlos und fürchtet, dass Fi das ausnutzt und einen weiteren Vorstoß für ihren Plan von einem Stützpunkt hier startet. Bei Gelegenheiten wie diesen erinnert er sich genau daran, warum er sich in sie verliebt und sie geheiratet hat, und er weiß, dass er sich diesen schwachen Moment nicht erlauben darf.

»Warum isst du nicht mit uns, falls Kat nicht zurückkommt?«, fragt sie gerade. »Charlotte hätte nichts dagegen. Du weißt, wie sie es liebt, wenn alle zusammen sind.«

»Vielleicht«, sagt er. Eigentlich möchte er nicht allein sein und sich ein einsames Essen kochen. Er wünscht sich weibliche Gesellschaft. »Vielleicht könntest du nachsehen gehen, nur für den Fall?«

»Klar.«

Sie steht auf und sieht immer noch sexy, unendlich begehrenswert und herzzerreißend vertraut aus. Sie zögert und schaut ihn an, und er hat Angst, sie könnte sich ihm nähern, ihn berühren. Dann würde er sie einfach packen und küssen.

»Großartig.« Er wendet sich ein wenig von ihr ab und schützt Interesse an einigen Briefen vor, die auf dem Tisch liegen. »Schick einfach eine SMS, wenn es okay ist, und ich komme dann rüber.«

Sie zögert immer noch, und er nimmt alle Willenskraft zusammen, um sich weiter von ihr abzuwenden. Dann geht sie hinaus. Er hört, wie die Tür sich schließt, und stößt einen tief empfundenen Seufzer der Erleichterung … und des Bedauerns aus.

Tim steht an dem Fenster auf dem Treppenabsatz und lauscht der Drossel. Um diese Tageszeit fühlt er sich am verletzlichsten, am einsamsten. Sehr oft essen Charlotte und er zusammen zu Abend. Sie kann Oliver natürlich nicht allein lassen, daher bringt er manchmal ein Essen mit, das er gekocht hat, um seinen Beitrag zu leisten. Die beiden gehen ganz ungezwungen miteinander um, obwohl sie ab und zu versucht, ihn, wie er es nennt, ins Kreuzverhör über seine Zukunft zu nehmen, und dann muss er mauern. Er versteht, dass das ihre Art ist, Interesse an ihm und sogar Zuneigung zu zeigen, aber er kann es sich nicht leisten, unvorsichtig zu werden.

Unterdessen denkt er über das Kind im Wald nach und darüber, was der nächste Schritt sein könnte. Das Ganze ist zu einem Spiel geworden, das ihn von seinem persönlichen Leid ablenkt. Als er zwei Tage später zurückkam, war das Spielzeugauto verschwunden, und die Steine, die den Mund des Gesichts bildeten, waren zu einem Lächeln umgelegt worden. Auch Tim lächelte, als er es sah, und blieb eine Weile auf der Bank sitzen und hoffte, dass jemand auftauchen würde. Während er geduldig wartete, konnte er unten im Tal den Kuckuck rufen hören, und der uralte, sehnsüchtige Vogelruf erfüllte sein Herz mit Freude und einer seltsamen Melancholie. Er denkt an seine Mutter und daran, wie ihr Leben durch einen so schrecklichen Zufall und sein eigenes Zutun zu früh beendet wurde. Hätte er nur nicht versucht, den Riegel des Tores zu öffnen; wäre er nur hartnäckig geschlossen geblieben wie stets zuvor. Es ist, als symbolisiere das Kind, das den Pan schmückt und sein Spielzeug zurücklässt, das glückliche Kind, das Tim war, bevor sich sein Leben für immer veränderte.

Jetzt fährt er ein wenig zusammen, als jemand an die Tür

klopft. Dann öffnet sie sich einen Spaltbreit. »Sind Sie da, Tim?«, hört er jemanden rufen. »Ich bin's, William.«

»Ja«, ruft er erleichtert. Voller Hoffnung auf Rettung aus seiner Einsamkeit eilt er die letzte Treppe hinunter.

»Wir haben ein kleines Beisammensein bei Charlotte. So etwas wie ein Picknick. Möchten Sie dazukommen?«

William wirkt gut gelaunt, eher so, als wäre er zu einer Party eingeladen, und Tims Stimmung verbessert sich.

»Sehr gern«, sagt er. »Soll ich etwas mitbringen?«

»Was haben Sie denn da?« William folgt ihm in die Küche. »Ich bringe den Wein und kaltes Roastbeef mit.«

»Ich habe etwas Sharpham-Brie.« Tim durchsucht den Kühlschrank. »Ein paar Oliven, getrocknete Tomaten …« – er stapelt die Verpackungen auf die Arbeitsplatte – »… und ein Päckchen geschnittenen Schinken.«

»Bringen Sie alles mit«, sagt William fröhlich. »Haben Sie eine Tasche?«

Zusammen gehen sie hinaus und in Charlottes Cottage, wo Fiona und sie unter Woosters Beobachtung Essen auf den Küchentisch stellen.

»Wie ein Tapas-Buffet, ohne die eleganten Zutaten«, meint Fiona, als sie die beiden sieht. »Ich habe ein ganz schlechtes Gefühl, weil ich nichts beitrage.«

»Du kannst dich an dem Wein beteiligen«, erklärt William ihr, und sie wirft ihm einen erstaunten, dankbaren Blick zu, den er vorgibt, nicht zu bemerken.

Tim bemerkt jedoch, dass heute Abend eine ganz andere Atmosphäre herrscht als bei Fionas vorherigem Besuch. Fiona ist viel entspannter, hilft Charlotte und fragt sie, wo alles steht und ob sie den Salat waschen soll. Sie scherzt mit William und stößt mit ihm an, als er ihr einen Drink reicht.

Es ist, als hätte sie sich in eine Person verwandelt, die sie einmal war, als wäre sie in eine vertraute Rolle zurückgeschlüpft, denkt Tim. Verschwunden ist die Kratzbürstigkeit einer Frau, die versucht, Anspruch auf das Territorium von Menschen zu erheben, die sie verletzt und verraten hat. Etwas ist geschehen, was ihr Energie und Mut geschenkt hat.

Er erinnert sich daran, wie Kat darauf bestanden hat, dass er zu der Teeparty kommen sollte, damit alles im zivilisierten Rahmen blieb. »Drei Frauen, die sich alle ein wenig bedroht fühlen. Das wird zwangsläufig knifflig. Wir brauchen den bodenständigen männlichen Einfluss«, hatte sie gesagt. Es kann doch nicht einfach Williams Anwesenheit hier sein, die die Dynamik an diesem Abend verändert hat – ausgerechnet William, den Fiona am stärksten verletzt hat? Oder kann es daran liegen, dass Kat nicht dabei ist?

Er sieht, dass Charlotte einigermaßen entspannt ist und mit Fiona über banale häusliche Themen plaudert, während die beiden den Tisch fertig decken. Aber gerade ist Oliver auch nicht da und löst daher keine Besitzansprüche aus.

Tim nimmt ein Glas von William entgegen und erhebt es auf ihn. »Auf das Unerwartete!«

William wirft ihm einen scharfen Blick zu und lächelt dann. Es ist so ein liebenswürdiges Lächeln.

»Darauf trinke ich«, erklärt er – und Fiona hört das Gespräch mit, lächelt ebenfalls und prostet den beiden zu.

17. Kapitel

Als Charlotte am nächsten Morgen aufwacht, fühlt sie sich unruhig. Es war so eine schöne Party. Alles verlief harmonisch, und Fiona war so ungezwungen und lustig, ganz anders als bei ihrem vorigen Besuch. Charlotte fragt sich, ob sie sie vielleicht falsch beurteilt hat. Es ist ziemlich verwirrend, wenn man sich eine Meinung über jemanden gebildet hat und diese Person sich dann von einer anderen Seite zeigt.

Sie redet mit Oliver, während sie ihn anzieht und ihm sein Frühstück gibt, und er lächelt sie an, bläst Speichelbläschen und schlägt mit den Fäustchen auf sein Tablett. Wooster liegt der Länge nach auf dem Boden, und Oliver lehnt sich aus seinem Hochstuhl und stößt unverständliche Laute aus.

»Das ist Wooster«, erklärt Charlotte ihm. »Er ist ein guter Hund, nicht wahr? Und du bist ein lieber Junge, Oliver. Was wollen wir heute Morgen unternehmen?«

Gestern Abend hatte William beschlossen, sich zu revanchieren, und alle für diesen Abend zum Grillen auf den Hof eingeladen. Charlotte hatte ihm Hilfe angeboten, aber er hatte abgelehnt und gemeint, selbst er werde mit einem Grill fertig. Er schlug allerdings vor, sie könnte ein paar Beetpflanzen für die Kübel und Steintröge besorgen, nachdem die Osterglocken verblüht seien. »Blumenerde steht noch in der Scheune«, erklärte er ihr. »Es wäre nett, wenn der Hof zum Grillen ein wenig lebendig gestaltet würde.«

»Wir fahren ins Gartenzentrum nach Staverton«, sagt Charlotte zu Oliver. »Wir kaufen ein paar Pflanzen und trinken

Kaffee im Café. Oder wir sitzen draußen, wenn es warm genug ist.«

Sie wischt ihm das Gesicht ab, hebt ihn aus dem Hochstuhl und wirbelt ihn herum. Oliver lacht, und Wooster setzt sich auf, um zuzusehen.

»Du darfst auch mitkommen«, erklärt sie dem Hund, »solange du an der Leine bleibst und dich benimmst.«

Charlotte fragt sich, ob sie Tim zum Mitkommen einladen soll, entscheidet sich aber dagegen. Sie fürchtet, dass sie sich zu sehr auf seine Gesellschaft verlässt. Wenn sie ihn beim Hinausgehen sieht, wird sie den Vorschlag machen, um nicht unfreundlich zu wirken, aber sie wird sich nicht überschlagen.

Als sie Oliver frisch gemacht und ihm etwas zu trinken in eine Flasche gefüllt hat und selbst bereit zum Aufbruch ist, ist von Tim keine Spur zu sehen, und Williams Auto steht nicht mehr in der Scheune.

»Wahrscheinlich ist er einkaufen gefahren«, meint sie zu Oliver, während sie ihn in seinem Kindersitz festschnallt. »Unser Abendessen. Auf geht's.«

Sie setzt rückwärts aus der Scheune, fährt durch das Tor und die Straße entlang. Beim Fahren redet sie mit Oliver, singt ihm vor und kommentiert ihre Fahrt.

»Guck mal«, sagt sie. »Siehst du die Schafe, Oliver? ›Mäh, mäh‹, rufen sie. Hörst du das? Und sieh dir die Elster an, die auf dem Gatter sitzt.«

Sie hat keine Ahnung, wie viel davon bei ihm ankommt, aber sie findet es wichtig, dass er eine Beziehung zu seiner Umgebung entwickelt. Sie müssen dicht an die Hecke heranfahren, um einen Traktor vorbeizulassen, der hügelaufwärts auf sie zukommt, und Oliver starrt das riesige Ungetüm schweigend an, während es an ihnen vorbeirattert.

An dem ebenerdigen Bahnübergang kommt heute kein Zug, sodass sie Oliver keine Dampflok zeigen kann. Sie fährt weiter über die Brücke und verlangsamt das Tempo, damit er den Fluss sehen kann, der vorbeifließt, unter den über das Ufer hängenden Bäumen einen Bogen beschreibt und aus dem Blickfeld entschwindet.

Am Gartenzentrum parkt sie das Auto, lädt Oliver in seinen Buggy und lässt Wooster heraus. Er ist schon an der Leine, sodass sie einfach nur danach zu greifen braucht, als er hinausspringt. Der Golden Retriever geht ganz brav neben ihr her, denn er weiß, wenn Kaffeezeit ist, bekommt er einen Hundekuchen.

Charlotte schlendert in eines der großen Treibhäuser und betrachtet die leuchtende Farbpalette der Blumen auf den großen Tischen. Hier drinnen ist die Luft feucht und warm und erfüllt von dem Duft junger Pflanzen und feuchter Erde. Als sie stehen bleibt und sich schlüssig zu werden versucht, was in den alten Steintrögen und bunt bemalten Kübeln am besten gedeihen wird, hört sie ein seltsames Zwitschern. Sie sieht sich um und entdeckt, dass auf einem Tisch in der Nähe hölzerne Nistkästen angeboten werden, und vor ihren Augen schießt eine Blaumeise mit einem Schnabel voller Insekten in eines davon hinein. Als Charlotte näher herantritt, sieht sie ein Schildchen: *Erst zu verkaufen, wenn die Jungen ausgeflogen sind.* Jetzt kann sie die kleinen Vögel zirpen hören, und der erwachsene Vogel taucht am Rand des Lochs auf und hält kurz inne, bevor er davonfliegt.

Charlotte lacht. »Schau mal, Oliver«, sagt sie. »Da drinnen wohnen Vogelbabys.«

Ollie hat den ausgewachsenen Vogel gesehen; aufmerksam beobachtet er ihn und scheint zu lauschen, und sie weiß, dass er die Jungen in ihren Nestern hört. Mit einem Mal empfindet sie große Aufregung bei der Aussicht auf alles, was darauf wartet, von ihm entdeckt zu werden, und was sie mit ihm teilen kann. Sie geht durch die Gänge, betrachtet die Fülle an Beetpflanzen und trifft im Kopf ihre Wahl. Bald trägt sie die kleinen Töpfe zur Theke, bis sie eine hübsche Sammlung zusammenhat, dann schiebt sie Oliver hinaus in die Sonne, zur Rückseite des Gebäudes. Die Terrasse liegt hoch über dem Fluss, und Charlotte parkt den Buggy an einem der Tische. Sie sichert Woosters Leine unter einem Stuhlbein, befiehlt ihm, sitzen zu bleiben, und geht nach drinnen, um Kaffee zu bestellen.

Als sie mit ihrer Tasse Cappuccino zurückkommt, ist Oliver eingeschlafen, und Wooster hat sich neben ihm ausgestreckt. Charlotte setzt sich und seufzt zufrieden. Sie entspannt sich, als sie über den Zaun aus geflochtenen Weidengerten hinwegsieht, hinunter in das steile Tal und durch die Bäume am Fluss. Durch das frische grüne Laub kann sie gerade eben den alten Bahnhof und eine oder zwei Dampfloks auf den Schienen erkennen.

Sie trinkt ihren Kaffee und denkt an Tante Kat, Jerry und Fiona und daran, wie verblüfft sie war, als die drei nach dem Mittagessen auftauchten. Was Jerrys Status angeht, ist sie sich noch nicht ganz sicher. Fiona schien diejenige zu sein, die das Sagen hatte. Sie umarmte sie. »Sieh mal, wen ich beim Lunch im *Cott* gefunden habe!«, sagte sie. »Das ist Jerry. Jerry, das ist meine Schwiegertochter Charlotte. Sie ist eine tapfere Marine-Ehefrau, und Andy kann sich sehr glücklich schätzen, sie zu haben. Ach, und nicht zu vergessen, Ollie.«

Und Jerry war vorgetreten und hatte sich Oliver vorstellen lassen, aber dann kam Wooster herausgesprungen, und irgendwie hatte Charlotte nicht ganz begriffen, in welcher

Beziehung Jerry zu Kat oder Fiona stand. Er hatte allerdings einen Bruder, der bei der Navy gewesen war, und konnte sich mit ihr verständnisvoll darüber unterhalten, was es bedeutete, mit jemandem verheiratet zu sein, der viel unterwegs war. Jerry wusste, wie einsam das war und wie schwierig es sein konnte, eine Beziehung zwischen dem abwesenden Vater und seinen Kindern aufzubauen und zu erhalten. Er war mitfühlend und amüsant und sehr lieb zu Oliver, während Wooster neben ihm saß, den Kopf auf sein Knie legte und hechelnd seine Sympathie kundtat.

Es war klar, dass sowohl Tante Kat als auch Fiona das unterhaltsam fanden, obwohl keine von ihnen viel sagte, und Charlotte war sich einer ungewöhnlichen Empathie zwischen den beiden bewusst. Als sie Ollie die Windel gewechselt hatte und dann zurückgekommen war, um noch Tee anzubieten, waren Jerry und Tante Kat verschwunden gewesen, und Fiona hatte mit Wooster dagesessen und ziemlich zufrieden mit sich selbst gewirkt.

»Sie lassen sich entschuldigen, weil sie so schnell wegmussten«, erklärte sie, »und Jerry sagte, es sei großartig gewesen, dich und Oliver kennenzulernen. Er hofft, euch wiederzusehen. Sie hatten irgendeine Verabredung oder so. Hoffentlich hat es dir nichts ausgemacht, dass ich ihn ohne Vorwarnung mitgebracht habe. War nur so eine meiner spontanen Ideen. Seit dem Tod seiner Frau ist er ein wenig einsam.«

Und Charlotte sagte, es mache ihr natürlich nichts aus, sie habe ihn gern gemocht, und ob Fiona Oliver baden und ihm sein Abendessen geben und zum Essen bleiben wolle. Und dann war irgendwie ein wunderschöner Abend mit William und Tim daraus geworden, der auch vorbeigekommen war, und obwohl sie nicht hätte sagen können, woran es lag, hatte eine wirklich schöne Atmosphäre geherrscht. Tante Kat tauchte nicht wieder auf, und ihr Auto stand nicht da, als Fiona aufbrach, um zurück zum *Cott* zu fahren.

»Ich glaube, sie haben von einem Film in Dartington gesprochen oder so«, erklärte Fiona beiläufig. »Ich bin mir sicher, dass sie bald zurück ist.«

Charlotte fällt ein, dass Tante Kats Auto auch an diesem Morgen nicht da war, und sie fragt sich mit einem winzigen inneren Schock, ob Tante Kat die Nacht bei Jerry verbracht hat. Bestimmt nicht. Abgesehen davon, dass sie beide alt sind, war er so … nun ja, seriös und gar nicht die Art von Mann, den man damit in Verbindung bringt, eine Affäre zu haben. Tante Kat und er waren ihr auch gar nicht so vorgekommen, als stünden sie einander besonders nahe …

Das Kreischen der Dampflok reißt Charlotte aus ihren Gedanken, und sie sieht auf die Uhr. Es ist Zeit, ihre Pflanzen zu bezahlen und ins Auto zu laden. Dann wird sie Wooster auf dem Pfad hinunter zum Fluss ausführen, nach Hause fahren und es genießen, die Pflanzen zu setzen.

Tim sieht zu, wie Charlotte die Tröge und Kübel bepflanzt, wie sie mit schnellen Griffen und geschickten Fingern die Pflanzen in die dunkelbraune Erde setzt, die wie krümeliger Schokoladenkuchen aussieht. Sie hat ein Talent für Farben und Formen, und das sagt er ihr auch. Charlotte wirkt erfreut und steht auf, um ihr Werk zu betrachten, während sie sich die Hände an einer alten Schürze abwischt, die William ihr gegeben hat.

»Ich finde immer noch, dass ein Grillabend ein wenig ehrgeizig ist«, meint sie. »Schließlich haben wir erst Mai. Wahrscheinlich werden wir alle erfrieren. William sagt, wir müssten uns eben warm anziehen.«

Sie sehen beide über den Hof zu William, der den Grill aufbaut, der sonst in der Mauerecke steht. Offensichtlich hat er seinen Spaß, und Tim lächelt, als er ihn so geschäftig und glücklich sieht.

»Das wird schon gehen«, sagt er zu Charlotte. »Wenigstens ist es trocken. Schade, dass Mattie nicht dabei sein kann.«

Er spricht, ohne nachzudenken, und Charlotte wirft ihm einen Seitenblick zu.

»Ja. Ja, das stimmt. Sie hätte ihren Spaß.«

»Ist es nicht schade, dass sie den Job nicht bekommen hat?« Er hatte erst vor ein paar Tagen von ihr gehört, und sie war sehr enttäuscht gewesen.

Charlotte nickt mitfühlend. »Sie ist wirklich niedergeschlagen, aber sie sagt, sie gibt nicht auf. Es hat sie darin bestärkt, wieder hierherzuziehen. Sie kommt über das lange Wochenende, um unsere Eltern zu besuchen, und ich habe ihr vorgeschlagen, mit Ollie dazuzukommen. Mum hat Geburtstag.«

Mattie hat ihm nichts von diesem Wochenende erzählt, und Tim fühlt sich merkwürdig enttäuscht darüber, dass sie es nicht erwähnt hat; aber schließlich gibt es keinen Grund dafür. Ein kurzes Schweigen tritt ein, und dann taucht Tante Kat auf und sieht selbstzufrieden aus, als amüsierte sie sich über einen Scherz, den nur sie versteht. Tim mustert sie neugierig und denkt daran, was Charlotte ihm darüber erzählt hat, wie Fiona und sie Jerry nach dem Mittagessen im Pub mitgebracht haben.

William sieht sich um. »Kommt er?«, ruft er.

Tante Kat nickt. »Ja, und er bedankt sich für die Einladung. Gegen sechs, wie du gesagt hast. Erscheint mir ein wenig früh.«

William wirkt erfreut. »Ich habe Francis eingeladen, deswegen. Er kommt vielleicht nur auf einen Drink vorbei, und heutzutage geht er früh schlafen.«

»Was für eine Party!«, meint Tante Kat, die immer noch auf verstohlene Art selbstzufrieden wirkt. »Diese Kübel sehen wunderbar aus, Charlotte. Du hast wirklich ein Händchen für Pflanzen.«

Charlotte wirkt über so viel Lob beinahe verlegen, murmelt etwas davon, dass sie sich waschen will, geht hinein und nimmt die Schürze ab.

Tim sieht Tante Kat mit hochgezogenen Augenbrauen an. »Wer ist dieser neue Partygast?«, fragt er.

»Jerry Fermor«, erklärt sie. »Mein neuer bester Freund. Ist gerade aus Plymouth nach Totnes gezogen, und ich helfe ihm, sich hier einzubetten – wenn Sie verstehen, was ich meine.«

Dabei sieht sie ihn so spitzbübisch an, dass er in Gelächter ausbricht.

»Ich habe noch nie gehört, dass man das so nennt«, meint er.

»Ein guter alter Ausdruck aus dem Westcountry dafür, heimisch zu werden, mein Lieber«, sagt sie.

»Was gibt's denn zu lachen?«, will William wissen, der neben ihnen auftaucht. »Kommen Sie und helfen Sie mir bei dem großen Tisch, Tim! Er steht in der Scheune. Wenn es wirklich zu kalt ist, müssen wir den Rückzug in die Küche antreten, aber ich hoffe, so weit kommt es nicht.«

Immer noch lachend, geht Tim William nach. Er freut sich auf das Grillen und darauf, Jerry kennenzulernen, aber trotzdem wünschte er, Mattie wäre hier.

18. Kapitel

Als Jerry auf dem Hof eintrifft, hat die Party schon begonnen. Er fühlt sich beklommen. Nach der mit Kat verbrachten Nacht steht er immer noch unter Schock und fragt sich, wie sie ihn begrüßen wird. Ihre SMS, mit der sie ihn zum Grillen einlud, kam, während er sich ein ziemlich spätes Mittagessen zubereitete. Und obwohl er sich schon danach sehnte, sie wiederzusehen, hätte ein Teil von ihm die Einladung am liebsten abgelehnt. Er versuchte, sich vorzustellen, wie er hereinkam, Kat beiläufig begrüßte und so tat, als wäre nichts Besonderes passiert, und ihn verließ der Mut. Ob sie zum Beispiel Fiona davon erzählt hatte? Wahrscheinlich wussten alle Bescheid.

Er dachte daran, wie sie ihn in ihre Umarmung gezogen hatte. Ihre langen Glieder hatten ihn umschlungen, ihn an sie gedrückt. Nur einen Moment lang war er nervös gewesen, verlegen, aber dann, plötzlich, war ihm der ganze Liebesakt mit ihr so einfach, so natürlich vorgekommen. Immer noch eng umschlungen, waren sie eingeschlafen, und als er aufwachte, hatte er fast Angst, sich zu bewegen. Aber als sie sich ein paar Augenblicke später rührte, empfand er keine Peinlichkeit. »Ich muss mal zur Toilette, Jerry«, sagte sie verschlafen, »und ich habe vergessen, wo das Bad ist.« Er stand auf, machte für sie Licht in dem Badezimmer auf der anderen Seite des Flurs, aber nicht im Schlafzimmer, für den Fall, dass ihre Nacktheit sie in Verlegenheit stürzte. Er fragte sich, was die übliche Etikette war; ob er wieder ins Bett gehen sollte oder ob Kat den Wunsch haben würde zu gehen. Also zog er den Morgenmantel über, setzte sich auf die Bettkante und kam sich ziemlich töricht vor.

Doch selbst da war sie vollkommen locker mit allem umgegangen. »Ich komme um vor Hunger«, sagte sie, als sie herauskam, ihr Haar mit beiden Händen zusammenband und ihm zulächelte. »Du nicht auch?«

Und plötzlich wurde ihm klar, wie hungrig er war. »Frühstücksspeck?«, schlug er vor. »Croissants von gestern. Keine frischen.«

»Perfekt, Lieber«, sagte sie zufrieden. Sie hatte sein abgestreiftes Hemd aufgehoben und es sich übergeworfen, und sie waren in die Küche gegangen, hatten Speck gebraten und die Croissants in ihren Kaffee getunkt, und nachher waren sie wieder ins Bett gegangen und hatten sich noch einmal geliebt.

Als Jerry zum zweiten Mal aufwachte, schien die Sonne durch die Fenster, und Kat war dabei, sich anzuziehen. Er stützte sich mühsam auf einen Ellbogen, aber sie beugte sich nur über ihn und küsste ihn. »Das war einfach wunderbar, lieber Jerry«, sagte sie. »Wir sehen uns ganz bald.« Dann war sie davongehuscht und hatte ihn vollkommen verwirrt zurückgelassen. Er fragte sich, was in solchen Situationen üblicherweise als Nächstes kam.

Auf jeden Fall hatte er nicht damit gerechnet, so schnell und überstürzt zu einem Familientreffen eingeladen zu werden. Er stand da, starrte auf die SMS und wusste nicht, wie er reagieren sollte. Dieses ganze Erlebnis befand sich weit außerhalb seines Erfahrungshorizonts, und vielleicht sollte er jetzt Schluss machen, bevor es zu kompliziert wurde. Doch noch während er begann, sich eine Entschuldigung zurechtzulegen, kam mit einem »Pling« eine weitere SMS herein.

Kalte Füße? Dann zieh dir warme Socken an. xx

Dass sie seine Gefühle instinktiv erfasste, rührte und amüsierte ihn zugleich. An diesem Punkt wurde ihm klar, dass es viel zu spät war. Er war vollkommen überfordert, aber schon süchtig.

Und hier ist er nun, fährt auf den Hof und parkt seinen Wagen hinter Fionas Fiat, und da kommt Kat, löst sich von einer Gruppe und geht ihm entgegen. Immer noch nervös, steigt er aus, und sie lehnt sich an ihn und küsst ihn leicht auf beide Wangen.

»Du hast es geschafft!«, murmelt sie. »Glückwunsch. Du bekommst ein Fleißkärtchen.«

Er lacht. »Speck und Croissants wären mir lieber«, gibt er zurück.

Kat hakt ihn leicht unter. »Später vielleicht. Zuerst musst du Williams Brandopfer erdulden. Komm, ich stelle euch vor.«

Und als er mit ihr geht, um alle kennenzulernen, fühlt er sich erneut beschwingt; er steckt tief in dieser Sache drin, ist völlig überfordert und genießt jede Minute.

Francis, der zwischen Tim und Charlotte sitzt, beobachtet Jerrys Ankunft. Er verfolgt Kats Begrüßung, den kleinen Scherz zwischen den beiden, der Jerry entspannt und zum Lachen bringt, sodass er sich jetzt ungehemmter und selbstbewusster bewegt. Kat ist immer elegant, immer anmutig. Der lange Rock schwingt beim Gehen um ihre Knöchel, und als sie den Kopf wendet, um Jerry zuzulächeln, sieht sie ihm fast auf gleicher Höhe in die Augen. Er ist der helle angelsächsische Typ, und mit dem kräftigen Körperbau bildet er den perfekten Gegensatz zu Kat mit ihrem dunklen Haar und den braunen Augen, die von ihren mitteleuropäischen Vorfahren stammen.

Vergnügt beobachtet Francis die beiden. Zwischen ihnen herrscht eine Symmetrie, eine körperliche Ungezwungenheit, die ihn vermuten lässt, dass sie ein Paar sind; und innerlich spendet er Jerry Beifall für seinen Mut, herzukommen und sich unter sie alle zu mischen. Rechts und links von ihm sitzen Tim und Charlotte, beide aufmerksam und interessiert. Wooster, der in der Nähe des Grills und seines Freundes William gelegen hat, kommt auf die Beine und geht zu Jerry, um ihn zu begrüßen. Jerry bückt sich, um ihn zu streicheln und ihre Bekanntschaft zu erneuern. Als Kat Jerry zu ihnen führt, um vorgestellt zu werden, steht Tim auf, aber Francis nimmt das Privileg eines alten Mannes in Anspruch und bleibt sitzen. Jerry ergreift seine Hand mit festem Griff; noch ein gutes Zeichen. Francis hängt noch der alten Überzeugung an, dass ein kräftiger Händedruck für eine starke Persönlichkeit spricht. Während Tim davoneilt, um ein Glas Wein zu holen, setzt sich Jerry, beugt sich vor und lächelt Charlotte zu.

»Wo steckt denn Oliver?«, fragt er. »Sagen Sie mir nicht, dass er nicht zur Party kommt.«

Sie lächelt über seinen kleinen Scherz. »Fiona badet ihn gerade und macht ihn bettfertig. Ich habe die beiden sich selbst überlassen. Dachte, es wäre angenehm für sie, wenn ich ihr ausnahmsweise einmal nicht im Nacken sitze und ihr sage, was sie zu tun hat.«

Francis quittiert diese Selbsterkenntnis mit einem beifälligen Lächeln. »Schließlich ist es ja nicht so, als hätte sie noch nie ein Baby gebadet und ins Bett gebracht«, merkt er sanft an.

»Hmm«, pflichtet Charlotte ihm kurz und eher zögerlich bei.

»Aber nicht *Ihr* Baby, oder?«, meint Jerry mitfühlend. »Das ist etwas ganz anderes, nicht wahr? Das pflegten jedenfalls meine Töchter zu sagen, als ihre Kinder noch ganz klein waren.«

Erstaunt darüber, dass er ihre Partei ergreift, wirft sie ihm einen Blick zu, verzieht ein wenig das Gesicht und zuckt mit den Schultern. »Trotzdem dumm, nicht?«

»Aber verständlich.«

Tim bringt ihm etwas zu trinken, und Jerry steht auf, um es entgegenzunehmen, lächelt ihnen zu und schlendert zu William und Kat.

Charlotte rutscht unruhig herum. »Ich glaube, ich gehe kurz nachsehen, ob die beiden zurechtkommen und ob Fiona daran gedacht hat, ihm sein Fläschchen zu geben.«

Sie geht in ihr Cottage, und Tim setzt sich wieder.

Francis zieht die Augenbrauen hoch. »Trinken Sie nichts?«

Tim schüttelt den Kopf. »Im Moment trinke ich aus den verschiedensten Gründen nicht viel.«

Francis nippt nachdenklich an seinem Gin Tonic.

»Der Gerald Manley Hopkins gefällt mir gut«, erklärt Tim unvermittelt. »Er … hat mir sehr viel zu sagen.«

Ein oder zwei Dinge werden Francis jetzt klar, und ihn beschleicht ein schrecklicher Verdacht. »Ich wünschte, Sie würden mich einmal besuchen kommen«, sagt er. »Tun Sie das? Ich würde mich sehr freuen.«

»Ja. Danke.« Es klingt, als hätte Tim plötzlich eine Entscheidung getroffen und alle Vorbehalte beiseitegewischt, die er hatte, sich Francis anzuvertrauen. »Ich komme gern.«

»Gut.« Francis sucht nach einem Themenwechsel. »Ist es nicht ein Jammer, dass Mattie und Andy nicht hier sind, um die Familie zu vervollständigen?«

»Ja, so ist es. Natürlich kenne ich Andy noch nicht.«

»Ich bin mir sicher, Sie werden sich gut miteinander verstehen, wenn Sie ihn einmal treffen.«

Das klingt eher nach einem Befehl, und er sieht, wie Tim verhalten lächelt. Er sieht Francis beinahe herausfordernd an.

»Wenn ich dann noch hier bin«, sagt er leichthin.

Und jetzt weiß Francis, dass er richtig geraten hat, und er spürt, wie sein Magen vor Furcht und Entsetzen einen Satz macht. »Das werden Sie«, sagt er. Kurz legt er die Hand auf Tims geballte Faust zwischen ihnen auf der Bank. »Kommen Sie mich besuchen.«

Dann taucht Fiona auf. Sie ist rot im Gesicht und ausgelassen, nachdem sie Oliver gebadet hat, und lässt sich neben Francis fallen. »Ich hatte ganz vergessen, wie anstrengend Babys sind«, erklärt sie. »Seien Sie ein Engel, Tim, und holen Sie mir etwas zu trinken. Wein, bitte. Rot. Sie sind ein Schatz.« Und als Tim aufsteht, lächelt sie Francis zu und macht es sich bequem. »Ich habe dich ewig nicht gesehen«, sagt sie. »Du siehst blendend aus.«

Er lacht und ist gern bereit, ihre Schmeicheleien zu genießen und die Vergangenheit ruhen zu lassen, wenn es das ist, was William sich wünscht. »Du siehst selbst ziemlich gut aus«, gibt er zurück. »Für eine Granny.«

Sie lachen beide, und als Tim mit ihrem Glas zurückkehrt, prostet sie Francis damit zu.

»Darauf trinke ich«, sagt sie.

»Ich freue mich, dass Sie kommen konnten«, sagt William zu Jerry. »Tut mir leid, dass ich Sie gestern Nachmittag verpasst habe. Es klingt, als hätten Sie sich gut unterhalten.«

»Auf jeden Fall. Wir haben Fiona im Pub getroffen, und sie hat mich hierher eingeladen, um ihren Enkel kennenzulernen. Das war sehr nett von ihr.«

William nickt. »Sie ist sehr stolz auf Oliver. Nun ja, das sind wir natürlich alle, aber sie sieht ihn nicht ganz so oft wie wir.«

Während er die Steaks wendet und nach den Würstchen sieht, fragt William sich, wie viel Kat Jerry wohl über das Verhältnis zwischen ihm und Fiona erzählt hat. Fi ist so zugänglich, so unkompliziert, dass er hofft, dass Kat Jerry nicht alles verraten hat. Aber ist das nicht ein absolut törichter Wunsch? Es ist verrückt, doch er genießt die alte Vertrautheit, die unerwartet wieder da ist, und es ist – zumindest für dieses Wochenende – großartig, mit Fiona zu scherzen und zu lachen, als hätte es die letzten fünf Jahre nicht gegeben.

William nimmt noch einen Zug von seinem Bier. Dieses Wochenende trinkt er ein wenig zu viel, aber er fühlt sich so entspannt wie schon lange nicht mehr. Es ist gut, hier alle zusammen zu sehen, wie sie Spaß haben und glücklich sind, ohne zu zanken oder übereinander herzuziehen. Und er mag Jerry gut leiden. Kat hat ihm am vergangenen Abend eine SMS geschickt.

Bleibe über Nacht. Bis morgen!

Sie hatte einen Smiley hinzugefügt, und er fühlte sich nach der spontanen Party am Abend so entspannt und fröhlich, dass er einfach nur *Viel Spaß!* antwortete. Als sie nach Hause kam, sah er, dass sie gute Laune hatte, und schlug deswegen vor, Jerry zu der spontanen Grillparty einzuladen.

William hält sich mit persönlichen Bemerkungen zurück,

aber ihm ist jeder Mensch recht, der Kat vielleicht hier in Brockscombe halten kann.

»Es ist nur ein Jammer«, meint er zu Jerry, der die Verantwortung für das Schmieren der Brötchen übernommen hat, die neben dem Grill aufgestapelt sind, »dass Andy nicht hier sein kann. Er liebt solche spontanen Partys. Ich würde mich freuen, wenn Sie ihn einmal kennenlernen.«

»Er fehlt Ihnen sicherlich«, sagt Jerry mitfühlend. »Charlotte schlägt sich großartig mit Oliver, nicht wahr? Bestimmt vermisst sie ihn auch. Angesichts des Umstands, dass Andy so lange fort ist und sie sich um ein kleines Baby kümmern muss, hat sie Glück, dass Sie so nahe bei ihr leben.«

William strahlt ihn an. Ja, er mag diesen Jerry wie auch immer er heißt wirklich gut leiden. Er steckt Wooster ein kleines Stück Steak zu.

»Trinken Sie noch einen«, sagt er, doch Jerry schüttelt den Kopf.

»Ich wünschte, ich könnte, aber ich muss noch fahren«, erklärt er. »Daher lasse ich es langsam angehen.«

»Warum bleiben Sie nicht über Nacht?«, erbietet sich William, der sich gerade sehr gastfreundlich fühlt. »Wir haben ein ganz ordentliches Gästezimmer.«

Kurz sieht er vor seinem inneren Auge das Gästebett, auf dem Kats Besitztümer abgeladen sind, doch er wischt das Bild schulterzuckend beiseite.

»Das ist sehr freundlich«, erwidert Jerry, »aber ich kann mich Ihnen unmöglich so kurzfristig aufdrängen. Außerdem habe ich nichts bei mir.«

William will schon einwenden, dass er ihm alles Nötige leihen könnte, doch das Bild des Gästezimmers kehrt, stärker jetzt, vor sein inneres Auge zurück, daher beschließt er, die

Absage höflich zu akzeptieren. »Nächstes Mal«, verspricht er. »Nächstes Mal müssen Sie bei uns übernachten.«

Jerry ist einverstanden, und so wächst das Wohlwollen zwischen den beiden.

»Sieh dir die zwei an«, sagt Fiona, die mit Kat auf der Bank sitzt. »Reizend, nicht wahr? Da entsteht eine Männerfreundschaft beim Würstchenbraten.«

»Was hat es bloß mit Männern und Grillen auf sich?«, fragt sich Kat.

»Atavistisch, Liebes. Diese Jäger-und-Sammler-Geschichte. Beute jagen, Lagerfeuer anzünden, rohes Fleisch braten, das sie auf ihre Speerspitzen stecken, und beste Kumpel sein.«

»Und die Frauen?«

»Na ja, wir säßen in der Höhle und würden ansonsten Beeren, Nüsse und anderes Zeug sammeln, uns um die Babys kümmern und nahrhafte Dinge anbauen.«

Kat schüttelt den Kopf. »Ich nicht, Schatz. Ich bin nicht der häusliche Typ.«

Fiona lacht und nippt an ihrem Wein. »Hast du nie daran gedacht zu heiraten, Kat? Nicht einmal bei Gyorgy? Diesen Mann hast du geliebt.«

»Hm, aber nicht auf diese klammernde, ausschließliche Art, und ganz bestimmt wollte ich keine Kinder von ihm. Es hatte mit dem zu tun, was er war, wie er dachte, und mit der Musik, die er komponierte und die sich einfach in Bewegung umsetzte.« Sie schüttelt den Kopf. »Ich kann es nicht erklären. Hast du dich bei William so gefühlt? So ganz besitzergreifend und mütterlich?«

Fiona mustert ihn voller Zuneigung. »Auf eine Art wohl

schon. William hat nie versucht, mich zu ersticken. Er hat mir immer Freiraum gelassen. Aber ein Baby wollte ich doch. Ich habe Andy über alles geliebt. Das tue ich immer noch.«

»Und jetzt Ollie.«

»Ja. Und jetzt Ollie.« Fiona rückt zur Seite und dreht sich so, dass sie Kat ansieht. »Wir haben dich gestern beim Abendessen vermisst.«

»Ach ja?« Kat grinst. »Nett von euch.«

»Hm … hm. Charlotte hat sich Sorgen gemacht, weil du noch nicht zurück warst, als die Party zu Ende war. Ich habe etwas darüber erfunden, ihr wärt ins Kino gegangen. Was hat sie gesagt, als du heute Morgen aufgetaucht bist?«

»Niemand hat mich gesehen. Und bevor du fragst – es geht dich nichts an.«

Sie beginnen zu lachen. In diesem Moment kommen Tim und Charlotte mit Salatschüsseln aus dem Haus, und William ruft, dass das Abendessen fertig ist.

»Das gegrillte Fleisch wartet auf uns. Freude über Freude. Außen verkohlt, roh in der Mitte und voller Streptokokken«, murmelt Fiona. »Kann es kaum erwarten.«

»Wooster ist ja da«, gibt Kat zurück. »Sieh zu, dass er an unserem Tischende sitzt.«

»Und nimm die Flasche mit«, sagt Fiona.

»Musst du nicht fahren?«

»Jerry kann mich auf dem Heimweg absetzen. Und für morgen lade ich euch alle zum Mittagessen ins *Cott* ein; dann kann ich mit euch zurückfahren und nachher mein Auto holen. Sei keine Spielverderberin, Kat! Ich habe noch nie so ein schönes Wochenende auf Brockscombe erlebt, und ich möchte nicht, dass es schon vorbei ist.«

Die Drossel singt immer noch in der Esche, als Francis sich unauffällig entfernt, während sich alle um den Grill versammeln, um ihre Teller abzuholen. Wooster beobachtet sie aufmerksam. Eine Hand auf das Tor gelegt, bleibt Francis stehen und sieht zu, wie Kat Jerry einen Arm um die Taille legt und ihn kurz drückt, und bemerkt Jerrys schnelle Reaktion. William wählt ein besonderes Stück Steak für Fiona aus, und sie zieht ihn offensichtlich mit seinen Kochkünsten auf, woraufhin er protestiert und beleidigt tut, sodass sie sich vorbeugt und ihm einen raschen Versöhnungskuss aufdrückt. Tim häuft Charlotte Salat auf den Teller, unterhält sich mit ihr und versichert ihr mit einer Geste, dass Ollie von dem Lärm nicht aufwachen wird.

In diesem Moment kommt es ihm vor, als wären sie alle seine geliebten Kinder, seine Familie. Francis wirft ihnen noch einen kurzen Blick zu und tritt dann durch das Tor in den Schatten.

Zweiter Teil

19. Kapitel

Irgendwo hoch über sich hört sie die Lerche, doch obwohl sie die Augen mit der Hand beschattet, kann sie sie vor dem strahlend blauen Himmel nicht erkennen. An dieser Stelle, die von einem aus dem Boden ragenden Granitbrocken und hohen Ginsterbüschen geschützt wird, ist es heiß. Mattie streicht die karierte Decke glatt und öffnet ihren Weidenkorb. Sie hat eine Schwäche für Picknicks. Als Charlotte und sie ganz klein waren, war Picknicken ihre größte Freude. Sie liebten es, ihrer Mutter dabei zu helfen, Decken, den Korb, das aktuelle Spielzeug und den Hund, der gerade ihr Leben teilte, ins Auto zu packen. Das Moor war ihr Garten hinter dem Haus: Sie wussten, wo die ersten Glockenblumen blühten, und kannten die steinigen kleinen Strände am Fluss, die Touristen nie fanden. Sie liebten die Weißdornblüten, die wie Wolken aussahen, und die Glockenheide, die sich wie eine violette Flut um eine der Felsformationen herum ergoss, die man hier *Tor* nennt.

Auch heute noch ist Mattie nie ohne ihre Decke und ihren Picknickkorb unterwegs, in dem sich eine Thermosflasche mit heißem Wasser befindet, Früchtetee-Beutel, ein paar Plätzchen und die Zutaten für ein Sandwich. Als sie aus London hierherfuhr, hatte sie genau diese Stelle im Kopf und stellte sie sich bildlich vor: hoch hinter Ashburton am Rand des Moors, windgeschützt und mit dem Ausblick über das Tal bis hin zu den hohen steinigen *Tors*, wo man die Schatten der Wolken über die Hügel ziehen sieht und überall vom Duft des Weißdorns umgeben ist.

Sie sitzt im Schneidersitz da, hält ihre Teetasse in der Hand und lehnt sich mit dem Rücken an den warmen, rauen Fels. Wie friedlich es ist! Außer dem Lied der Lerche und dem fernen Rauschen des Flusses im Tal unter ihr ist kein Laut zu hören. Jetzt, in diesem Moment, scheint nichts besonders wichtig zu sein. Ängste, Enttäuschungen, Müdigkeit, alles fällt von ihr ab, als sie tief atmet und das Gesicht der Sonne zuwendet.

Es ist noch früh: Sie ist um sechs aus London losgefahren, und jetzt ist es erst kurz nach zehn. Reichlich Zeit, um zu entscheiden, was sie mit dem Tag anfangen soll, bevor sie nach Tavistock zur Geburtstagsfeier ihrer Mutter fährt. Mattie hat ein paar Stunden zur freien Verfügung und überlegt, wo sie sie verbringen soll – und mit wem. So früh rechnet niemand mit ihr, und sie hat sich alle Optionen offengehalten.

Bevor sie sich entscheiden kann, hört sie das rhythmische Traben von Pfoten auf dem harten Boden und das Rascheln trockenen Farns, und dann taucht der Hund auf. Schwanzwedelnd zögert er, und Mattie stößt einen leisen Schrei aus, als sie ihn erkennt. Sie stellt die Tasse ab und rappelt sich hoch, und Wooster begrüßt sie überschäumend, leckt ihr die Wange und hechelt vor Aufregung.

Mattie lacht; ihre Tarnung ist komplett aufgeflogen. Sie geht los, Charlotte entgegen – und steht vor Tim.

»Oh mein Gott!«, schreit sie, und er starrt sie staunend und voller Erleichterung an.

»Er ist vorgelaufen«, erklärt er. »Plötzlich ist er einfach davongeprescht, und ich konnte nicht mit ihm mithalten. Ich hatte mich schon gefragt, auf wen er gestoßen ist. Aber was machst du denn hier?«

Sie sieht, dass sein Schock abklingt und er seine Freude darüber, sie zu sehen, kaum bremsen kann.

»Tim«, sagt sie und streckt ihm den Arm entgegen, während sie mit der anderen Hand immer noch Wooster festhält, »komm und sieh dir meine kleine Höhle an. Was in aller Welt machst du mit Wooster?« Mit einem Mal unterbricht sie sich. »Ist Charlotte hier?«

»Nein, nein. Ich habe angefangen, mit Wooster spazieren zu gehen. Dann hat sie eine Pause, und mir macht es Spaß. Er ist dann so etwas wie ein Leihhund.«

Mattie lacht. »Aber wie erstaunlich, dass du hier bist.«

»Charlotte ist ein paarmal mit mir hergegangen. Es ist einer ihrer liebsten Spazierwege, sagt sie, und jetzt ist es meiner. Und der von Wooster natürlich.«

»Als Kinder haben wir hier immer gepicknickt.« Mattie zögert und fragt sich, wie sie ihm alles erklären soll. »Ich bin ganz früh in London weggekommen und habe einfach beschlossen, hierherzugehen, bevor ich mir einen Plan mache.«

»Und, sollte ich Teil dieses Plans sein?«

Sie schaut ihn an, sieht seine hoffnungsvolle, zärtliche Miene und wendet den Blick wieder ab. »Vielleicht. Siehst du, wie organisiert ich bin? Meinst du nicht, es hätte vielleicht Spaß gemacht, in einer Höhle zu leben? Komm und trink Tee oder heiße Schokolade. Ich habe immer eine Extratasse für Besuch dabei.«

»Tatsächlich?« Er setzt sich neben sie auf die Decke, und Wooster lässt sich zu seinen Füßen nieder. »Ist das hier in der Wildnis nicht ziemlich gefährlich? Ich nehme eine heiße Schokolade, wenn du welche hast.«

»Kommt sofort.« Sie reißt das Tütchen auf, kippt das Pulver in die Tasse und gibt heißes Wasser darauf. »Es ist nicht ganz wie richtige Schokolade, aber hey! Wen stört das an einem solchen Tag?«

Sie reicht sie ihm und nimmt seinen inzwischen vertrauten Gesichtsausdruck wahr: Wehmut, Bitterkeit, Entschlossenheit. Sie wünscht, er würde ihr sein Geheimnis verraten, warum er sich diesen unbezahlten Urlaub genommen hat und was er wirklich für sie empfindet. Sie reicht ihm ein Plätzchen und bricht von ihrem ein Stück für Wooster ab.

»Was meinst du, braucht er etwas zu trinken?«

»Er hat sich eben am Mühlgraben ordentlich bedient«, meint Tim zweifelnd. »Ich glaube, im Moment hat er genug. Im Auto habe ich Wasser und seinen Napf.«

Mattie grinst ihn an. »Ich wette, als Nächstes schaffst du dir selbst einen Hund an. Was für eine Rasse findest du gut?«

»Cairn Terrier«, antwortet Tim. »Ich hatte einen, als ich klein war.«

Abrupt verstummt er und sieht hinaus zum Hochmoor, als wünschte er, er hätte ihr das nicht erzählt. Nachdenklich beobachtet sie ihn und trinkt den Tee.

»Tim«, sagt sie – und als er sich umdreht, um sie anzusehen, sieht sie Tränen in seinen Augen –, »kannst du die Lerche hören?«

Er lauscht dem rollenden, trillernden Gesang, und sie sieht ihn lächeln.

»Dieser Ort ist magisch«, sagt er. »Ich muss dir dafür danken, Matts. Weil du mich hierhergebracht hast. Nach Brockscombe. Nach Devon.«

Sie streckt ihm eine Hand entgegen, die er ergreift und küsst. Dann stellt sie ihre leere Tasse ab und kniet sich neben ihn. Blindlings bringt er seine eigene halb volle Tasse hinter sich in Sicherheit, kniet sich hin und umarmt sie.

»Ich liebe dich«, sagt sie beinahe im Plauderton. »Da kann

ich es ebenso gut aussprechen. Du brauchst nicht darauf zu antworten. Das ist okay, aber du musst es einfach wissen.«

Er drückt sie so fest, dass sie fast keine Luft bekommt, und schmiegt das Gesicht an ihren Hals. »Ich liebe dich auch«, ruft er mit erstickter Stimme, fast, als litte er. »Wirklich, aber es ist nur … so einfach ist das nicht.«

Sie dreht das Gesicht und sucht seine Lippen, und dann sinken sie sanft auf die von der Sonne gewärmte Decke, während Wooster still und massig wie ein Steinlöwe schlummert und ihre Privatsphäre schützt.

Mattie hat noch nie einen so drängenden Liebesakt erlebt; es ist fast, als fürchtete Tim, er könnte sterben, bevor er fertig ist, und nachher drückt er sie fest an sich und atmet schnell. Instinktiv spürt sie, dass es das Beste ist, sich prosaisch zu geben, und sie rückt den Kopf nur ein wenig weiter, sodass ihre Lippen an seinem Ohr liegen.

»Ich weiß ja nicht, wie es dir geht«, murmelt sie, »aber danach finde ich, dass noch mehr Tee angemessen ist.«

Er drückt sie noch einmal schnell und macht sich dann los. Sie wendet sich ab, richtet die Kleider und redet mit Wooster, der den Kopf gehoben hat und die beiden ansieht. Tim steht auf und schließt den Reißverschluss seiner Jeans.

»Ich gehe mit ihm zum Auto und gebe ihm etwas zu trinken«, sagt er. »Es steht nicht weit entfernt.«

»Bleib nicht so lange«, sagt sie, nimmt die Tassen und kippt Tims kalt gewordene Schokolade ins Gras. »Dann planen wir, wo wir zu Mittag essen.«

Er lächelt ihr zu und gibt ihr einen schnellen Kuss. »Danke«, sagt er. Tim zögert, als wüsste er nicht, was er sagen soll, und sie versetzt ihm einen leichten Stoß und kniet sich neben den

Korb. Sie fühlt sich wohlig matt, zutiefst friedlich und sehr glücklich.

Er geht schnell. Wooster rennt vor ihm her, und Tim versucht, tief zu atmen, um seinen heftigen, ungleichmäßigen Herzschlag zu beruhigen. Ihre Liebeserklärung ist fast mehr, als er ertragen kann, und er weiß einfach nicht, was er tun oder sagen soll. Er weiß, dass er ihr die Wahrheit sagen muss, aber der Gedanke daran, dass die Beziehung zwischen ihnen ihre Unschuld verliert, ist ihm unerträglich. Mechanisch schließt er das Auto auf, nimmt Woosters Napf aus dem Kofferraum und gießt aus einer alten Plastikflasche Wasser hinein. Wooster schlabbert es dankbar und schlägt mit dem Schwanz langsam gegen Tims Beine.

Am anderen Ende des Parkplatzes sieht er Matties Wagen. Hier stehen ziemlich viele Autos, und er staunt darüber, dass niemand vorbeigekommen ist und sie gesehen hat. Er fragt sich, ob er wahnsinnig ist, verrückt geworden, um mitten am Vormittag draußen auf dem Dartmoor Sex zu haben. Wer hat noch mal gesagt, dass die Gewissheit, gehängt zu werden, den Geist auf wunderbare Weise fokussiert? Vielleicht folgt das Wissen um eine tödliche Krankheit demselben Prinzip.

Als er den Verschluss wieder auf die Flasche schraubt, sieht er, wie Mattie auf dem Pfad, der vom Moor herführt, auftaucht und ihren Korb und die Decke unter dem Arm trägt, und sein Herz macht vor Angst einen Satz. Schnell schiebt er Wooster auf den Rücksitz und eilt zu ihr. Sie lächelt ihm beruhigend zu.

»Alles okay«, ruft sie. »Neuer Plan. Mir ist aufgegangen, dass ein lauwarmes Getränk ein kleiner Absturz wäre, besonders, weil ich nicht weit entfernt ein sehr gutes Hotel kenne. Ich dachte, wir fahren zusammen zum *Two Bridges*, und dann können wir uns da entspannen und auch zu Mittag essen. Ist das in Ordnung?«

Erleichterung steigt in ihm auf, und er weiß, dass es das Richtige ist. Es wäre schwierig, nach einem so emotionalen Erlebnis zusammen auf der Decke zu sitzen und zu plaudern. Er sollte ihr die Wahrheit sagen, aber der richtige Moment ist vorbei, und ein Tapetenwechsel ist eine gute Entscheidung.

»Klingt toll«, sagt er. »Da war ich noch nie.«

»Wunderbar.« Sie packt die Decke und den Korb in ihren Kofferraum. »Wooster ist gern dort, und du weißt, dass man auf seinen guten Geschmack vertrauen kann. Fahr mir nach.«

Sie vollführt eine kleine Handbewegung und klettert ins Auto, und er eilt zurück, steigt in seinen eigenen Wagen und folgt ihr vom Parkplatz auf die Straße, die durch das Moor führt.

Mattie fährt langsam, und er weiß, dass sie die Weite und Majestät der Landschaft genießt. Er fragt sich, wie all das im Schnee aussieht; vielleicht riskiert er es und schiebt seinen Plan auf, sich das Leben zu nehmen, bevor die schlimme Krankheit es ihm entreißt. Seine Angst davor, vielleicht zu lange zu warten, hilflos und von Fremden abhängig zu werden, zieht ihm den Magen zusammen, und ein plötzlicher Muskelkrampf im rechten Bein ruft ihm seine Sterblichkeit ins Gedächtnis.

Er bemerkt, dass Mattie blinkt und nach links abbiegt, und folgt ihr. An einem großen Granitbau vorbei fährt sie auf den Parkplatz, und er hält neben ihrem Auto und klettert hinaus. Wooster springt eifrig nach draußen und zögert, als eine Gänseherde schnatternd und zischend vorbeimarschiert und zum Fluss hinunterstolziert.

»Wow«, meint Tim. »Leben die hier?«

»Allerdings. Wooster weiß, dass er sich vor dieser Meute in Acht nehmen muss. Das Flussufer sieht verlockend aus, aber ich bin mir nicht sicher, ob es schon warm genug ist. Sehen wir uns mal drinnen um.«

Obwohl die Sonne scheint, ist die Brise immer noch kühl, und Tim tritt dankbar ein und sieht zwei Feuer, die an den beiden Enden der Bar in großen Kaminen brennen. Um schwere, niedrige Tische herum stehen im rechten Winkel Sofas, und er grinst Mattie vergnügt zu. »Das ist einfach perfekt«, meint er. »Sieh dir Wooster an!«

Der Hund hat schon seinen Platz an einem Kamin und am Ende eines der Sofas in Anspruch genommen, und Mattie lacht.

»Ist doch gut. Lass uns Kaffee trinken, und dann sehen wir uns für später die Speisekarte an.«

Als sie sich setzen – inzwischen steht eine große Stempelkanne mit Kaffee vor ihnen auf dem Tisch –, wendet Mattie sich ihm plötzlich zu. »Ach du meine Güte! Ich habe nicht nachgedacht. Wartet Charlotte etwa darauf, dass du Wooster zurückbringst? Sie weiß noch nicht, dass ich hier bin. Wir treffen uns alle vor dem Tee bei meinen Eltern.«

»Nein, nein. Ist schon gut. Ich spiele dieses Wochenende den Hundesitter. Charlotte dachte, bei den vielen Gästen und dazu noch den Hunden deiner Eltern wäre das ein bisschen zu viel, daher habe ich mich angeboten, Wooster zu übernehmen. Wir haben also keine Eile.«

Mattie lässt sich wieder zurücksinken, lehnt sich an Tim und entspannt sich in der Wärme des Feuers. »Gut«, sagt sie. »Ist es nicht schön, frei zu sein?«

Eine Weile sitzen sie in freundschaftlichem Schweigen da,

und dann beugt er sich vor, um ihnen Kaffee nachzuschenken.

»Es tut mir wirklich leid, Matts«, sagt er, »dass du den Job bei der BBC nicht bekommen hast.«

Sie verzieht das Gesicht, und er legt einen Arm um sie und drückt sie kurz, um sie zu trösten.

»Ich war niedergeschmettert«, gesteht sie, »doch inzwischen hat sich sogar etwas Besseres ergeben, glaube ich.«

Mit der Tasse in der Hand lehnt sie sich zurück, und er wendet sich ihr erwartungsvoll und mit hochgezogenen Brauen zu.

»Es ist wieder eine Hilfskraftstelle, aber an der Universität Exeter, im Historischen Seminar.«

Sie wirft ihm einen raschen Blick zu, um seine Reaktion abzuschätzen, und er kann die Freude nicht verbergen, die er bei der Aussicht empfindet, Mattie in so großer Nähe zu wissen.

»Und, würde dir das gefallen?«

»Na ja, ich habe ja in Exeter den Abschluss in Geschichte gemacht, und es wäre näher an zu Hause. Vielleicht legt ja mein alter Tutor ein gutes Wort für mich ein.«

Er lächelt ihr zu und berührt eine Locke, die ihr über die Schulter fällt. »Es fehlt dir wirklich, oder? Und ich kann verstehen, warum.«

»Ja, so ist es. Es ist verrückt, doch als ich heute hergefahren bin, konnte ich es kaum erwarten, auf dem Moor anzukommen, diese fantastische Luft zu atmen und einfach … na, du weißt schon, in diese ganze Weite hinauszusehen.« Sie sieht ihn an. »Du empfindest inzwischen genauso, oder?«

Tim nickt. »Es ist das alles. Die Strände, die Moore, die Häfen und die kleinen Fischerdörfer. Es ist wie ein Wunder, einen Ort gefunden zu haben, an dem ich das Gefühl habe, nach Hause gekommen zu sein. Ein wenig spät …«

Abrupt unterbricht er sich, und sie schaltet sich rasch ein.

»Oh, aber wieso? Es ist nie zu spät, Tim. Du bist noch jung und hast noch dein ganzes Leben vor dir, um diese Landschaft zu erkunden. Ich bin so froh darüber, dass du sie ebenso liebst wie ich.«

Jetzt ist es Zeit, es ihr zu sagen; ihr zu erklären, dass er sie zwar liebt, sie anbetet, aber es unfair wäre, sie mit den Problemen zu belasten, die vor ihm liegen. Doch noch während er versucht, die Worte zu finden, kommt ein anderes Paar herein und setzt sich auf das Sofa gegenüber, und wieder einmal hat er die Gelegenheit verpasst.

20. Kapitel

Als Tim später wieder auf den Hof fährt, stellt er verblüfft fest, welch tiefes Schweigen hier herrscht. In der Scheune stehen keine Autos, alle Türen und Fenster der Cottages sind geschlossen. Keine Spur von Ollies Buggy, kein Buch auf der Bank und keine Tassen auf dem Tisch. Alles wirkt verlassen, und so ist es auch.

Charlotte und Oliver sind nach Tavistock aufgebrochen. Kat ist mit Jerry nach Bristol gefahren, um im Hippodrom die Aufführung eines modernen Tanzensembles zu sehen, und William gibt mit seinem Chor ein Konzert in der Kathedrale und übernachtet dann später bei Freunden.

»Dann sind wir beide heute Abend allein, Kumpel«, murmelt Tim Wooster zu, während er seine Haustür aufschließt.

Der Golden Retriever schnüffelt auf dem Hof herum, als suchte er nach seiner kleinen Familie, doch er wirkt ganz zufrieden damit, Tim ins Haus zu folgen. Sein Korb steht in einer Küchenecke, genau wie bei Charlotte, und er klettert hinein und legt sich hin. Tim öffnet die Hintertür und schlendert in den kleinen, gepflasterten Hinterhof hinaus. William hat den größten Garten; er wurde aus zwei Gärten zusammengelegt, als die beiden Cottages miteinander verbunden wurden. Er hat Hochbeete am Ende des Areals angelegt, um darin Gemüse zu ziehen, und die Rabatten sind voller Blumen und Büsche. Es gibt einen Futterplatz und Futterhäuschen, die William reichlich bestückt hat; er liebt es, den Vögeln beim Fressen zuzusehen.

Tim beobachtet sie über den Zaun hinweg. Langsam erkennt er einige davon, und William ermuntert ihn dazu. In einer Ecke steht ein winziges Treibhaus, und unter einer kleinen Pergola sind ein paar Stühle und ein Tisch aufgebaut. Alles ist ordentlich und sauber, ganz wie William selbst, und Tim mustert seinen eigenen kleinen Garten ziemlich schuldbewusst.

Charlotte hat ihm geholfen, Beetpflanzen in die drei Holztröge zu setzen, aber viel mehr ist hier nicht zu sehen. Was Gärten angeht, ist er nicht besonders fantasievoll. Das hat er auch Tante Kat gesagt.

»Ich auch nicht, mein Lieber«, erwiderte sie. »Gärtner haben gern die Kontrolle, verstehen Sie? Es gefällt ihnen, aus dem Chaos Ordnung zu schaffen. Mir ist da das Chaos jederzeit lieber.«

Bei der Erinnerung lacht er – und dann seufzt er. Wie schwierig es sein wird, diese Menschen zu verlassen! Seinen Tag mit Mattie bewahrt er leuchtend in seinem Herzen; er war vollkommen magisch. Doch er weiß, dass er ihr die Wahrheit sagen muss, obwohl er immer noch keine rechte Ahnung hat, wie er sie formulieren soll.

Instinktiv sieht er an den Cottages vorbei und hinauf zum großen Haus. Vor fast drei Wochen, unmittelbar nach der Grillparty, ist Francis gestürzt. Vermutlich war es ein weiterer Schlaganfall, und er war im Krankenhaus; aber jetzt ist er wieder zu Hause und darf, wie William sagt, bald Besuch empfangen.

Tim denkt über den alten Mann nach und fragt sich, ob es ihm da oben nicht einsam wird – natürlich weiß er, dass Francis' kleine Hilfstruppe regelmäßig bei ihm ein und aus geht. Doch Tim überlegt, wie sehr der alte Mann seine Frau vermissen muss und seine Söhne, die ihn selten besuchen, wie William erzählt hat. Um zu ihnen zu reisen, ist er jetzt zu krank. Wenn William zurück ist, denkt Tim, werde ich ihn fragen, ob ich nach oben gehen und ihn besuchen darf. Der Scharfblick des alten Herrn hat ihn vorsichtig gemacht, ängstlich, er könnte unter diesem mitfühlenden Blick die Wahrheit heraussprudeln. Doch jetzt, mit einem Mal, würde er gern mit Francis reden.

Er hört den vertrauten Ton, der den Eingang einer SMS ankündigt, und zieht sein Telefon hervor: Die Nachricht ist von Mattie.

Perfekter Tag. Seid ihr beide zurück in B.? Hier alles gut. xx

Er denkt über seine Antwort nach und über alles, was er Mattie gern sagen würde, entscheidet sich jedoch, es einfach zu halten.

Danke, dass du ihn perfekt gemacht hast. W. und ich sind sicher zu Hause angekommen. xx

Tim geht wieder hinein und ist froh über Woosters Gesellschaft. Er denkt an das, was Mattie gesagt hat. »Ich liebe dich … Du bist noch jung und hast noch dein ganzes Leben vor dir, um diese Landschaft zu erkunden …« Und er setzt sich an den Küchentisch und vergräbt das Gesicht in den Händen. Er fühlt sich verletzlich, verängstigt bei der Aussicht zu sterben, nicht mehr zu sein …

Wooster hievt sich aus seinem Korb, setzt sich neben Tim und lehnt sich an seine Beine. Sein kräftiger Körper und seine Wärme wirken so tröstlich, so beruhigend, und Tim beugt sich hinunter, um ihn zu umarmen und Mut bei ihm zu finden. Die vertrauten Geräusche fehlen ihm: William, der aus der Kanzlei nach Hause kommt. Tante Kat, die Charlotte, die die Wäsche von der Leine nimmt, etwas zuruft. Olivers Weinen. Es ist nicht nur die Stille, sondern das Gefühl von Leere, von Verlassenheit.

Während Tim dankbar Woosters Kopf streichelt, denkt er wieder an Francis, der allein im Haus lebt, und fragt sich, wie er mit dieser Isolation fertigwird.

Morgen, sagt er sich. Morgen gehe ich ihn besuchen.

Vom Fenster aus erhascht Francis einen Blick auf Tim, doch bevor er den Jungen auf sich aufmerksam machen kann, ist er schon hineingegangen. Francis bewegt sich langsam, schiebt den Rollator vor sich her und weicht dem Bücherstapel aus, den Maxie auf dem Boden liegen gelassen hat. Er hasst den Rollator, aber er geht kein Risiko ein; er ist ein alter Narr. Der Sturz war seine eigene Schuld, pure Tollpatschigkeit, und jetzt fällt er denen, die sich um ihn kümmern, noch stärker zur Last. Er muss vorsichtiger sein. Er hat noch viel zu tun für die Menschen, die er liebt – und in diese kleine Gruppe bezieht er inzwischen auch Tim ein.

Francis ist sich nicht sicher, was er für Tim tun kann – schon der Gedanke, er könnte ihm vielleicht helfen, ist anmaßend –, und doch geht er ihm nicht aus dem Kopf. Seit er bei der Grillparty von Gerald Manley Hopkins' Lyrik gesprochen hat, befürchtet Francis, dass Tim weit mehr umtreibt als ein unbezahlter Urlaub.

Nachher fragte er sich, ob er sich nur etwas eingebildet hatte, doch er fühlt sich durch eine instinktive Furcht zu dem Jungen hingezogen. Und dann kam dieser dumme Sturz dazwischen, und er war aus dem Verkehr gezogen. Es wäre schrecklich, wenn er durch seine eigene Dummheit eine Chance vertan hätte.

Langsam bewegt sich Francis durch den Raum, setzt sich an seinen Schreibtisch und öffnet die Schublade. An seinem eigenen persönlichen Tiefpunkt war ihm jemand geschickt worden; ein Fremder hatte ihm Trost geschenkt. Schweigend sitzt er da, lauscht der Drossel, die in der Esche singt, und erinnert sich. Nell hatte ihm geschrieben und ihm mitgeteilt, sie erwarte ein Kind von Bill, und da hatte er gewusst, dass er sie verloren hatte, dass sie jetzt nie mehr eine gemeinsame Zukunft haben würden. Er sagte sich, dass sie die nie gehabt hatten. Als er sie und Maxie seiner Karriere und seiner Ehe geopfert hatte, hatte er jedes Recht verwirkt, mit Nell zusammen zu sein. Er hatte am Fenster seines Arbeitszimmers gestanden und voller Schuld- und Verlustgefühle hinausgesehen. Liz und die Kinder besuchten Freunde, und er war spontan zum Kloster Buckfast gefahren, um mitten in der Woche eine Messe zu besuchen. Nachher ging er ins klostereigene Restaurant, um Kaffee zu trinken. Es war fast Mittagszeit und sehr belebt, aber an einem Tisch war ein Platz frei. Dort saß ein Mann allein und las etwas, das auf ein Stück Papier gedruckt stand. Mit seinem Tablett in den Händen wies Francis mit einer Kopfbewegung hoffnungsvoll auf den leeren Stuhl, und der Fremde nickte lächelnd.

Erst als er dem alten Burschen gegenüber Platz nahm, sah Francis, dass er den Stehkragen eines Geistlichen trug. Nicht verwunderlich hier im Kloster. Er war dünn, knochig sogar, und besaß einen dichten weißen Haarschopf, dunkelbraune Augen und ein einzigartig freundliches Lächeln. Merkwürdig, aber er kam ihm bekannt vor, obwohl Francis sich nicht erinnern konnte, ihn irgendwann einmal im Gottesdienst gesehen zu haben.

»Danke, Vater«, murmelte Francis.

Der Priester sah ihn aufmerksam an. Seine Miene war unerwartet mitfühlend und verständnisvoll, als wüsste er alles über ihn.

»Ich glaube, ich bin Ihnen schon begegnet«, sagte Francis, »doch ich weiß nicht, wo. Mein Name ist Francis Courtney.«

Der Priester lächelte sein herzliches, offenes Lächeln und zuckte leicht mit den Schultern. »Vielleicht, aber darauf kommt es nicht wirklich an, oder?«

Francis nippte an seinem Kaffee und dachte über diese eigenartige Antwort nach. Plötzlich sehnte er sich danach, diesem Mann sein Herz auszuschütten, eine Art Absolution zu suchen. Wieder warf er ihm einen Blick zu, und ihn überfiel die Gewissheit, dass der Priester seine Probleme bereits kannte – seine Schlechtigkeit und sein Versagen – und ihm schon vergeben hatte. Am liebsten hätte er ihm von Nell erzählt, von seiner Untreue Liz gegenüber, von Maxie und seinem feigen Bedürfnis zu schweigen.

Der andere faltete das Papier zusammen, schob seine Tasse beiseite und stand auf. Francis empfand ein Verlustgefühl; am liebsten hätte er ihn gebeten, bei ihm zu bleiben. Der Priester blieb neben ihm stehen und umfasste kurz Francis' Schulter. »Mein Name ist Theo«, sagte er. Während er davonging, saß Francis still da und spürte Theos Fingern und dem Druck seiner starken Hand nach. Es dauerte einen Moment, bis ihm auffiel, dass der Priester das Stück Papier auf dem Tisch liegen gelassen hatte. Er nahm es und blickte sich rasch um, doch der Mann war verschwunden.

Unentschlossen saß Francis da, faltete dann das Papier auseinander und las die Worte, die mit Schreibmaschine darauf getippt standen.

Wer kann sich selbst von seiner Kleinlichkeit
und seinen Beschränkungen befreien,
wenn du ihn nicht zu dir selbst erhebst, mein
Gott, in der Reinheit der Liebe?
Wie will ein Mensch,
geboren und großgezogen in einer Welt kleiner
Horizonte, sich zu dir erheben, Herr,
wenn du ihn nicht erhebst durch deine Hand,
die ihn erschaffen hat?
Du wirst mir nicht nehmen, mein Gott,
was du mir einst gegeben,
in deinem eingeborenen Sohn, Jesus Christus,
in dem du mir alles geschenkt, was ich
ersehne;
also darf ich mich freuen:
Du wirst nicht zögern, wenn ich nicht zu hof-
fen versäume.

Francis las das Gebet zweimal, und nach und nach kam ein Gefühl tiefen Friedens über ihn. Der Priester war nirgends zu sehen. Immer noch auf der Suche nach ihm und weiterhin mit dem Papier fest in der Hand, ging Francis hinaus und fuhr dann nach Hause, nach Brockscombe.

Jetzt nimmt Francis einen Umschlag aus seiner Schublade, zieht das vielfach zerknitterte und gefaltete Papier hervor und liest die Worte, die darauf geschrieben stehen, noch einmal. Das Gebet hat ihn all diese Jahre getragen und ihm Mut geschenkt. Er erinnert sich an Vater Theos Lächeln und seinen festen Griff. Da er selbst geschwächt ist, fühlt er sich unzulänglich, wenn es darum geht, Tim zu helfen. Doch er weiß, dass er es wenigstens versuchen muss.

21. Kapitel

Als Tim erwacht, ist er immer noch entschlossen, seinen Plan zu verfolgen. Doch kurz nach dem Frühstück klopft es an der Tür. Wooster bellt, und Tim geht nachsehen, wer es ist. Eine Frau mittleren Alters mit einem freundlichen, müden Gesicht lächelt ihn an.

»Ich glaube nicht, dass wir uns schon kennen«, erklärt sie, »ich heiße Stella. Ich kümmere mich um Francis. Er fühlt sich besser und hat mich gebeten, Sie zu einer Tasse Kaffee nach oben einzuladen, falls Sie Zeit haben.«

Einen Moment lang ist Tim ein wenig durcheinander. Es ist, als hätte Francis seine Gedanken gelesen. Wooster kommt heraus und begrüßt Stella wie eine alte Freundin.

»Hallo, alter Junge«, sagt sie zu ihm. »Du kannst bei mir in der Küche bleiben.«

»Schön«, antwortet Tim. »Das ist gut. Wirklich gut. Also, was soll ich machen? Einfach hineinspazieren?«

»Lassen Sie mir ein wenig Zeit, um oben fertigzuwerden. Sagen wir, halb elf?«

Tim nickt. »Großartig. Danke.«

Erstaunt und erfreut geht er wieder hinein. Er freut sich darauf, Francis zu sehen, obwohl ein kleiner Teil von ihm die Begegnung auch fürchtet. Wird er in der Lage sein, sich weiter zu verstellen und Francis gegenüber den Schein zu wahren? Vielleicht werden sie einfach über Lyrik sprechen. Tim beginnt, seine Sammlung durchzusehen, und fragt sich, wie belesen Francis ist, wie modern. Er ist so vertieft, dass ihm bei einem Blick auf die Uhr klar wird, dass er zu spät kommen wird, wenn er Wooster jetzt nicht sofort ausführt.

Eine halbe Stunde später erwartet Stella ihn, als er das Tor öffnet und über den Vorhof des Farmhauses geht. Sie führt ihn im Haus einen Gang entlang, vorbei an der Küche und in die Eingangshalle.

»Gehen Sie nur hinauf«, sagt sie zu Tim und legt eine Hand auf Woosters Halsband, um ihn zurückzuhalten. »Die rechte Tür. Er wird Sie erwarten.«

Sie steckt eine Hand in die Schürzentasche und zieht einen Hundekuchen hervor, mit dem sie Wooster zurück in Richtung Küche lockt, und Tim hört, wie die Tür geschlossen wird. Kurz zögert er, sieht nach oben und läuft dann die Treppe hinauf. Oben bleibt er stehen und blickt auf dem geräumigen Treppenabsatz nach rechts und links. Dann erkennt er den Schatten im Türrahmen und eilt hin.

»Tim«, sagt Francis, auf einen Rollator gestürzt, und streckt die Hand aus. »Wie nett von Ihnen. Stella hat das Tablett schon heraufgebracht, sodass wir eine Weile unsere Ruhe haben.«

Schlurfend tritt er zurück, um Tim vorbeizulassen, und dieser geht mit einem erfreuten Ausruf in den großen, sonnigen Raum. Mit den Bücherregalen an den Wänden und dem großen Schreibtisch ist das genauso ein Zimmer, wie er es sich immer gewünscht hat.

»Was für ein grandioser Adlerhorst, Sir!«, meint er. »Und was für eine Aussicht!«

»Ich habe ihn größtenteils wegen der Aussicht mit Beschlag belegt«, gesteht Francis. »Meine Frau hätte hier gern unser Schlafzimmer eingerichtet, aber das hielt ich für Verschwendung. ›In einem Schlafzimmer gibt es Besseres zu tun, als am Fenster zu stehen und hinauszusehen‹, habe ich zu ihr gesagt.«

Tim platzt vor Lachen heraus und sieht ihn amüsiert und verblüfft an. »Da kann ich Ihnen nur beipflichten.«

»Natürlich, und ich wünschte, Sie würden mich Francis nennen. Schenken Sie den Kaffee ein, ja? Heutzutage zittern meine Hände zu sehr. Ich trinke meinen schwarz.«

Zu beiden Seiten des kleinen Palisandertisches stehen zwei bequeme Lehnsessel, und Francis lässt sich in einen davon sinken, während Tim sich mit der Kaffeekanne beschäftigt. Es erstaunt ihn, wie entspannt er sich fühlt.

»Und, haben Sie sich eingelebt?«, fährt der alte Herr fort. »Sind Sie glücklich hier?«

»Ich finde es in Brockscombe großartig«, antwortet Tim. »Ich fühle mich wie zu Hause.«

»Das ist ein großes Kompliment.« Francis nimmt die hübsche Tasse aus Bone China entgegen, die Tim ihm mit dem Unterteller zuschiebt. »Ich bin hier geboren und habe mein ganzes Leben hier verbracht. Meine Kinder sind in Brockscombe zur Welt gekommen.«

»Ich beneide Sie«, meint Tim und sieht sich um. »Es muss wunderbar sein, einen ganz eigenen Platz auf der Welt zu haben, beständig und verwurzelt zu sein. Sie haben großes Glück.«

Der alte Herr mustert ihn über den Rand seiner Tasse hinweg, und Tim erwidert seinen Blick. Da ist etwas, eine Art Wiedererkennen zwischen ihnen, das er nicht ganz definieren kann.

»Ich hatte Glück«, räumt Francis ein. »Viel mehr, als ich verdient habe. Doch ich war auch sehr egoistisch.«

Tim weiß kaum, was er darauf antworten soll. »Das tut mir leid«, sagt er, obwohl es ihm unzulänglich erscheint. »Aber wir sind doch alle Egoisten, oder?«

»Möglich. Nur kann dieses Schuldgefühl, mit dem wir kämpfen, so destruktiv wirken, finden Sie nicht?«

Tim runzelt die Stirn. Es ist fast, als würde Francis sein eigenes Geheimnis kennen – aber wie sollte das möglich sein? Der Alte beobachtet ihn, und Tim spürt eine überwältigende Sehnsucht, ihm die Wahrheit zu sagen, doch er wehrt sich noch dagegen. »Ich kann mir nicht vorstellen«, meint er ziemlich lahm und in dem Versuch, einen leichteren Ton anzuschlagen, »dass Sie je in der Lage zu einem echten Verrat gewesen sind.«

»Ah, aber den habe ich begangen«, gibt Francis betrübt zurück. »Ich habe meine Frau betrogen. Ich war ihr untreu mit einer viel jüngeren Frau, die mir ein uneheliches Kind geboren hat. Ich habe den Jungen nie als meinen Sohn anerkannt, und seine Mutter musste mir schwören, niemals einer Seele zu verraten, dass ich sein Vater bin. Verstehen Sie, ich habe um meine Karriere gefürchtet. Und um meinen Stolz natürlich, obwohl ich mir eingeredet habe, ich täte das um meiner Frau und meiner ehelichen Söhne willen. Und nicht einmal heute kann ich mich dazu bekennen, obwohl Nell und Liz tot sind und es nicht mehr darauf ankommt. Ich kann den Gedanken nicht ertragen, was meine Söhne von mir halten würden.«

Schockiert starrt Tim ihn an. »Gott«, murmelt er. »Das ist hart. Für Sie alle.«

Francis nickt. Eine kurze Pause entsteht. »Ich sehe, dass Sie in den Wäldern spazieren gehen. Haben Sie den Pan schon entdeckt?«

Tim ist über den Themenwechsel erleichtert. »Ja«, sagt er. »Und da ist jemand, der ihn mit Blumen bekränzt. Gibt es im Ort Kinder, die den Pan und den Hundefriedhof besuchen?«

»Also haben Sie den Friedhof gefunden. Ist lange her, dass ich dort war. Ich kann heutzutage nicht mehr so weit laufen.«

»Dann legen nicht Sie Blumen auf Bracks Grab?«

Francis stößt einen tiefen Seufzer aus und lächelt nostalgisch. »Ach, der liebe alte Brack! Eine Abkürzung für Bracken. Was für ein Bursche er war! Ein Cairn Terrier. Fröhlich, vorlaut. Kennen Sie die Rasse?«

Tim setzt seine Kaffeetasse vorsichtig auf dem Unterteller ab. »Als Kind hatte ich einen Cairn wie Brack. Ich habe ihn Ban genannt.« Sein Atem geht schnell. Der Tag mit Mattie hat seine Abwehr untergraben, und plötzlich fühlt er sich schwach und müde. Francis beobachtet ihn wieder mit diesem Mitgefühl, und er verspürt eine große Sehnsucht danach, endlich alles zu erzählen.

»Was ist aus Ban geworden?«

»Ich habe das Gartentor geöffnet, obwohl man mich ermahnt hatte, es nicht zu tun. Es war keine Absicht. Bis dahin war es immer so schwergängig. Aber an diesem Morgen ist der Riegel einfach aufgegangen, und das Tor schwang so weit auf, dass Ban hinauskonnte. Meine Mutter kam gerade vom Einkaufen und war direkt auf der anderen Straßenseite. Ban ist ihr entgegengelaufen und ich hinter ihm her. Meine Mutter ist losgelaufen, damit ich nicht auf die Straße rannte, und wurde von einem Auto überfahren. Ich habe sie getötet.«

Francis schweigt einen Moment. »Das war ein Unfall. Ein schrecklicher Unfall.«

»Ja.« Tim starrt in seine Tasse. »Eigentlich weiß ich das, aber irgendwie hilft mir das nicht. Mein Vater konnte es nicht ertragen und ist einfach fortgegangen. Verschwunden.«

»Was ist aus Ihnen geworden?«

»Ich habe dann bei meiner Großmutter gelebt, der Mutter meiner Mutter. Sie hat für uns gesorgt. Für mich und Ban.«

»Wie alt waren Sie da?«

»Vier. Fast fünf.«

»Wie furchtbar«, meint Francis. »Ganz furchtbar.«

»So viele Menschen fragen einen, verstehen Sie? Wenn man klein ist, meine ich. ›Wo ist deine Mummy?‹, und man muss erklären, dass sie bei einem Unfall gestorben ist. Sogar wenn man älter ist und Freundschaften schließt, wollen die Leute das wissen, oder? Sie stellen Fragen über die Familie, die man hat. Man entkommt dem nie. Außerdem, warum sollte ich? Der Tod meiner Mutter war meine Schuld, aber bis jetzt habe ich noch nie jemandem die ganze Wahrheit gesagt.«

Tim fühlt sich leer und ausgelaugt. So lange hat er dieses Geheimnis bewahrt, dass es ihm jetzt – nachdem es plötzlich ans Licht gezerrt worden ist – fast banal vorkommt. Er reibt sich mit den Fingern über die Stirn, trinkt von seinem Kaffee.

»Es tut mir so leid, Tim«, sagt Francis. »Bitte verzeihen Sie mir. Ich hatte das Gefühl, dass Ihnen etwas auf der Seele liegt, und ich dachte, vielleicht würde es Ihnen helfen, darüber zu reden. Es ging mich nichts an, und ich habe mich eingemischt. Das war vollkommen unangemessen von mir.«

Tim schüttelt den Kopf. »Das war keine Einmischung. Sie haben versucht, mir zu helfen. Ich habe noch nie jemandem davon erzählt. Es ist zu … nun ja, eigentlich unmöglich. Haben Sie mir deswegen Ihr Geheimnis anvertraut? Um mich zu ermuntern?«

»Etwas in der Art. Wir haben alle unsere Verletzungen, nicht wahr? Wir alle haben Schwächen, Ängste, Geheimnisse, die wir verbergen. Manchmal ist es gut, jemandem sein Herz auszuschütten. Verzeihen Sie mir, Tim.«

Tim schweigt. Am liebsten möchte er Francis den Rest auch noch erzählen, doch er kann nicht. Er fühlt sich schon jetzt viel zu emotional – und außerdem wäre das nicht fair gegenüber dem armen alten Mann, der so gebrechlich und verletzlich wirkt.

»Es ist wunderbar, hier zu sein«, sagt Tim schließlich. »Das Beste, was mir im Leben passiert ist. Es gibt nichts zu verzeihen, Francis. Ich bin froh, Ihnen davon erzählt zu haben. Und danke, dass Sie mir Ihr Geheimnis anvertraut haben. Danke für Ihr Vertrauen.« Er zögert. »Also, wer legt Blumen auf Bracks Grab und bringt dem Pan Blumen?«

Er lächelt und versucht, einen leichteren Ton in das Gespräch zu bringen, aber dieses Mal ist Francis derjenige, der zögert und den Kopf schüttelt.

»Quer über das freie Feld verläuft ein Weg, der in den Ort führt«, erklärt er. »Jeder könnte von dort kommen.«

Tim beobachtet ihn; er hat das Gefühl, dass Francis etwas zurückhält. Seine Miene ist nach innen gerichtet, distanziert und unfassbar traurig.

»Kann ich denn etwas für Sie tun?«, fragt Tim. »Ich weiß, dass Sie Helfer haben, doch könnte ich Sie mit dem Auto irgendwohin fahren? Auf einen kleinen Ausflug vielleicht?«

Francis sieht zu ihm auf. »Ja«, antwortet er schnell. »Ja, da gibt es etwas. Sie müssten nur mit meinem Rollstuhl zurechtkommen.«

»Ich glaube, das schaffe ich«, sagt Tim. »Woran hatten Sie gedacht?«

»Ich würde gern die Messe besuchen«, erklärt Francis unerwartet.

»Die Messe?«

»Ja. Im Kloster Buckfast. Ich gehe lieber an einem der Wochentage, wenn es ruhiger ist, aber ich war lange nicht mehr dort. Meinen Sie, das schaffen Sie?«

»Ich bin mir sicher. Ich kann mir vorstellen, dass am Montag, am Feiertag, im Kloster viel los ist. Sollen wir Dienstag sagen?«

»Dann kennen Sie das Kloster? Sie sind nicht zufällig katholisch?«

Tim schüttelt den Kopf. »Nein, doch ich habe das Kloster ein paarmal besucht. Aber Gran hat dafür gesorgt, dass wir sonntags zur Kirche gingen, also bin ich kein blutiger Anfänger.«

Sie lachen beide, und die Spannung lässt nach; sie trinken ihren Kaffee und schmieden einen Plan für Dienstag.

22. Kapitel

Die Rückkehr der Bewohner des Hofes beginnt mit Williams Ankunft aus Exeter. Er ist ausgezeichnet gelaunt; wie immer haben das Singen und das Treffen mit seinen Freunden ihn mit neuer Energie erfüllt. Dazu kommt noch die SMS von Fiona, die vorschlägt, sie könnte nächstes Wochenende vorbeikommen. Seit der Grillparty haben sie hin und wieder SMS ausgetauscht, und er genießt den Kontakt.

Er fragt sich, ob der Versuch töricht wäre, den Partygeist wiederzubeleben und noch einmal zu grillen. Es ist eine gute Art, alle einzubeziehen. William weiß, dass Charlotte abends nicht zu ihm nach Hause kommen und Oliver unbeaufsichtigt lassen würde. Das heißt, dass jede andere Art von Party in ihrem Cottage stattfinden müsste und eine Belastung für sie wäre. Vielleicht könnte sogar Cousin Francis dazukommen, wenn es ihm besser geht.

William beschließt, die Idee mit Kat zu besprechen, bevor er eine Entscheidung trifft, und fragt sich, wie es ihr mit Jerry in Bristol ergangen ist.

»Dann bleibt ihr zusammen über Nacht?«, hatte er wiederholt und sie bewundernd angesehen. »Du gehst aber ran.«

»Wäre doch verrückt, spätabends zurückzufahren.« Sie zuckte leicht mit den Schultern und grinste ihn dann an. »Keine Sorge, Lieber. Getrennte Zimmer.«

Er lachte. »Ich bin beeindruckt. Jerry ist wirklich ein netter Kerl, aber ich hätte vermutet, dass er einen Hauch konventionell ist.«

»Oh, das ist er«, gab sie sofort zurück. »Doch ich arbeite daran. Man muss ihn befreien.«

»Wovon?«, entgegnete William argwöhnisch. »Oder sollte ich fragen: ›von wem‹?«

»Von einer altbackenen Freundin«, antwortete sie und brach in Gelächter aus. »Den Begriff hat übrigens Fiona geprägt, also gib mir nicht die Schuld.«

»Ich bin fasziniert«, sagte er. »Ich kann nur sagen, dass der gute Jerry vom Glück begünstigt ist. Zwei Frauen, die um seine Aufmerksamkeit wetteifern.«

Kat wurde ernst. »Er ist sehr nett«, meinte sie nachdenklich. »Sehr authentisch. Er verletzt nicht gern Menschen.«

»Klingt, als wäre er mir ähnlich«, erwiderte William nur halb im Scherz und erwartete ein Kompliment.

Aber Kat schwieg einen Moment lang. »Du bist viel unbeirrbarer«, sagte sie schließlich. »Sieh dir doch an, wie du Fiona Paroli geboten hast, als du alles aufgeben solltest, wofür du gearbeitet hast; als sie wollte, dass du nach London gehst. Jerry wäre mitgegangen.«

Ihre Antwort hatte William beinahe schockiert. »Meinst du, ich hätte gehen sollen?«, fragte er nach kurzem Schweigen.

»Nein«, gab sie sofort zurück. »Nein, das finde ich nicht. Alles, wofür du gearbeitet hattest, war hier. Das war dein Leben. Doch ich kann auch Fionas Sichtweise verstehen. Es ist schwer, eine solche Chance geboten zu bekommen und sie ablehnen zu müssen.«

»Es war so schade, dass wir es nicht geschafft haben, eine Wochenendbeziehung zu führen«, meinte er betrübt.

Kat lächelte ihm beinahe mitleidig zu. »Es lag nicht nur daran, nicht wahr? Es lag an Sam. Dieser Mann hat sie vollkommen aus dem Gleichgewicht gebracht. Er war etwas außerhalb ihres Erfahrungshorizonts, und zusammen mit dem neuen Job hat sie den Kopf verloren.«

»Du klingst, als täte sie dir leid.«

»Ein wenig schon«, sagte Kat. »Merkwürdig, aber während dieses Grillwochenendes neulich habe ich alles in einem etwas anderen Licht gesehen. Zuerst war ich deinetwegen so wütend, stand so felsenfest auf deiner Seite, dass ich nicht wirklich darüber nachgedacht habe, wie es vielleicht für Fiona war. Ich entschuldige sie nicht, ich sage nur, dass ich ihr gegenüber ein wenig mehr Nachsicht empfinde.«

Als er jetzt den Motor abschaltet und aus dem Auto steigt, erinnert sich William, dass Kats Geständnis ihn eher erfreut als bestürzt hat. In seiner neuen Stimmung, diesem Glücksgefühl wegen Fiona, möchte er, dass alle genauso empfinden und ihr freundlicher gesonnen sind.

Er sieht, dass Kat noch nicht zurück ist; und mit Charlotte rechnet er nicht, da sie das Wochenende bei ihren Eltern in Tavistock verbringt. Aber Tim ist da, und in diesem Moment öffnet sich dessen Tür, und Wooster kommt, gefolgt von Tim, eilig herausgelaufen und bellt zur Begrüßung ein- oder zweimal.

»Willkommen zurück!«, sagt er. »Obwohl es ein bisschen merkwürdig ist, dass ich Sie zu Hause willkommen heiße.«

»Warum?«, fragt William. »Es ist auch Ihr Zuhause.«

»Uns haben Sie alle gefehlt, nicht wahr, Wooster?«, gibt Tim zurück. »Und, war es gut?«

»Sehr gut. Wir haben uns zu mehreren Chören zusammengetan und Faurés Requiem gesungen. Ich finde, es ist gut gelaufen. Wie ist es Ihnen ergangen?«

»Gut«, antwortet Tim. »Ich habe gestern mit Francis Kaffee

getrunken. Es scheint ihm viel besser zu gehen. Ich fahre ihn am Dienstag zum Kloster.«

»Ach ja?« William ist erstaunt und erfreut. »Das ist sehr nett. Er besucht die Messe gern, aber das ist schwierig für ihn, nachdem er jetzt kein Auto mehr fährt. Stella bringt ihn manchmal hin, doch der Rollstuhl passt nicht richtig in ihren Wagen, und Francis hasst es, anderen zur Last zu fallen. Und wie geht es diesem Burschen hier?«

Er bückt sich, um Wooster zu umarmen, der ihm begeistert das Gesicht ableckt.

Tim lacht. »Es war schön, ihn bei mir zu haben. Er hat mir auf angenehme Weise Gesellschaft geleistet. Ich wollte gerade mit ihm spazieren gehen. Möchten Sie mitkommen?«

»Gern«, sagt William. Er ist immer noch in Hochstimmung und hat das Gefühl, dass es ein enttäuschender Abschluss wäre, allein zu sein. »Ich sage Ihnen etwas. Gehen wir mit ihm zum Fluss hinunter und dann in den Pub, ein Bier trinken.«

»Okay«, sagt Tim. »Ich gebe ihm noch sein Fressen und sage Ihnen dann Bescheid. Wir nehmen mein Auto. Ich habe Woosters Decke und seine anderen Sachen im Kofferraum.«

Mit einer schwungvollen Bewegung holt William seine Tasche aus dem Auto, und als er über den Hof geht, beginnt er zu singen.

Als Kat nach Hause kommt, trifft sie William und Tim in der Küche an, wo sie sich eine Pizza teilen. Wooster ist an der Tür zum Garten fest eingeschlafen. Sie freut sich aufrichtig, die beiden zu sehen. Der Besuch in Bristol hat ihr so viel Spaß gemacht, dass sie ein wenig pikiert war, als sie bei ihrer Rückkehr feststellen musste, dass Jerry zum Abendessen eingeladen war.

Schnell wies er darauf hin, dass dieser Termin schon lange vor ihrer geplanten Fahrt nach Bristol festgestanden hatte und er gar nicht auf die Idee gekommen war, er könne sie in irgendeiner Weise beeinflussen.

Und der Fairness halber muss Kat sich eingestehen, dass das auch nicht der Fall war. Bei ihrer Rückkehr hatten sie noch reichlich Zeit. Trotzdem ist sie leicht verschnupft darüber, dass er die Gelegenheit nicht genutzt hat, länger mit ihr zusammenzubleiben, dass er sie beim Wort genommen hat: ein Mittagessen in Bristol, mit dem Zug nach Hause fahren, und das wäre es dann gewesen. Sie hatte ihr Auto an seiner Wohnung stehen lassen, daher war sie überrascht, als er ihr nach einer Tasse Tee ein wenig verlegen mitteilte, er werde später noch ausgehen. Kat fragte sich, ob er sich mit Sandra traf, doch sie bewahrte die Ruhe, lächelte, als wäre das vollkommen normal, trank den letzten Schluck Tee und fuhr nach Hause.

»Gott sei Dank«, sagte sie zu sich selbst, »habe ich meinen Übernachtungskoffer nicht mit nach oben genommen. Dann hätte ich wie eine komplette Idiotin dagestanden.«

Jerry war ein guter Gesellschafter, amüsant, interessant und aufmerksam. Sie hatten die Bahnfahrt genossen, aber bei ihrer Ankunft im Hotel sah sie, dass er sich an der Rezeption leicht unwohl fühlte, obwohl sie getrennte Zimmer reserviert hatten. Nachdem sie angekommen waren, schien Jerry nicht in der Lage zu sein, die Kontrolle über die Situation an sich zu nehmen, und es blieb Kat überlassen, den Abend zu organisieren: ein Spaziergang am Hafen, ein frühes leichtes Abendessen vor dem Theater; Sandwiches und eine Flasche Wein für später, nach der Aufführung, auf ihr Zimmer bestellen.

Das Ballett hatte er in vollen Zügen genossen. Sie kannte ein paar Leute aus dem Ensemble und hatte Jerry nachher mit hinter die Bühne genommen, um ihn vorzustellen. Sie sah, dass der Empfang, der ihr bereitet wurde, ihn beeindruckte, dass er sich freute, mit ihr zusammen zu sein. Sie gingen fröhlich plaudernd und Arm in Arm zum Hotel zurück. Als sie ihn auf einen Drink in ihr Zimmer einlud, nahm sie sein leichtes Zögern wahr, das er rasch verbarg und einen Blick den Gang hinunter warf. Amüsiert fragte sie sich, nach wem er da Ausschau hielt. Dachte er vielleicht, ein Familienmitglied von ihm sei hier abgestiegen? Sie sah seine Freude über das kleine vorbereitete Abendessen, die fast sofort von einem Anflug von Ärger verdrängt wurde, nicht selbst auf diese Idee gekommen zu sein.

Sofort erzählte Kat eine lustige Anekdote über einen der Tänzer, die Jerry eben kennengelernt hatte, schenkte ihm ein Glas Wein ein und überspielte diesen leicht peinlichen Moment. Mit ihm zu schlafen war dann einfacher; sie zog sich aus und streckte ihm die Arme entgegen. Der Sex war gut, aber das Bett war unbequem, und es dauerte nicht lange, bis er hinausglitt, sich anzog und auf sein eigenes Zimmer verschwand.

Kat hatte eine Weile mit hinter dem Kopf verschränkten Armen dagelegen und ihn vermisst. Sie war an Männer gewöhnt, die sich nicht um Konventionen scherten und dem, was andere vielleicht von ihnen hielten, gleichgültig gegenüberstanden; und Jerrys Befangenheit war rührend. Es war deutlich, dass er sehr gern mit ihr zusammen war, aber dass ihr Ruhm für ein Ungleichgewicht in ihrer Beziehung sorgte.

Am nächsten Morgen war sie zum Frühstück hinuntergegangen und hatte festgestellt, dass Jerry bereits mit einer Zeitung am Tisch saß.

»Ich wollte dich nicht stören«, erklärte er und stand auf, um ihr einen Stuhl zurechtzurücken.

»Ich hatte den gleichen Gedanken«, sagte sie.

Er wirkte ein wenig entspannter, als wäre der anstrengendste Teil des Wochenendes erfolgreich abgeschlossen, obwohl sie sah, dass er immer noch jedem Neuankömmling im Frühstücksraum einen Blick zuwarf.

»Erwartest du jemanden?«, fragte sie schließlich beiläufig.

Er errötete. »Nein, natürlich nicht.«

Aber sie überlegte, ob er ein wenig auf der Hut war für den Fall, dass jemand aus seinem Freundeskreis das Wochenende in Bristol verbrachte. Vielleicht machte er sich Gedanken darüber, wie er dann mit der Situation umgehen sollte.

Als sie jetzt aus dem Auto steigt und ins Cottage geht, fragt sie sich unwillkürlich, ob Jerry gerade Sandra mit den glamouröseren Teilen des Wochenendes unterhält, und da ist es eine Erleichterung, Tim und William am Tisch sitzen zu sehen. Sie essen Pizza, trinken Bier und unterhalten sich offensichtlich gut. Die beiden rücken ihr einen Stuhl zurecht, schneiden ihr ein Stück Pizza ab und erkundigen sich nach ihrem Ausflug.

Kat schildert die Aufführung und erzählt ein paar Geschichten über die Tänzer. Jerry erwähnt sie gar nicht.

23. Kapitel

Charlotte und Oliver kehren als Letzte nach Brockscombe zurück. Sie ist erstaunt darüber, wie froh es sie macht, sich wieder in ihrem eigenen Revier zu befinden. Es ist schön, nach Tavistock zu fahren und alle zu treffen, und es ist eine Abwechslung, Hilfe bei Oliver zu haben und sich ein wenig auszuruhen. Aber sie mag es nicht, wenn er aus seinem Rhythmus gerissen wird, und es fällt ihr schwer, klare Ansagen zu machen, wenn Mum ihn verwöhnt und Dad Witze darüber macht, dass sie mehr Regeln und Vorschriften aufstellt als die Marine.

Mattie hat strahlend ausgesehen, von der Aussicht auf einen Job an der Uni Exeter berichtet und dafür gesorgt, dass die Hunde außer Rand und Band gerieten. Später erzählte sie, sie habe auf dem Weg hierher im Hotel *Two Bridges* mit Tim gegessen. Ganz kurz fühlte Charlotte sich ein wenig verletzt, weil sie sie und Oliver nicht dazu eingeladen hatte, denn auf dem Weg nach Tavistock war sie ohnehin an dem Hotel vorbeigekommen.

»Es war vollkommen spontan«, versetzte Mattie rasch, als sie ihre Miene sah. »Ich habe ihm eine SMS geschrieben, und er war rein zufällig auf dem Moor und hat Wooster ausgeführt.«

Und schließlich, denkt Charlotte, haben die beiden jedes Recht, Zeit miteinander zu verbringen. Sie selbst hätte nicht einmal Lust, das fünfte Rad am Wagen zu spielen. Trotzdem weicht Mattie ihr aus, wenn es um ihre Beziehung geht, und es ist schwierig herauszufinden, wie ernst sie ist.

Aber Charlotte ist sich ziemlich sicher, dass Mattie vorhatte, sich auf dem Rückweg mit Tim zu treffen.

»Ach, übrigens, Mattie«, hatte Dad am Sonntagabend gemeint, »ist es okay, wenn du mich morgen mit nach London nimmst? Ich fahre zu einem Kameradentreffen. Zurück kann ich den Zug nehmen, doch es wäre schön, auf dem Hinweg Gesellschaft zu haben.«

Nur eine Sekunde lang sah Charlotte Enttäuschung über Matties Miene huschen. »Ja, natürlich«, sagte ihre Schwester dann. »Toll. Wenn das okay ist, möchte ich gleich nach dem Frühstück fahren.« Und dann, ein wenig später, bemerkte Charlotte, dass Mattie eine SMS schrieb. Zufall vielleicht, aber ein sechster Sinn sagte Charlotte, dass es so war: Sie hatte sich mit Tim verabredet und musste jetzt absagen. Ein wenig rätselhaft ist allerdings, warum sie sich dazu verpflichtet fühlte. Schließlich kennt er ihre Eltern schon; er wurde ihnen vorgestellt, als sie zu Besuch in Brockscombe waren, und inzwischen hat er sie bei weiteren Besuchen getroffen. Sie hätten zu dritt irgendwo Kaffee trinken können, Dad, Tim und Mattie.

Jedenfalls geht es sie nichts an. Charlotte hebt Oliver aus dem Auto und sieht sich suchend nach Wooster um. Sie fragt sich, ob er sie vermisst hat.

»Wooster solltet ihr aber nicht mit nach Washington nehmen«, meinte Dad. »Verrückte Idee! Wir holen ihn her, bis ihr zurück seid.«

Und dann hatte sich Mattie eingeschaltet. »Wenn ich den Job in Exeter bekomme, nehme ich ihn«, hatte sie gesagt, was fast genauso verrückt war, wie ihn nach Washington mitzunehmen.

Alle waren ganz aufgeregt über Andys Stationierung dort,

die nun so gut wie sicher war, und schwärmten ihr vor, wie toll das werden würde. Merkwürdig, dass sie nie zu bemerken scheinen, wie sie sich umso mehr auf die Hinterbeine stellt und auf stur schaltet, je stärker sie versuchen, ihr etwas schmackhaft zu machen! Woher wollen sie schließlich wissen, was sie fühlt oder wie es für sie sein wird? Es macht sie gereizt, wenn Menschen annehmen, sie durch reine Willenskraft beeinflussen zu können. Auch nennen sie Oliver immer noch »Ollie« oder »Ol«. Sie wissen, dass sie das nicht wirklich leiden kann, aber sie machen trotzdem weiter, als hofften sie, durch den ständigen Gebrauch ihre Meinung zu ändern.

Charlotte lässt ihren Koffer neben dem Auto stehen und trägt Oliver ins Haus. Es ist gut, zu Hause zu sein.

Tim hört das Auto und geht zum Fenster, und Wooster steht auf und wedelt erwartungsvoll mit dem Schwanz. Tim zögert. Er fragt sich, was genau Mattie über ihr Treffen erzählt hat, und fühlt sich ein klein wenig zwiespältig bei der Vorstellung, Charlotte gegenüberzutreten.

»Wir sagen es ihr«, hatte Mattie auf dem Parkplatz am Hotel *Two Bridges* gesagt. »Natürlich müssen wir das. Wir erzählen ihr, dass wir hier zu Mittag gegessen haben, aber ich möchte den Rest lieber für mich behalten. Macht dir das etwas aus?« Sie sah ihn besorgt an. »Nur, weil … na ja, es ist irgendwie unsere Privatsache, oder? Etwas Besonderes.«

Er nickte, schlang die Arme um sie und drückte sie fest an sich. »Etwas ganz Besonderes«, antwortete er.

»Wie wäre es, wenn wir uns treffen, wenn ich am Montag zurückfahre?«, fragte sie hoffnungsvoll.

Er nickte. »Aber nicht dort.« Er hatte nicht nachgedacht

und sah dann, wie ein Schatten über ihr Gesicht huschte. »Nicht, weil es nichts Besonderes gewesen wäre«, schob er rasch nach. »Denn das war es ganz einfach. Nächstes Mal regnet es vielleicht, oder es kommt jemand vorbei oder so …«

Tim wusste nicht ganz, wie er ihr erklären sollte, was er meinte, nämlich dass diese spezielle Art von Magie eher bei etwas Spontanem, einer unvorhergesehenen Begegnung, entsteht als bei einem im Vorfeld geplanten Treffen, bei dem automatisch Erwartungen aufkommen. Doch Mattie nickte und verstand sofort.

»Wie wäre es mit hier?«, fragte sie und zeigte auf das *Two Bridges*. »Oder empfindest du dabei genauso?«

Er lächelte ihr zu. »Nicht ganz. Die Feuer werden sicher auch am Montag brennen, und wahrscheinlich wird ein Sofa frei sein. Es ist nicht ganz dasselbe wie deine Höhle.«

»Wir könnten uns hier treffen«, meinte sie, »und dann ein Stück weiterfahren, falls das Wetter gut ist. Unten am Fluss kenne ich ein hübsches kleines Stück Strand. Ich bereite den Picknickkorb vor.«

Er lachte. »Mach das. Und dann überlassen wir alles den Göttern.«

Sie reckte sich und küsste ihn. »Also abgemacht. Ich gebe dir Bescheid, wenn ich losfahre. Falls sie fragen, erzähle ich Charlotte und den Eltern, dass ich dir eine SMS geschickt habe und wir hier zu Mittag gegessen haben. Ich muss los.«

Zusammen mit Wooster sah er ihr nach. Sie winkte aus dem Autofenster. Der Gedanke schmerzte ihn, dass sie sich vielleicht fragt, warum er ihr nicht sagt, was ihrer Liebe im Weg steht. Sie muss inzwischen wissen, dass er mit keiner anderen zusammen war. Vielleicht am Montag … Aber dann hatte er ihre Textnachricht bekommen, in der stand, dass ihr

Vater sich selbst eingeladen hatte, mit ihr zurück nach London zu fahren. Tim überlegte, ob er vorschlagen sollte, sich zu dritt zu treffen, verlor dann jedoch den Mut.

Jetzt geht er zu Charlotte hinüber. Wooster läuft eifrig vor ihm her. »Hi«, ruft er durch ihre offene Tür. »Willkommen zu Hause!«

Der Hund stürmt hinein, und Charlotte geht ihm entgegen. Sie wirkt glücklich und froh darüber, zurück zu sein, und Tim lächelt ihr zu und winkt Oliver, der am Tisch in seinem Hochstuhl sitzt.

»Haben wir Ihnen gefehlt?«, fragt sie.

»Oh ja. Wir sind viel spazieren gegangen, Wooster und ich, und wir haben uns im Hotel *Two Bridges* mit Mattie getroffen. Das war wirklich ein schöner Zufall. Sie hat eine SMS geschrieben, sie liege gut in der Zeit und fahre gerade ins Moor hinauf, und Wooster und ich waren ganz in der Nähe. Ich war noch nie dort. Es ist wirklich schön.«

Er hört sich selbst dabei zu, wie er mit solcher Leichtigkeit lügt, und hat ein schlechtes Gewissen, doch Charlotte hat die Geschichte offensichtlich ohnehin schon von Mattie gehört, denn sie wirkt nicht misstrauisch.

»Wie schade, dass sie Sie nicht auf dem Heimweg besuchen konnte«, sagt sie. »Aber Dad fährt mit ihr, und er hat es immer eilig.«

Ich weiß, will er antworten, und da wird ihm klar, wie leicht man sich verrät. »Hat Ollie sich gut amüsiert?«, fragt er stattdessen.

»Mum verwöhnt ihn immer«, erklärt sie. »Na ja, dazu sind Grannies nun einmal da, nicht wahr?«

»Also, meine hat mich verwöhnt«, sagt er leichthin. »Und ich glaube nicht, dass ich bleibende Schäden davongetragen habe. Ich nehme an, Sie wollen Wooster zurückhaben. Aber ich hoffe, ich kann ihn mir weiter ausleihen?«

Sofort setzt sie die Miene auf, die Mattie »Charlottes Organisiergesicht« nennt: ein leichtes Stirnrunzeln und geschürzte Lippen.

»Ich finde, Sie sollten einen eigenen Hund haben, Tim«, meint sie. »Warum auch nicht? Sie verstehen sich so gut mit Wooster, und es wäre toll für Sie, ein Tier zur Gesellschaft zu haben. Natürlich können Sie ihn ausleihen, doch wieso schaffen Sie sich keinen eigenen Hund an? Oder liegt es daran, dass Sie noch nicht wissen, was Sie als Nächstes vorhaben? Ich hoffe, Sie denken noch nicht daran, uns zu verlassen?«

Jetzt läuten bei ihm alle Alarmglocken, und er hat das Gefühl, in der Falle zu sitzen. Normalerweise geben sich alle mit der Vorstellung von einem Sabbatjahr zufrieden, mit seiner Geschichte, dass er geerbt hat und sich deswegen eine Auszeit nehmen kann. Daher hat er sich entspannt und ein falsches Gefühl von Sicherheit zugelassen.

»Ich habe noch eine Weile nicht vor, von hier fortzugehen«, sagt er und lächelt ihr zu, »aber ein Hund bedeutet doch eine große Verantwortung, nicht wahr? Denken Sie nur, wie viele Gedanken Sie sich darüber machen, ob Sie Wooster nach Washington mitnehmen sollen.«

Geschickt, findet er, ihr den Ball zurückzuspielen und sie so von seinen Problemen abzulenken.

Sie schnaubt leicht wegwerfend. »Mum und Dad haben angeboten, ihn zu sich zu holen«, erzählt sie. »Sie finden, es wäre verrückt, ihn mit nach Washington zu nehmen. Sogar Mattie hat sich angeboten, was vollkommener Irrsinn ist.«

»Hat sie?«, fragt er erstaunt. »Wie würde sie in London mit ihm zurechtkommen?«

»Da ist diese Stelle an der Universität Exeter. Hat sie Ihnen davon erzählt? Sie glaubt, wenn sie die bekommt, wird sie irgendwie damit fertig.«

»Ach ja. Sie hat davon gesprochen.«

Charlotte schüttelt den Kopf. »Aber was soll Wooster machen, wenn sie bei der Arbeit ist? Mattie denkt denkt die Dinge nicht bis zu Ende durch. Es reicht, wenn man etwas will, und alle Probleme lösen sich augenblicklich in Wohlgefallen auf. Es ist das, was Dad ihre ›zupackende Art‹ im Leben nennt.«

Tim lacht. »Na, ich schätze, es ist gut, positiv zu denken.«

Charlotte sieht trostlos drein. »Für sie ist das in Ordnung. Sogar wenn alles schiefgeht, kommt immer jemand gelaufen, um ihr zu helfen.«

Er beobachtet sie, und plötzlich tut sie ihm leid. Andy ist fort; da fällt es ihr sicher nicht leicht, ihr Leben weiterzuführen – zu warten und sich zu wünschen, sie könnte sich mit ihm austauschen. Die ganze Verantwortung für Oliver zu übernehmen. Tim weiß nicht, wie er sie trösten soll und ob sie überhaupt Trost will. So, wie er Charlotte kennt, könnte sie das als Schwäche betrachten.

»Ich hatte gerade überlegt, mir ein Sandwich zu Mittag zu machen«, sagt er. »Essen Sie doch mit.«

Sie zögert, runzelt die Stirn, als wäre das verlockend – und schüttelt dann den Kopf. »Ich muss weiterkommen, und ich muss Oliver etwas zubereiten.«

Er wartet. Es macht ihn traurig, dass sie nie richtig loslassen kann, und er fragt sich, ob sie Angst hat, dann gleich die Kontrolle zu verlieren. Mag sein, dass sie ihr eigenartiges Leben nur mit strikter Disziplin bewältigen kann.

»Okay«, meint er sanft. »Schön, Sie wiederzuhaben. Ich hole Woosters Sachen, ja?«

»Ja, er wird seinen Korb brauchen.« Sie hält inne, als kämpfte sie noch ein wenig mit sich selbst. »Hören Sie, warum bringen Sie Ihr Sandwich nicht mit und essen es bei uns? Viel habe ich leider nicht da. Ich muss später in den Supermarkt fahren. Aber es wäre schön, Gesellschaft zu haben.«

»Großartig«, sagt er. »Sind Sie sicher, dass Sie nicht etwas von mir essen wollen? Ich habe reichlich da.«

Sie lacht, und plötzlich wirkt sie jünger, wieder glücklich. »Na, dann laufen Sie zu!«, meint sie. »Warum nicht? Danke, Tim.«

Eilig geht er in sein Cottage zurück, um ein kleines Mittags-Picknick zusammenzustellen, und denkt plötzlich an Mattie mit ihrem Korb, der auf dem Gras im Moor ausgebreiteten Decke und ihrer »Höhle« aus Granit und Ginster. Er erinnert sich daran, wie sie gefragt hat: »Kannst du die Lerche hören?«, und glaubt noch zu spüren, wie heiß die Sonne war. In solchen Momenten ist es fast, als könnte er diese elende Krankheit beherrschen und mit purer Willenskraft wegschieben, sie besiegen. Wie merkwürdig, dass er an jenem Morgen in London vor fast sechs Monaten Mattie beiläufig gefragt hat, wohin er sich wenden solle. Er hat sein Leben in die Hand der Götter gelegt, und sie haben ihn nach Brockscombe geführt.

Tim packt das Picknick in eine Frischhaltedose, stellt sie zusammen mit dem Rest seines Essens in Woosters Korb und geht zu Charlotte hinüber.

24. Kapitel

Mattie kommt ziemlich spät weg – ihr Vater hat erst noch einen Anruf annehmen müssen –, und als sie das Moor überqueren, bedauert sie, dass ihr Plan, sich mit Tim zu treffen, vereitelt worden ist. Es ist heiß und sonnig, ungewöhnlich für den Feiertag Ende Mai, und sie hätte Tim gern ihren kleinen Kieselstrand an dem Bach im Moor gezeigt, über den sich Erlen und Weiden neigen. Sie hätten auf dem kurzen, von den Schafen abgeweideten Gras auf der Decke gesessen und Ausschau nach einer Wasseramsel gehalten, während Wooster sich damit amüsiert hätte, im Wasser zu planschen.

Dieses Mal fährt Mattie von Tavistock aus auf die Straße nach Lydford, die der schnellste Weg zur M5 ist, aber sie wünschte, sie führe nach Princetown und zum Hotel *Two Bridges*. Dort würde sie von der Straße abfahren, die kleine Brücke überqueren und Tim erblicken, der an einem der Tische im Sonnenschein auf sie warten würde. Es ist ein solcher Jammer, sich diese Gelegenheit entgehen zu lassen, dass sie ziemlich ärgerlich auf ihren Vater ist, der neben ihr sitzt, ohne sich ihrer Gefühle bewusst zu sein. Er schwadroniert gerade darüber, welche seiner Kameraden zu dem Treffen kommen werden.

Sie denkt daran, was Tim gesagt hat. »Ich liebe dich auch. Wirklich, aber es ist nur … so einfach ist das nicht.« Und sie fragt sich, warum es nicht so einfach ist. Was hält ihn zurück? Vielleicht liegt es daran, dass er keinen Job hat – andererseits hatte er einen und hat ihn aufgegeben. Sie ist sich sicher, dass es keine andere Frau in seinem Leben gibt, denn sie weiß, dass Charlotte ihr davon erzählen würde, wenn er Damenbesuch hätte oder über Nacht oder übers Wochenende wegbleiben würde. Was kann also der Grund sein? Natürlich könnte er einfach zu diesen Männern gehören, die sich auf keinen Fall binden wollen – und doch konnte er seine Freude darüber, dass sie vielleicht nach Exeter ziehen würde, nicht verbergen.

Merkwürdig, auf diese Art verliebt zu sein: in jemanden, den sie selten sieht und der sich ihr immer wieder entzieht. Obwohl sie Tim seit über einem Jahr kennt. Sie war dankbar dafür, dass Charlotte taktvoll war und vor Mum und Dad keine Bemerkungen über ihn machte, als sie ihnen erzählte, sie hätten zusammen zu Mittag gegessen.

»Oh, wie nett, Liebes«, meinte Mum mit hochgezogenen Augenbrauen und einem unausgesprochenen Fragezeichen am Ende, als hätte sie gern mehr erfahren. Dad hatte ihr nur unauffällig zugezwinkert. Weder sie noch Charlotte haben den beiden bisher viel von Tim erzählt. Sie wissen nur, dass er von seiner Großmutter geerbt hat und sich eine berufliche Auszeit genommen hat, um sich schlüssig darüber zu werden, was er wirklich will. Als ihre Eltern zu Besuch in Brockscombe waren, hatten sie sich alle ganz gut verstanden, hatte Charlotte ihr gesagt. Ihre Mutter und ihr Vater wussten, dass Mattie und er Kollegen gewesen waren; daher gingen sie wahrscheinlich davon aus, dass eine eventuelle Beziehung zwischen ihnen inzwischen offensichtlich geworden wäre.

Vielleicht, denkt sie, wird es einfacher, wenn ich den Job in Exeter bekomme. Dann kann er mich besuchen, und wir stehen nicht mehr so unter Beobachtung. Trotzdem bin ich froh, dass er in Brockscombe wohnt.

Es ist komisch, dass sie nicht einmal ihren besten Freundinnen von ihren Gefühlen für Tim erzählen kann. Sie wissen, dass er nach Brockscombe gezogen ist und sie ihn ab und zu sieht, doch das ist auch schon alles. Sie spielt seinen geheimnisvollen plötzlichen Abgang herunter, und inzwischen denken sie kaum noch an ihn. Mattie hält ihre Liebe geheim, weil sie instinktiv weiß, dass da etwas ist, das zu sagen er noch nicht bereit ist. Schließlich wäre es ganz einfach gewesen, Mum und Dad zu erklären, dass sie sich auf dem Rückweg mit Tim zu einem Kaffee verabredet hat – aber etwas hat sie daran gehindert. Er hat nicht vorgeschlagen, sie könnten zu dritt etwas trinken, und selbst wenn, dann hätte sie sich unwohl dabei gefühlt, obwohl sie nicht genau weiß, warum. Der unbekannte Grund, aus dem er nicht zulässt, dass sie ihre Liebe einfach offen zeigen, lässt sie ebenfalls ihr Schweigen wahren.

Und doch scheint er so aufrichtig zu sein; er ist nett, freundlich, witzig – und ein großzügiger, leidenschaftlicher Liebhaber. Sie ist so auf ihn eingestimmt und sehnt sich jetzt danach, in ihrer kleinen geheimen Höhle mit ihm zusammen zu sein, die Decke ausgebreitet, der Picknickkorb aufgeklappt und Tims Arme um sie geschlungen, während sie der Lerche lauschen.

»Was für ein herrlicher Tag!«, meint ihr Vater. »Eigentlich sollten wir oben auf dem Moor picknicken, statt eilig nach London zurückzufahren.«

»Ja«, stimmt sie etwas bitter zu, »das sollten wir wohl, nicht wahr?«

»Trotzdem sollten wir zusehen, dass wir vorankommen«, sagt er fröhlich und bemerkt gar nicht, wie gereizt sie ist. »Wir sind ohnehin schon ein bisschen spät daran. Gib Gas, Liebes! Wir essen in Sedgemoor einen Happen zu Mittag.«

Jerry fährt langsam über schmale Straßen, an denen knallgelbe Butterblumen und pinke Lichtnelken die Gräben mit leuchtenden Farben erfüllen und die pudrigen, cremeweißen Dolden des hohen Wiesenkerbels an seinem offenen Fenster vorbeistreichen. Während er müßig dahinrollt, hört er den eindringlichen Ruf des Kuckucks im Tal. Er hält an, um diesen zwei magischen Tönen zu lauschen, während er die Sonne auf dem Gesicht und dem Arm fühlt, und mag gar nicht weiterfahren. Er weiß, warum er so zögerlich ist, warum er so langsam fährt. Der Grund ist, dass dieses Zusammentreffen mit seiner Familie schwierig werden wird. Seine Töchter, deren Ehemänner und ihre jeweiligen Kinder haben sich zusammengetan und für die einwöchigen Frühlingsferien ein Ferienhaus gemietet. Es liegt in Thurlestone, fast am Strand, was für Jerry keine lange Fahrt bedeutet, und es wird großartig werden, sie alle wiederzusehen. Trotzdem ist er nervös. Zum ersten Mal hat er bei einem Familientreffen etwas zu verbergen.

Er weiß, dass er nicht in der Lage sein wird, von Kat zu erzählen. Jede mögliche Eröffnung eines Gesprächs über sie geht über seinen Horizont. Er kann sich vorstellen, wie seine Töchter die Augenbrauen hochziehen, sieht ihre argwöhnischen Mienen vor sich und kann ihre Loyalität gegenüber Vee fast mit Händen greifen, wenn er versucht, mit ihnen über Kat zu reden.

Viel einfacher wäre es, von Sandra zu sprechen, die er auf konventionelle Art in der Bibliothek im Ort bei einer Veranstaltung des Geschichtsklubs kennengelernt hat – die ihn nicht beiläufig in einem Café angesprochen hat. Sandra hat ihn ihren Freundinnen vorgestellt, und jetzt treffen sie sich gelegentlich und besuchen Konzerte oder Klubs, was seine Kinder vollkommen akzeptabel finden würden. Die häusliche, mütterliche Sandra stellt keine solche Bedrohung für das Andenken ihrer Mutter dar wie die vitale, lebensfrohe Kat.

Sandra hat sich sogar erboten, die ganze Familie zum Mittagessen einzuladen.

»Wie wundervoll, dass Sie sie alle zu sehen bekommen«, sagte sie, und ihr rundes, hübsches Gesicht strahlte bei der Aussicht auf diese Freude, die ihn erwartete. »Was für ein Jammer, wenn sich alle in Ihre kleine Wohnung quetschen müssten! Ich habe da eine Idee. Wie wäre es, wenn Sie alle zum Mittagessen zu mir kommen? Ich habe reichlich Platz, einen großen Garten und jede Menge Spielzeug und Bücher, die meine Enkelkinder lieben. Sie können den Gastgeber spielen und Speisen und Getränke zahlen, aber Ihre Familie einfach in meiner Wohnung bewirten. Viel netter als in einem Hotel.«

Das war so ein freundliches Angebot, dass Jerry tief gerührt war und sich einverstanden erklärte, darüber nachzudenken.

Kats Reaktion fiel da ganz anders aus.

»Ach du meine Güte, Lieber«, sagte sie und setzte eine entsetzte Miene auf. »Alle neun auf einmal? Aber du bist natürlich daran gewöhnt, oder? Gib mir Bescheid, wenn die Luft wieder rein ist.«

Bei der Erinnerung lacht Jerry; er kann nicht anders. Doch langsam verblasst sein Lächeln, und er fragt sich, wie das in Zukunft alles zusammenpassen soll. Die vernünftige Herangehensweise ist, so sagt er sich selbst, Kat langsam einzuführen. Auf diese Weise erfahren seine Töchter gewissermaßen am Rande von ihr und gewöhnen sich schon einmal daran, ihren Namen zu hören.

Er versucht, sie sich alle zusammen vorzustellen, vor sich zu sehen, wie Kat mit seinen Enkeln spielt, und scheitert jämmerlich. Wäre die Situation anders, wären sie erfreut, sie kennenzulernen, und beeindruckt von ihrer Arbeit und ihrem internationalen Ruf, da ist Jerry sich ganz sicher. Aber als Geliebte ihres Vaters – keine Chance. Er erinnert sich daran, wie Kat und Fiona in dem Pub gelacht, Sandra vertrieben und jede Minute genossen haben. Seine Töchter wären darüber leicht schockiert und würden es sogar missbilligen. Die eine arbeitet in der IT-Branche, und die andere ist Lehrerin, und keine von ihnen besitzt diese exzentrische, unkonventionelle Lebensphilosophie wie Kat oder sogar Fiona.

Doch der bloße Umstand, dass er sie nicht erwähnt, fühlt sich fast an, als belöge oder täuschte er seine Familie auf gewisse Weise. Er spürt einen leisen, kalten Angstschauer bei dem Gedanken, Sandra könnte ihn reinreißen, indem sie den Ausflug nach Bristol erwähnt. Obwohl sie vollkommen höflich damit umgegangen ist. »Ach, sie ist das? Kann sein, dass ich von Irina Bulova gehört habe, aber Ballett ist nicht gerade meine Stärke.« Doch es war deutlich, dass diese Spritztour Sandra irritiert hat. Da er am vergangenen Abend praktisch direkt zu ihrer Abendessen-Einladung gegangen ist – die er nach der Geschichte im *Cott* nicht hatte ausschlagen wollen –, brachte er es nicht fertig, bezüglich des Wochenendes weiter zu lügen. Wenn Sandra einen Fehler hat, denkt er, dann ist es ihre Vorliebe dafür, ihn ins Kreuzverhör zu nehmen, um ihre Neugier zu stillen.

Natürlich hat er die Sache viel harmloser klingen lassen, sich auf Kats Freunde aus dem Ensemble konzentriert und praktisch angedeutet, sie habe bei ihnen übernachtet. Aber so langsam findet er ein solches Doppelleben kompliziert. Und doch steigert das Zusammensein mit Kat sein Lebensgefühl so sehr; bei ihr fühlt er sich doppelt so lebendig. Er kann sie nicht aufgeben.

Jerry beschließt zu improvisieren. Irgendwann wird er den Mädchen die Idee mit dem Mittagessen bei Sandra vorstellen und sehen, wie sie reagieren. Wenn sie ihnen zusagt, muss er bezüglich Sandras Diskretion ein Risiko eingehen; wenn sie mit ihm lieber in einen Spielpark oder zu einer anderen Unterhaltungsattraktion fahren wollen, wird er Sandra taktvoll mitteilen, sie hätten schon andere Pläne.

Jerry bremst an der Abzweigung, biegt auf die Hauptstraße ein und fährt in Richtung Thurlestone.

25. Kapitel

Die wochentägliche Messe im Kloster Buckfast wird zur Gewohnheit. Tim fährt Francis, schiebt den Rollstuhl und sitzt während der Messe da und betrachtet das beeindruckende Buntglasfenster der Kapelle. Die Liturgie ist ihm vertraut, und obwohl er nicht an der Kommunion teilnimmt, erhält er den Segen. Er hat keine Ahnung, warum die Hände des Priesters, die seinen Kopf berühren, und die gemurmelten Worte tröstlich auf ihn wirken – aber es ist so, und er freut sich darauf.

Danach schiebt er Francis aus dem Kloster hinüber ins Café, und sie nehmen zusammen ein frühes Mittagessen ein. Es ist der heißeste Juni seit Beginn der Wetteraufzeichnungen, und sie sitzen draußen auf dem Balkon, sehen über den Park und die Lavendelbeete hinaus und fühlen sich wohl miteinander. Es ist wirklich schön, diese Gelegenheiten mit Francis zu teilen, denkt Tim. Sie unternehmen andere kleine Ausflüge, fahren über das Moor zum Hotel *Two Bridges* und sitzen am Fluss in der Sonne. Francis lässt sich ein Glas Jail-Bier schmecken und lacht über die einherstolzierenden, zischenden Gänse. Er nennt sie »die Mafia«.

Tim fährt ihn zu einem Konzert im Kloster, bei dem Williams Chor gemeinsam mit anderen Chören auftritt, und nimmt ihn mit zum Strand von Torcross, wo sie in der Sonne sitzen und Eis essen. Tim kann nicht aufhören, über seine Zuneigung zu Francis zu staunen, der alt genug ist, um sein Großvater zu sein. Francis strahlt etwas Altersloses aus: Er redet nicht endlos über seine Vergangenheit und besitzt auch keinen Fundus an Anekdoten aus seinem Leben als Politiker. Stattdessen geht er mit Tim um, als wären sie gleichaltrig; sie diskutieren über Lyrik, Musik, Ideen. Es ist, als hätte dieses eine aufschlussreiche Gespräch, bei dem jeder dem anderen ein entscheidendes Geheimnis über sich verraten hat, sie einander nähergebracht, als würden sie sich schon seit Jahren kennen.

Eines Tages, nach der Messe, gesteht Tim ihm, dass er sich am Schreiben von Gedichten versucht. »Das ist natürlich alles Schund«, meint er abwehrend, »doch es wirkt sehr therapeutisch.«

Francis bittet ihn nicht sofort, es lesen zu dürfen, noch widerspricht er ihm, indem er einwendet, dass es bestimmt sehr gut ist. »Das Schreiben ist ein Talent, um das ich andere immer beneidet habe«, sagt er nachdenklich. »Eigentlich gilt das für alle kreativen Künste. Musik oder Malerei. Wie in aller Welt findet man einen Anfang?«

»Ich habe erst begonnen, seit ich hierhergezogen bin«, erklärt Tim. »Wenn ich auf den Klippen oder im Moor spazieren gehe, stelle ich fest, dass ich versuche, Worte zu finden, um sie zu beschreiben. Aber eigentlich ist das unmöglich. Ich habe damit angefangen, Listen von Wörtern aufzustellen, die eine Beziehung zu etwas aufweisen, was ich fühle.« Er unterbricht sich und platzt vor Lachen heraus. »Hört sich das jetzt wirklich so anmaßend an, wie es für mich klingt?«

Francis fällt in sein Lachen ein. »Nicht anmaßender als ich mit dem Versuch, meine Memoiren zu schreiben. Wenigstens geht es nicht allein um Sie. Warum sollte sich schließlich jemand für das politische Gefasel eines alten Knaben interessieren, von dem niemand je gehört hat?«

»Hängt wahrscheinlich davon ab, ob Sie ehrenrührige Geschichten über die damals Mächtigen auf Lager haben«, meint Tim. »Oder wäre das dann üble Nachrede?«

Francis zuckt mit den Schultern. »Ich finde, es geht dabei eher darum, dass ich versuche, mir einen Reim auf mein Leben zu machen. Eine Art Muster zu erkennen. Ich habe nie ernsthaft daran gedacht, das Ergebnis zu veröffentlichen.«

Wie so oft sieht er sich im Café um, fast als hoffte er, jemanden zu erblicken, den er kennt. Als Tim die Augenbrauen hochzieht, lächelt Francis ihm zu.

»Vor Jahren habe ich hier einmal durch Zufall einen alten Priester kennengelernt. Ich befand mich an einem persönlichen Tiefpunkt, und er hat mich wieder auf Kurs gebracht. Durch ihn bin ich zu den Schriften des heiligen Johannes vom Kreuz gekommen, die mir inzwischen viel bedeuten. Es ist töricht, aber ich hoffe immer, diesen Priester wiederzusehen, wie er am Tisch sitzt und ein Blatt Papier liest, auf dem das ›Gebet einer liebenden Seele‹ steht. Als er fortging, ließ er das Blatt auf dem Tisch zurück, und ich habe es immer noch.«

»Hat er es absichtlich liegen gelassen?«

Der alte Herr zuckt mit den Schultern. »Wer weiß das schon. Ich möchte gern glauben, dass es so war. In dem Gebet geht es genau darum, glaube ich: dass wir in diesen dunklen Momenten aufgefangen werden. Mir ging es sehr schlecht, und ich bin hergekommen, um Hilfe zu suchen. Vater Theo war mein persönliches Wunder.«

Tim lächelt ihm zu. Francis' tiefe Frömmigkeit berührt ihn; er beneidet ihn um die Einfachheit und Kraft seines Glaubens.

»Sollen wir zu dem Lavendel gehen und uns an seinem Duft erfreuen?«, fragt er.

Francis nickt, und Tim steht auf und schiebt ihn nach draußen, in die Sonne.

Williams freitägliche Grillpartys finden inzwischen regelmäßig statt. An diesen warmen Abenden macht es Spaß, wenn sich einmal in der Woche alle draußen versammeln und eine kleine Party veranstalten. Jeder trägt etwas bei, und er selbst genießt es, alles zu organisieren. Er wählt das Fleisch aus, Tim besorgt den Wein, und Charlotte steuert einen Nachtisch bei.

»Ich komme mir dabei wie eine Schmarotzerin vor«, sagt Kat.

»Du kannst den Kaffee spendieren«, meint William grinsend. »Du weißt schon. ›Jeder nach seinen Fähigkeiten; jedem nach seinen Bedürfnissen‹, oder wie man so sagt.«

»Wusste gar nicht, dass du Marxist bist, Lieber«, erwidert sie.

Es ist eine gute Art, übereinander auf dem Laufenden zu bleiben; und obwohl es akzeptiert ist, dass Freunde willkommen sind, bleiben die Partys im Großen und Ganzen Familiensache. Für gewöhnlich schafft Francis es, aus seinem Hochsitz zu ihnen herunterzukommen; und eines Freitagabends war Mattie dabei und feierte ihren neuen Job in Exeter. Das war eine ganz besondere, festliche Grillparty, bei der William zu viel trank und sang.

Noch besser war es, wenn Fiona dabei war. Sie fügte sich vollkommen in die Stimmung der Party ein, und William aalte sich geradezu in ihrer Anerkennung, während er sich selbst mahnte, nicht so ein verdammter Dummkopf zu sein. Sie und Kat schienen sich in dieser Zeit sehr gut zu verstehen, obwohl ihm auffiel, dass Kat Jerry nie wieder einlud.

»Er ist sehr willkommen«, meinte er zu ihr. »Die Partys sind nicht nur für Familienmitglieder.«

»Ich weiß«, sagte sie. »Aber es funktioniert nicht so recht. Keine Ahnung, warum. Und es ist doch lustig, wenn wir unter uns sind, oder?«

»Ja, das stimmt«, pflichtete er ihr bei. »Es ist sehr entspannt. Obwohl es toll war, als Mattie gekommen ist, oder? Vielleicht schafft sie es etwas öfter, wenn sie in die Nähe zieht.«

»Sie kann ja bei Charlotte übernachten«, meinte Kat. »Oder bei Tim.«

Er sah sie an. »Was meinst du, läuft da etwas zwischen den beiden?«

Sie runzelte die Stirn und wirkte ratlos. »Ich glaube schon, doch ich bin mir nicht ganz sicher, wie – oder was. Vielleicht sehen die Liebesbeziehungen unter jungen Leuten in diesen modernen Zeiten so aus. Oder Mattie und Tim sind einfach gute Freunde.«

»Vielleicht«, meinte er – aber er war immer noch verwirrt.

Unterdessen ist wieder Ungezwungenheit in seine Beziehung zu Fiona eingekehrt. Sie spricht nicht mehr davon, sich hier einen Stützpunkt einzurichten, und William wünscht inzwischen fast, er hätte nicht so negativ darauf reagiert. Er fragt sich, ob es an der Zeit ist, ihr gelegentlich sein Gästezimmer anzubieten; doch dazu muss er zuerst bei Kat die Lage sondieren. Das wäre eine solche Kehrtwende, dass es ihm peinlich ist, es zu erwähnen, obwohl er im Stillen schon einen kleinen Plan schmiedet. Andy hat Anfang Juli eine Woche Landurlaub, und William fragt sich, ob das vielleicht der richtige Moment wäre, um das Thema anzuschneiden. Er will sich ja nicht in Charlottes und Andys Leben einmischen, die ihre Privatsphäre brauchen. Aber vielleicht könnte Fiona nur eine

Nacht bleiben, um ihren Sohn zu sehen. Er könnte für diesen letzten Samstagabend eine Grillparty organisieren.

Bei der Aussicht, dass sie alle zusammenkommen, ist William ganz aufgeregt, doch er weiß, dass er alles sehr sorgfältig durchdenken muss. Er wird Kat darauf ansprechen und dann mit Charlotte reden, bevor er Fiona gegenüber die geringste Andeutung macht.

26. Kapitel

Markttag. Die Standinhaber und Markthändler legen geschäftig ihre Waren aus. Markisen und Planen flattern im warmen Wind, und ein hübsches Mädchen schiebt eine hölzerne Schubkarre, die mit Vasen und Kannen voll frischer Blumensträuße beladen ist, zu ihrem Standplatz neben einer Säule am Rand des Marktes. Auf der anderen Straßenseite spielt ein Straßenmusiker spanische Gitarre. Während Kat zwischen den Ständen umherschlendert und immer wieder stehen bleibt, um sich etwas anzusehen oder mit jemandem zu plaudern, lauscht sie der lateinamerikanischen Musik und möchte am liebsten tanzen. Die Kunden, Hiesige und Touristen, erfüllen den Platz mit Betriebsamkeit und Lärm, und sie saugt den Duft von alten Büchern, indischem Baumwollstoff, Blumen und Käse ein.

Müßig sieht sie an der Hauptstraße entlang und erblickt die beiden: Jerry und Sandra stehen zusammen. Er sieht auf sie hinunter, während sie redet. Hübsch sieht Sandra in ihren Sommersachen aus. Sie bricht plötzlich in Gelächter aus und klammert sich an seinen Arm, als könnte sie vor lauter Ausgelassenheit umfallen. Er macht keine Anstalten, ihre Hand abzuschütteln, und Kat beobachtet die beiden und versucht, ihre Reaktion zu analysieren: Eifersucht, Gereiztheit, Belustigung? Merkwürdigerweise empfindet sie Beklommenheit. Sie hat schon viele Sandras gekannt: Sie sind passiv aggressiv und brechen den Widerstand ihrer Opfer mit einem unerbittlichen Ansturm von guter Stimmung, Entschlossenheit, stillem Gekränktsein und der Versicherung, dass sie am besten wissen, was gut für alle Beteiligten ist. Jerry hat ihr nichts entgegenzusetzen.

Kat fragt sich, ob sie ihre Ansprüche anmelden soll. Soll sie die Straße überqueren, seinen anderen Arm nehmen, ihn küssen? Sie kann sich vorstellen, dass es mit Jerry weitergeht, dass sie ihr Leben miteinander teilen, selbst wenn sie nach London geht. Bei ihren Freunden in Bristol hat er sich ungezwungen gefühlt; aufgrund seiner Schauspielausbildung verstand er sich gut mit diesen Bühnenmenschen. Sie kann sich vorstellen, wie er sie in London besucht, Zeit mit ihr verbringt, Spaß hat. Und sie wird gern zurückkommen, um ihre Familie zu besuchen und hier mit ihm zusammen zu sein. Es könnte funktionieren, da ist sie sich sicher. Er schenkt ihr eine Art Stabilität und Ruhe, die sie zu schätzen weiß.

Noch während sie überlegt, was sie tun soll, kommt es am Rand des Gehwegs zu einem kleinen Tumult. Ein Touristenpärchen stellt seine Einkaufstaschen ab; sie treten auf die Straße und tanzen perfekt im Takt der Gitarrenmusik einen argentinischen Tango. Kurz sieht sie, wie Sandra Jerry noch fester fasst und den Mund zu einem schockierten, verblüfften »O« aufreißt, als hielte sie gar nichts davon, doch dann nimmt der Tanz Kats Aufmerksamkeit gefangen. Die Shorts und Sandalen der Tänzer müssten eigentlich einen Stilbruch darstellen – aber das ist nicht so. Sie bewegen sich wunderschön miteinander und zur Musik; sie bringen Würde und sogar Leidenschaft und Theatralik zum Ausdruck. Niemand achtet besonders auf die beiden; ein Auto macht vorsichtig einen Bogen um sie, Marktbesucher überqueren die Straße. Als die Musik verstummt, tritt das Paar einfach wieder auf den Gehweg, sammelt seine Taschen auf und verschwindet in der Menge.

Kat tritt vor und beginnt zu applaudieren. Andere fallen ein, und sogar der Gitarrenspieler lächelt. Jetzt hat Jerry sie gesehen; er wirkt unbehaglich, als fühlte er sich ertappt. Aber jetzt klatscht er auch, sodass er Sandras Hand abgeschüttelt hat. Kat lacht, winkt ihm zu und bringt mit Gesten ihre Freude über den Auftritt zum Ausdruck; und Jerrys nervöse Miene weicht einem Lächeln. Ihr Herz macht einen kleinen Satz. Wie lieb er ihr ist! Immer noch lächelnd, überquert sie die Straße.

»War das nicht wunderbar?«, ruft sie und bezieht Sandra in ihre Freude mit ein. »Ich konnte es kaum glauben. So etwas gibt es nur in Totnes. Niemand hat auch nur mit der Wimper gezuckt, nicht wahr?«

Sandra sieht sie misstrauisch an, mit zurückgenommenem Kinn und zusammengekniffenen Augen. »Ziemlich gefährlich«, meint sie tadelnd, »auf der Straße zu tanzen. Und kein gutes Beispiel für die Kinder.«

Kat starrt sie verblüfft und belustigt an und fragt sich, ob das wirklich ihr Ernst ist. »Ich fand es nicht allzu anarchistisch, oder?«

Sandra wirft Jerry einen um Unterstützung bittenden Blick zu. »Sie sind doch Lehrer«, sagt sie munter. »Was meinen denn Sie?«

Kat sieht sein Gesicht; am liebsten möchte sie vor Lachen losprusten, doch sie bemerkt, dass er verwirrt ist und sich in zwei Richtungen zugleich gezogen fühlt. Sie ist gleichzeitig traurig und gereizt, und er tut ihr auch leid. Leicht berührt sie seinen Arm und wendet sich ab.

»Bis dann, Jerry«, ruft sie über die Schulter, »und denk daran! Nicht auf der Straße tanzen!«

Jerry sieht ihr nach. Am liebsten würde er ihr nachlaufen, ihr alles erklären und ihr begreiflich machen, wie er sich fühlt – wie unmöglich es ihm ist, ein Gleichgewicht zwischen ihr und Sandra zu finden. Aber etwas hindert ihn daran: ein tief verwurzelter Wunsch nach Harmonie, der durch vierzig Jahre Ehe noch verstärkt worden ist und es ihm unmöglich macht, sich über seine konventionelle Erziehung hinwegzusetzen.

»Was für ein außerordentlicher Ausspruch!« Sandra sieht Kat mit ungläubiger Miene nach. »Was für eine eigenartige Frau! Und …«, setzt sie beinahe nachlässig hinzu, »treffen Sie sich später mit ihr?«

»Ja«, antwortet er kläglich und verflucht sich dafür, dass er nicht den Mut aufbringt, ihr zu sagen, sie solle sich um ihre eigenen Angelegenheiten kümmern. »Allerdings … ja, doch. Und was haben Sie noch vor?«

Er sieht, wie sie mit ihrer Unentschlossenheit ringt. Soll sie ihn weiter über Kat ins Verhör nehmen oder die Gelegenheit nutzen, so viel wie möglich aus ihrer Zufallsbegegnung herauszuschlagen?

»Also, ich finde, es ist Zeit für einen Kaffee, meinen Sie nicht?«

Sie lächelt ihm zu und schaut dabei so schelmisch, so hoffnungsvoll drein, dass er es nicht übers Herz bringt, das unausgesprochene Angebot auszuschlagen – besonders da er sich ohnehin nach einer Erfrischung sehnt.

»Ich glaube schon«, sagt er. »Sollen wir uns nach draußen in die Sonne setzen?«

»Oh nein, lieber nicht«, gibt sie sofort zurück. »Da wird einem so heiß, und ich vertrage die grelle Sonne nicht so gut. Das liegt daran, dass ich so helle Haut habe. Ganz anders als Ihre russische Freundin«, fügt sie hinzu.

Er setzt an, um zu erklären, dass Kat keine Russin ist, entscheidet sich aber dagegen. Damit würde er sich nur noch tiefer hineinreiten. Sie bewegen sich auf dem belebten Gehweg und werden abwechselnd zusammen- und auseinandergedrängt, und er denkt an Kat und daran, wie sie ihn angesehen hat. Ihre Augen strahlten vor Fröhlichkeit und luden ihn ein, mit ihr über den Scherz zu lachen. Und wieder möchte er sich umdrehen und ihr nachlaufen, ihr Gesicht sehen und ihren hochgewachsenen Tänzerinnen-Körper an sich drücken.

»Hier ist es nett, Jeremy«, sagt Sandra, führt ihn in ein schattiges, kühles Lokal und setzt sich an einen Tisch. »So viel besser als in der Sonne. Also, was trinken wir?«

27. Kapitel

Fiona sitzt am Küchentisch und sieht zu, wie William die Spülmaschine ausräumt. Während er das Geschirr wegstellt und darüber redet, was alles passiert ist, seit sie zum letzten Mal aus London hergekommen ist, überlegt sie, wie erstaunlich es ist, hier zu sein. Als William nach der Trennung nach Brockscombe gezogen war, trafen sie sich nur bei Familienfesten, wo sie um Andys willen immer freundlich miteinander umgingen. Bei diesen Gelegenheiten schlugen sie sich so erfolgreich, dass einige von Andys Freunden gar nichts von der Veränderung ahnten. Nach Brockscombe kam sie erst, nachdem Andy und Charlotte nach nebenan gezogen waren und Oliver geboren war.

Es kommt ihr seltsam und doch vertraut vor, hier, in diesem häuslichen Rahmen, zu sitzen und sich mit William über Familienangelegenheiten zu unterhalten. Sie sieht, dass er es genießt, was ebenfalls leicht erstaunlich ist, wenn sie daran zurückdenkt, wie er darauf reagierte, als sie sich nach dem Cottage als Stützpunkt erkundigt hatte. Seit jenem ersten Grillabend, nachdem sie im *Cott* Kat und Jerry getroffen hatte, hat sich eine Kehrtwende ereignet.

Während sich Fiona in der Küche umsieht, bemerkt sie vertraute Gegenstände: ein paar handbemalte Porzellanteile auf der Anrichte, eine Messinguhr an der Wand, ein Aquarell. Nicht einmal über die Aufteilung ihrer Besitztümer hatten sie gestritten. Die neue Wohnung in London verlangte nach modernen Stücken und einer minimalistischen Einrichtung und nicht nach Möbeln im Landhausstil, daher hatte sie, abgesehen von ihren Büchern und persönlichen Gegenständen, schließlich sehr wenig mitgenommen.

»Was ist eigentlich aus dem Küchentisch und den Stühlen geworden?«, fragt sie plötzlich.

William richtet sich auf und sieht sich um. »Ist alles mit dem Haus verkauft worden. Francis vermietet die Cottages teilmöbliert, und ein Teil des Mobiliars ist sogar sehr alt und viel besser als alles, was wir hatten. Dieser Eichentisch ist doch schöner als unser alter, ziemlich ramponierter aus Kiefer, findest du nicht?«

Das muss sie zugeben. Dennoch spürt sie einen kleinen Stich bei dem Gedanken, dass er sich so leicht von Dingen getrennt hat, die sie so glücklich zusammen ausgesucht hatten, als sie angefangen hatten, sich ein gemeinsames Leben aufzubauen. Er sieht sie an, als wüsste er, was sie denkt.

»Nun ja, du wolltest die Sachen ja nicht, oder?«, fragt er. »Wir waren uns einig, dass alles, was übrig war, in den Hausräumungsverkauf eingeht und wir uns den Erlös teilen würden.«

Das ist vollkommen richtig; sie hatte alles achtlos zurückgelassen. Warum sollte sie von ihm erwarten, das, was sie zurückgewiesen hatte, zu hegen und zu pflegen? »Nein, nein, ich weiß. Es ist nur so, dass ich ein paar vertraute Teile gesehen habe. Erinnert mich an früher.« Sie lächelt ihm zu und möchte eine Verbindung aufbauen, eine sentimentale Anknüpfung an die Vergangenheit, doch er bleibt misstrauisch.

»Francis hat mir erlaubt, einiges im Haus zu lagern«, erklärt er. »Ich bin mir nicht sicher, ob du etwas davon haben möchtest. Größtenteils sind es Andys Sachen. Bücher und Spielzeug. Du weißt schon. Ich dachte, es wäre nett, sie weiterzugeben, wenn er eigene Kinder hätte.«

»Und jetzt hat er eins«, sagt sie leichthin. »Es war lieb von dir, daran zu denken, Wills. Ich bin wohl einfach davon ausgegangen, dass du alles richtig machst.«

Das ist ihr Ernst. Er ist ein guter Mensch, und sein Instinkt wird immer dafür sorgen, dass er das Beste für die Menschen tut, die er liebt.

»Im Gegensatz zu mir«, setzt sie hinzu und wirft ihm ein Grinsen zu, »die immer nur an die Nummer eins denkt. Alles geht nur um mich, mich, mich.«

»Das stimmt doch nicht«, sagt er und lacht ebenfalls. »Wenigstens nicht ständig. Da du schon einmal hier bist, könntest du dir allerdings einige der Sachen ansehen, die ich aufbewahrt habe. Falls Francis etwas zustößt und ich sehr schnell umziehen muss, muss ich ein paar rasche Entscheidungen treffen.«

Ihr Lachen verstummt, und sie runzelt die Stirn. »Was meinst du? Müsstest du Brockscombe dann verlassen?«

»Aber ja. Seine Söhne würden es mit Sicherheit verkaufen. Keiner von ihnen hängt an dem Besitz, und er ist zu groß, um ihn als Ferienhaus für die Familie zu behalten. Sie werden verkaufen.«

»Wo willst du denn dann hin, Wills?« Der Gedanke, dass er sich ein neues Zuhause suchen muss, bestürzt sie aufrichtig. »Du lebst doch so gern hier.«

Er verzieht ein wenig das Gesicht und zuckt mit den Schultern. »Damit war immer zu rechnen. Aber ich wohne wirklich gern hier, besonders weil Charlotte und Oliver nebenan sind und Kat ebenfalls hier lebt. Das hat mir das Leben gerettet, doch ich wusste immer, wie die Dinge liegen.«

Sie spürt, wie sie rot wird. Die Scham über ihren eigenen Egoismus lässt ihr das Blut in die Wangen steigen. »Wahrscheinlich habe ich nicht richtig nachgedacht«, sagt sie. »Ich wusste nie so genau, wie Cousin Francis mit dir verwandt ist, aber ich hatte angenommen, du hättest vielleicht gewisse Rechte und Privilegien, wenn du verstehst, was ich meine.«

»Es wäre verrückt, jemandem in einem so großen Komplex Rechte auf ein einzelnes Cottage einzuräumen. Das würde sich mit Sicherheit auf den Wert des Besitzes auswirken. Nein, nein. Ich wusste immer Bescheid. Machen wir uns jetzt keine Gedanken darüber. Es ist nicht dein Problem.«

Und das ist wahr, sagt sie sich. Sie hat kein Recht, den Stand der Dinge zu hinterfragen oder Vorschläge zu machen. Zugleich wirft das Ganze ein neues Licht auf die Zukunft, und sie beschließt, dass sie eingehend darüber nachdenken muss.

William sieht ihr nach, als sie verschwindet, um Oliver und Charlotte zu besuchen, und fragt sich, warum er nichts von Andys Landurlaub gesagt hat. Er hat sowohl mit Charlotte als auch mit Kat über seine Idee gesprochen, Fiona für eine oder zwei Nächte sein Gästezimmer anzubieten, und beide haben positiv darauf reagiert.

»Nun ja, sie wird ihn bestimmt sehen wollen«, pflichtete Charlotte ihm bei. »Wenn es dir nichts ausmacht, wäre mir allerdings das zweite Wochenende lieber als das erste. Am ersten ist es immer ein bisschen merkwürdig, weil man sich erst wieder aneinander gewöhnen muss, und da hätte ich gern etwas Privatsphäre mit Andy und Oliver. Doch das letzte Wochenende ist gefühlsbeladen, weil wir wissen, dass Andy wieder fährt und alles. Da kann es ganz gut sein, Menschen um sich zu haben.«

Das verstand William. »Wenn du dir sicher bist«, sagte er. »Hier geht es vor allem um dich und Andy und Oliver.«

»Ich überlasse es dir, das mit ihr auszumachen«, erwiderte Charlotte, »aber bleib auf jeden Fall dabei, dass sie am zweiten Wochenende kommt.«

Das versprach er ihr, und später sprach er mit Kat darüber.

»Für Fiona wäre es viel schöner hier als im Pub«, meinte Kat sofort. »Wenn man nicht vor Ort ist, fällt es immer schwer zu beurteilen, wann ein Besuch passend ist, und es ist nett, in sein eigenes Zimmer verschwinden zu können, wenn man Lust dazu hat. Natürlich wird Fiona Andy sehen wollen, das wollen wir alle; aber Charlotte und Ollie stehen an erster Stelle. Schlimm genug, uns überhaupt um sich zu haben, würde ich meinen. Wir müssen uns sehr taktvoll verhalten. Ich kann schon verstehen, warum Charlotte Fiona am letzten Wochenende einplanen will, und ich bin mir sicher, dass sie Verständnis dafür hat.«

»Als sie das letzte Mal hier war, schienst du dich wirklich gut mit ihr zu verstehen«, meinte er vorsichtig.

»Ich weiß.« Kat wirkte verwirrt und dachte darüber nach. »Ich glaube, nachdem sie fortgegangen ist, haben wir sie ein wenig dämonisiert. Wir haben ihr die Rolle der bösen Hexe aufgedrückt, nicht wahr? Ich will keine Entschuldigungen für sie suchen oder so etwas, doch ich finde, je mehr wir darauf beharrt haben, umso stärker hat sie darauf reagiert. Sie hat sozusagen unsere Erwartungen erfüllt. Als ich sie dann letztes Mal im Pub getroffen habe, als ich mit Jerry dort war, sah ich in ihr die alte Fiona, die wir kannten und liebten, und alles kam wieder ins rechte Lot.«

William war sich nicht sicher, wie er reagieren sollte. Er fühlte sich immer noch verbittert und verletzt, wenn er an Sam und an Fionas Verhalten dachte; aber Kat hatte auch recht: Sein Zorn hatte alle Liebe und Freundlichkeit zwischen ihnen ausgehöhlt, bis nur noch Abneigung übrig geblieben war. Es war ihm so schwergefallen, bei diesen Familienfeiern eine fröhliche, lächelnde Fassade zu zeigen, so zu tun, als wären Fiona und er noch gute Freunde. Doch um Andys willen war das notwendig gewesen.

Dann, beim letzten Mal, war es gewesen, als wäre ein schmerzhaft ausgerenktes Gelenk plötzlich wieder an seinen Platz geglitten. Er konnte freundlich zu ihr sein, und dafür war sie in der Lage, darauf zu reagieren, sodass ein kleines Wunder geschah. So gut, so wichtig war das für ihn, dass er nicht in der Lage war, seine Einladung auszusprechen, anlässlich Andys Landurlaub hier zu übernachten, während sie hier in der Küche saß. Er hatte Angst, sie könnte seine Absichten hinterfragen. »Warum gerade jetzt? Was hat sich verändert?« Und was hätte er darauf antworten sollen?

Er weiß, dass es töricht ist, doch er will dieses neue Wohlwollen nicht aufs Spiel setzen; aber jetzt bereut er seine jämmerliche Feigheit. Sobald er wieder allein mit ihr ist, sagt er sich, wird er sie fragen, ob sie aus dem besonderen Anlass von Andys Landurlaub ein- oder zweimal übernachten möchte – und er weigert sich, darüber hinauszudenken.

»Hat William dir von seinem Plan erzählt?«, fragt Charlotte Fiona, während sie Oliver zusehen, der auf seiner Decke liegt und mit den Beinen strampelt.

An Fionas verständnisloser Miene erkennt sie, dass sie voreilig gesprochen hat – aber schließlich kommt es nicht wirklich darauf an, wer von ihnen Fiona einlädt, und sie war in letzter Zeit so viel netter, weniger empfindlich und sarkastisch.

»Andy hat nächsten Monat eine Woche Landurlaub, und

wir hatten uns gefragt, ob du am letzten Wochenende herkommen möchtest«, erklärt sie und nennt das Datum. »William dachte, dass du vielleicht bei ihm und Tante Kat übernachten möchtest, damit du ein wenig mehr Zeit mit Andy verbringen kannst, statt ständig zwischen dem Pub und Brockscombe zu pendeln.«

Auf Fionas Miene malt sich zuerst Verblüffung und dann solche Freude, dass es Charlotte beinahe peinlich ist.

»Nur für eine oder zwei Nächte«, murmelt sie, »nur nicht am ersten Wochenende, wenn es dir nichts ausmacht.«

Rasch schüttelt Fiona den Kopf. »Nein, selbstverständlich nicht. Ich kann gut verstehen, dass ihr drei für euch sein möchtet. Sehr gern, natürlich mag ich.«

»William wollte dich fragen. Es war seine Idee. Erzähl lieber nicht, dass ich mich verplappert habe. Er plant für den Samstagabend eine Grillparty für alle.«

»Vielleicht hat er es sich ja anders überlegt und will mich nicht darauf ansprechen. Übel nehmen würde ich es ihm nicht. Aber wenn ich darf, komme ich trotzdem und wohne wie üblich im Pub. Danke, Charlotte! Ich weiß deine Einladung wirklich zu schätzen. Die Zeit ist so kurz, und du hast Andy ewig nicht gesehen.«

»Du ja auch nicht.«

Einen Moment lang sitzen sie schweigend zusammen und sehen auf Oliver hinunter, der sich auf den Bauch dreht. Charlotte wird klar, dass das Muttersein ihre Einstellung Fiona gegenüber ein wenig verändert hat. Sie neigt weniger dazu, ihre Stellung als Andys Frau und Olivers Mutter zu verteidigen. Diese neue Entspannung ihr gegenüber scheint eine Saite in Fiona angeschlagen zu haben, sodass auch sie weniger entschlossen ist, um ihre Position zu kämpfen. Fast fühlt sie sich versucht, Fiona zu erzählen, wie einsam sie geworden ist, dass es ihr zunehmend schwerfällt, sich richtig an Andy zu erinnern, und sie sogar ziemlich nervös ist bei dem Gedanken, ihn wiederzusehen. Doch es ist unmöglich, das in Worte zu fassen, und ein Teil von ihr schreckt davor zurück, ihr intimes, privates Leben mit seiner Mutter zu diskutieren.

»Bald wird Ollie krabbeln«, bemerkt Fiona und beugt sich vor, um Oliver mit einem seiner Stofftiere zu kitzeln. »Dann musst du wirklich aufpassen. Er wird alles anfassen, und du hast keinen Moment Ruhe. Hast du einen Laufstall?«

Charlotte schüttelt den Kopf. »Noch nicht. Aber ich glaube, du hast recht. Wenn er auf dem Bauch liegt so wie jetzt, kann er sich schon voranschieben wie eine kleine Robbe.«

»Vielleicht könnte ich dir einen Laufstall schenken«, meint Fiona vorsichtig. »Das würde mir wirklich Freude machen. Wir könnten nach dem Mittagessen losfahren und uns nach einem umsehen.«

Charlotte will schon einwenden, dass sie wahrscheinlich einen im Internet bestellt, als ihr klar wird, dass Fiona das sehr genießen würde; sie hätte Spaß an einem kleinen Ausflug mit ihnen beiden, auf dem sie Oliver einen Laufstall aussuchen.

»Danke«, sagt sie. »Das wird toll.«

Zu ihrem eigenen Erstaunen glaubt sie sogar selbst daran.

28. Kapitel

Francis ist ein stiller Beobachter. Bei der Grillparty am Freitagabend sieht er William und Fiona an. Er betrachtet Kat, die auf der Bank sitzt und Charlotte zuhört, obwohl ihre Miene verrät, dass sie in Gedanken woanders ist, und Charlottes Gesicht, die sie alle mit einer Beklommenheit anschaut, die verrät, welche Angst ihr der Gedanke bereitet, sie alle zu verlassen. Aber vor allem richtet er sein Augenmerk auf Tim.

Ihm fällt auf, dass sein junger Freund sich hinsetzt und entspannt, wenn er bei der Messe den Segen erhalten hat. Tim legt dann die Unterarme auf die Schenkel, lässt die Handgelenke locker zwischen den Knien baumeln und schließt die Augen. Er wirkt vollkommen in Frieden und atmet tief. Francis ist mehr und mehr überzeugt davon, dass Tims bedrückte Art nicht nur mit einer Tragödie zu tun hat, die sich vor über einem Vierteljahrhundert ereignet hat, und fragt sich, was ihn umtreibt.

Er erinnert sich daran, wie sie ihre Geheimnisse ausgetauscht haben, und vermutet, dass Tim ebenfalls etwas zurückgehalten hat. Francis wartet auf den richtigen Moment, um Tim sein eigenes letztes Geheimnis zu verraten – sozusagen als Geste, die Tim von der Last, die er trägt, befreien soll. Er hat schon eine Ahnung, wie das geschehen kann, doch er wartet noch.

Die Gelegenheit bietet sich ihm nach einem in Buckfast verbrachten Vormittag, als sie wieder in Brockscombe ankommen und Tim ihm zurück in seine Wohnung hilft. Francis bleibt in der Sonne stehen, beobachtet die Mehlschwalben, die herabschießen, um in den Nestern unter der Dachtraufe ihre Jungen zu füttern, und atmet den schweren Duft der Bartnelken in den hölzernen Trögen. Niemand sonst ist in der Nähe.

»Wissen Sie«, sagt er und legt Tim, der den Rollstuhl aus dem Kofferraum hebt, eine Hand auf den Arm, »ich sehne mich so danach, den Pan noch einmal zu sehen. Laufen kann ich so weit nicht, aber was halten Sie davon, es mit dem Rollstuhl zu versuchen? Es wird holprig. Trotzdem glaube ich, wir können es schaffen.«

Tim wirkt erfreut über die Idee. »Ich werde Sie schon durchschütteln«, meint er warnend, »aber wenn Sie sich dem gewachsen fühlen, dann bin ich es auf jeden Fall.«

»Guter Mann«, sagt Francis zufrieden. Er wirft den Stock beiseite und lässt sich in dem Rollstuhl nieder.

Er möchte unterwegs und außer Sicht sein, bevor entweder Kat oder Charlotte mit dem Auto angefahren kommen und anbieten, sie zu begleiten. William ist in der Kanzlei, daher steht nicht zu befürchten, dass er kommt. Francis krampft die Hände zusammen und betet um Führung und Weisheit – und, ganz wichtig, darum, dass sein Instinkt sich als zuverlässig erweist. Bald jedoch überwältigen ihn der herrliche Tag und die Pracht der Wälder um ihn herum. Er sieht die Flügel eines Eichelhähers blau aufblitzen und hört seinen heiseren Ruf. Kaninchen hoppeln aus dem Unterholz hervor und wieder hinein und bleiben sitzen, um sie anzustarren, bevor sie mit ausschlagenden Hinterläufen die Erde aufwirbeln und verschwinden. Rhododendren, die so hoch wie Bäume sind, blühen rosa, weiß und lila, und tief in den Schatten wirken die zarten Weißbirken blass und elegant wie Gespenster.

Vorsichtig steuert Tim den Rollstuhl über die moosbewachsenen Wege und hält neben der kleinen Statue an. Geißblatt ist um Pans Hals geschlungen, und zwischen seinen Fingern stecken wilde Rosen. Auf dem Sockel liegt neben seinen kleinen steinernen Zehen ein eingepacktes Bonbon. Francis betrachtet es. Sein Herz schlägt schneller, und Erinnerungen überschlagen sich in ihm und rühren ihn fast zu Tränen. Tim tritt vor und hebt das Bonbon auf. Er mustert es, dreht es um, reicht es Francis und schiebt ihn dann zu der Holzbank.

»Also«, sagt er, »wer bekränzt den Pan und bringt ihm Süßigkeiten?« Er lässt sich auf der Bank nieder und sieht Francis an, der so im Winkel neben ihm sitzt, dass Tim sein Gesicht beobachten kann. Francis hält das Bonbon zwischen den Fingern und erwidert den Blick.

»Mein Sohn«, erklärt er.

Mit dieser Antwort hat Tim sichtlich nicht gerechnet, und schockiert fährt er ein wenig zusammen und reißt ungläubig die Augen auf. Francis kann beinahe sehen, wie er im Kopf Berechnungen anstellt.

»Ihr *Sohn?* Aber Ihre Söhne sind erwachsen. Sie leben im Ausland. Oder gibt es …?«

»Ich habe noch einen Sohn. Ich habe Ihnen doch erzählt, dass ich ein uneheliches Kind habe.«

»Ja, doch Sie sagten, das sei in Ihren ersten Ehejahren gewesen.«

»Ja«, antwortet Francis. »Das war es. Maxie ist Ende fünfzig, aber geistig hat er sich nie weiter entwickelt als ein sechs- oder siebenjähriges Kind. Inzwischen, nach dem Tod seiner Mutter, lebt er in einem Pflegeheim in Exeter und verbringt die freien Wochenenden bei dem Ehepaar, das sich um mich kümmert. Er liebt diese Wälder.«

Tim starrt ihn an. Instinktiv streckt er die Hand aus, und Francis nimmt sie dankbar. Sie fühlt sich in seiner dünnen, kalten Hand warm und stark an.

»Es tut mir so leid.« Tim schüttelt den Kopf, als wüsste er, dass es dafür keine angemessenen Worte gibt, und verstärkt den Griff. »Ich habe ihm ein Spielzeugauto gekauft und es auf die Lehne gestellt.«

Francis lächelt. »Maxie hat es mir gezeigt. Er war so glücklich. Hat erzählt, er hätte einen Smiley aus Steinen und Zapfen gelegt, und Sie hätten ihn verändert. Er fand das so lustig. Er hat ihn für mich auf ein Stück Papier gezeichnet, damit ich ihn sehen konnte.«

Tim beißt sich auf die Lippen. »Ja, es ging so eine Weile hin und her. Mal lachte das Gesicht, mal rauchte es, und dann schmollte es. Da ließ ich das Spielzeugauto auf der Bank zurück, und bei meinem nächsten Besuch strahlte das Gesicht aus Tannenzapfen wieder. Es war, als bedankte er sich so für das Geschenk.«

Francis sieht die Tränen in Tims Augen und betet lautlos darum, dass der richtige Moment gekommen ist, dass Tim jetzt sprechen wird.

»Das war sehr freundlich von Ihnen«, sagt er sanft. »Maxie ist ein sehr liebevoller Mensch. Es hat ihm große Freude gemacht. Vielleicht lebt er nicht mehr lange …«

Tims Griff verstärkt sich krampfartig, und er wirkt gequält.

»Sehr wenige Menschen wissen von Maxie«, fährt Francis mit fester Stimme fort, »aber ich möchte, dass Sie von ihm erfahren. Ich will, dass zwischen uns keine Geheimnisse stehen. Sie sind mir sehr ans Herz gewachsen, Tim.«

»Ich habe diese Krankheit.« Tim spricht schnell, als fürchtete er, sonst den Mut zu verlieren. »Etwas Ähnliches wie ALS.

Sie greift die Muskeln an, und am Ende bekommt man keine Luft mehr. Ich will nicht, dass jemand davon erfährt, denn dann verhalten die Menschen sich einem gegenüber anders. Sobald sie es wissen, ist nichts mehr normal. Man wird so schrecklich mitleidig behandelt …«

Das ist es also; das ist das Grauen, mit dem Tim lebt. Er umklammert seine Hand so fest, dass Francis das Gefühl hat, seine Knochen würden zermalmt, aber er rührt sich nicht.

»Sind Sie deswegen nach Brockscombe gekommen?«

»Ja. Die Diagnose stand fest, doch es ist eine sehr seltene Ausprägung, und die Ärzte konnten nicht genau beurteilen, wie lange ich vielleicht noch ein normales, unabhängiges Leben führen kann. Meine Großmutter ist letztes Jahr gestorben und hat mir ihr Haus in Fulham hinterlassen. Also habe ich es verkauft, das Geld angelegt und beschlossen, irgendwo hinzugehen, wo mich niemand kennt.«

»Mattie kennt Sie.«

Tim holt Luft, und sein Griff lockert sich. »Durch Mattie bin ich hergekommen, ja, doch es war weit genug weg von all meinen Freunden, um mich trotzdem frei zu fühlen.«

»Sie weiß es nicht?«

Ungeduldig schüttelt Tim den Kopf. »Verstehen Sie das denn nicht? Das würde alles zerstören. Ich liebe sie. Und sie liebt mich, aber wir können nicht … Ich meine, wie könnten wir? Und erzählen Sie mir nicht, dass die medizinische Forschung immer neue Heilverfahren findet. Man hat mich gebeten, bei ein paar neuen Medikamentenstudien das Versuchskaninchen zu spielen, doch das ist so gefährlich. Niemand kennt die Nebenwirkungen und all das. Ich denke darüber nach.«

»Und, was haben Sie jetzt vor?«

Tim schweigt einen Moment. »Ich habe Ihnen erzählt, dass

ich mich in diesen Gedichten von Gerald Manley Hopkins wiederfinde, nicht wahr? Ich kann mich in seine Verzweiflung hineinversetzen. Deswegen habe ich beschlossen, ein Ende zu machen, bevor die Krankheit mich umbringt. Das ist ganz einfach. Natürlich nicht hier. Ich habe einen Plan … die Frage ist nur, wann.«

Francis ist von Entsetzen erfüllt, doch er bleibt sehr ruhig und hält immer noch Tims Hand. Vogelgezwitscher dringt aus dem Laubdach über ihnen. Blätter rascheln und bewegen sich in der warmen Luftströmung.

»Wenn Sie seine Gedichte gelesen haben, erinnern Sie sich vielleicht an diese Zeilen von ihm.« Francis unterbricht sich, um sich an den genauen Wortlaut zu erinnern, bevor er spricht. *›Ich will nicht aufzwirnen diese letzten Fasern Mensch in mir oder, zu Tod' erschöpft, aufschrein: Ich kann nicht mehr. Ich kann; kann etwas. Hoffen, wünschen Tages Anbruch, nicht wählen, nicht zu sein.‹*

»Nicht wählen, nicht zu sein.« Tim lächelt ihm trostlos zu. »Aber stellen Sie sich vor, wie es wäre, ganz allein darauf zu warten, dass es kommt und einen holt und vernichtet und zu Tode quetscht.«

»Sie sind doch nicht allein. Sie sollten es Mattie sagen und ihr die Entscheidung überlassen.«

Tim starrt ihn an, schüttelt den Kopf. »Nein, nein. Sie irren sich. Verstehen Sie, das könnte ich nicht ertragen. Zu sehen, wie ihre Miene umschlägt. Wie all diese Liebe sich in Mitleid und dann Angst verwandelt. Was sollte sie auch sagen? Sie erzählen es ihr doch nicht, oder?«

»Natürlich nicht. Ich werde es niemandem verraten.«

»Und ich erzähle niemandem von Maxie. Danke, Francis! Ich dachte, es wäre ein Kind gewesen, wissen Sie? Das Kind, das ich früher einmal war. Da ist wohl die Fantasie mit mir durchgegangen. Wusste Ihre Frau von ihm?«

»Oh, nein. Liz wusste nichts von Nell oder Maxie. Als sie starb, war Nell schon Witwe und kam mich besuchen, um Maxie zu mir zu bringen. Verstehen Sie, wir hatten nach Nells Heirat den Kontakt verloren. Ich hatte einen Treuhandfonds für Maxie eingerichtet, und dann schien es das Einfachste, das Beste für alle zu sein, mich aus ihrem Leben mit Bill und ihrem gemeinsamen Baby herauszuhalten.« Er unterbricht sich, als wollte er noch etwas sagen, fährt dann aber fort: »Ich hatte ja keine Ahnung, dass Maxie unter einer Entwicklungsstörung litt. Ein furchtbarer Schock war das. Ich fühlte mich unerträglich schuldig, empfinde immer noch so. Nells Mann war so gut zu Maxie, so verständnisvoll, aber der Junge hätte meine Verantwortung sein sollen. Er war hier so glücklich. Damals lebte Brack noch, und Maxie liebte es, mit ihm zu spielen. Nell und ich kamen überein, das Geheimnis weiterhin zu wahren und dass ich für alle ihr Cousin Francis sein sollte. Wir hatten nur ein paar gemeinsame Jahre, und dann starb Nell, und Rob und Stella erklärten sich bereit, Maxie an den Wochenenden, an denen er Ausgang hat, zu sich zu nehmen. Manchmal bekommt er Wutanfälle, und ich bin inzwischen zu schwach, um es mit ihm aufzunehmen. Maxie mag die beiden sehr gern, und Rob kann wunderbar mit ihm umgehen. Maxie ist ein liebevoller Mensch, ein glücklicher Mensch. Ich versuche, mich damit zu trösten, dass er, könnte er darüber entscheiden, ›nicht wählen würde, nicht zu sein‹.«

»Ich verstehe, warum er hier so glücklich ist. Ich bin es auch.«

»Und werden Sie wirklich eines Tages gehen, Tim? Einfach verschwinden? Ohne uns etwas zu sagen?«

»Was soll ich denn sonst tun?« Tim sieht freudlos drein. »Was würden Sie denn machen? Warten, bis Sie hilflos und von anderen abhängig sind, ohne Familie, die sie unterstützen könnte? Wie in aller Welt soll ich Mattie eine solche Verantwortung aufbürden?«

Francis sitzt schweigend da. Er kann Tim nicht versprechen, für ihn da zu sein; sein Leben ist beinahe zu Ende. Mit einem Gebet vertraut er diesen Moment dem Himmel an, auf dass er ihm aus den Händen genommen und seiner begrenzten Weisheit entzogen werde.

»Schieben Sie mich zurück, Tim«, sagt er. »Es war gut, wieder hier zu sein. Verzeihen Sie mir, dass ich in Ihre Privatsphäre eingedrungen bin. Wir alten Männer glauben, alles zu wissen, während wir in Wahrheit keine Ahnung haben. Danke für Ihre Ehrlichkeit mir gegenüber.«

Tim steht auf und wendet den Rollstuhl, und sie gehen schweigend über die Waldwege zurück.

Vorsichtig schiebt Tim den Rollstuhl und versucht, Steinen und Furchen auszuweichen, aber es ist unmöglich, Francis auf dem holprigen Untergrund nicht durchzuschütteln. In einer Art war es eine gewaltige Erleichterung, gegenüber jemandem, von dem er weiß, dass er ihm vertrauen kann, offen zu sprechen, die Wahrheit zu sagen. Gleichzeitig fühlt er sich geschwächt, als hätte er sich gestattet, sich einer Sache zu ergeben, die ihn jetzt vielleicht überwältigt. Und doch denkt er nun, als er auf den älteren Mann in dem Rollstuhl vor ihm hinuntersieht, an Maxie, und sein Herz ist voller Mitgefühl für Francis.

Ich kann; kann etwas. Hoffen, wünschen Tages Anbruch, nicht wählen, nicht zu sein.

Er denkt an Hopkins' Worte und fühlt sich von der Sehnsucht ergriffen, sie für sich anzunehmen. Und doch, was kann er sich erhoffen? Ein paar Monate mit Mattie, die durch Loyalität und Mitleid an ihn gebunden ist?

Als sie wieder auf dem Hof sind, stellt er erleichtert fest, dass Charlotte nach Hause gekommen ist und gerade Oliver aus dem Auto hebt. Wooster läuft ihnen schwanzwedelnd entgegen, um sie zu begrüßen.

»Ich sah Francis' Stock auf dem Boden liegen«, sagt sie, »und habe mich gefragt, was passiert sein mag.«

»Tim hat mit mir eine kleine Ausfahrt in die Wälder unternommen«, antwortet Francis und beugt sich vor, um Wooster zu tätscheln.

Seine Stimme klingt ganz munter, und Tim ist erleichtert. Wenn alle sich normal benehmen, hilft ihm das, wieder zu sich zu kommen. Charlotte erzählt ihnen von ihrem Mittagessen mit befreundeten Marine-Ehefrauen und deren Kindern.

»Es ist immer gut, mit Menschen zusammenzutreffen, die das Gleiche durchmachen«, erklärt sie. »Die Leute versuchen, einen zu verstehen, aber man muss es selbst erleben, um zu wissen, wie es wirklich ist. Ich spreche nicht nur von Menschen in meiner Lage; es gilt für alles Mögliche: wenn man jemanden verliert, unheilbar krank ist oder kein Geld hat.«

Tim weiß nicht, was er darauf sagen soll, aber Francis kommt ihm zu Hilfe.

»Ich überlege, ob ich Ihnen weiter zur Last fallen und Sie um einen Schluck Wasser bitten darf, Tim. Es ist so heiß heute, nicht wahr? Danke«, setzt er hinzu, als Tim dankbar davoneilt, um die Tür zu seinem Cottage aufzuschließen. »Wo habt ihr denn gegessen?«, hört er Francis Charlotte fragen, und einen Moment steht Tim da, um sich zu sammeln, während die beiden reden. Ein Teil von ihm fürchtet den Gedanken, allein zu sein, aber ein anderer fühlt sich vollkommen außerstande, ein Gespräch mit Charlotte zu führen, die vielleicht seine Verstörtheit bemerken und ihm Fragen stellen würde. Zu seiner enormen Erleichterung hört er einen Automotor, späht aus dem Fenster und sieht, dass Tante Kat nach Hause kommt. Er weiß, was jetzt passiert. Diese zufällige Begegnung wird sich zu einer fröhlichen Runde auf dem Hof auswachsen: Jemand wird Tee kochen und in die Sonne hinaustragen, und alle werden die gemeinsame Stunde genießen.

Tim weiß, dass Tante Kat und Oliver zusammen dafür sorgen werden, dass ein leichter, ungezwungener Ton herrscht, und fürchtet sich nicht mehr, zu ihnen zu gehen. Er nimmt ein Glas, füllt es mit Wasser und bringt es hinaus zu Francis.

»Aber mein Lieber«, ruft Tante Kat aus, wie er es sich schon gedacht hat, »das können wir doch besser, oder? Wie wäre es mit Tee? Francis? Charlotte? Mögt ihr?«

»Sehr gern«, sagt Charlotte und lässt sich mit Oliver auf dem Arm auf die Bank sinken. »Ich setze ihn in seinen Buggy. Bist du dir sicher, dass du das schaffst?«

»So gerade eben«, gibt Tante Kat zurück. Sie lächelt in Olivers Richtung und zwinkert Tim leicht zu, und sein Herz zieht sich so voller Zuneigung zusammen, dass er sich ganz sentimental fühlt. »Du bleibst doch, oder, Francis?«

»Aber sicher«, antwortet der alte Herr. »Eine Einladung zum Tee sollte man niemals ausschlagen.«

Tim schiebt den Rollstuhl auf die Bänke zu und stellt Francis neben den Tisch, und dann spannt er den Schirm auf, damit er ein wenig vor der Sonne geschützt ist. Er sieht, dass Francis ihn beobachtet, und weiß, dass der alte Mann ein schlechtes Gewissen hat, weil er ihn gezwungen hat, die Wahrheit zu sagen. Tim lächelt ihm zu, um ihn zu beruhigen.

»Ich bin froh, dass Sie Bescheid wissen«, sagt er leise. »Wirklich.«

Und dann gesellt sich Charlotte mit Oliver zu ihnen, der einen freudigen Ausruf tut, als er sieht, wie Wooster, sein liebster Spielkamerad, sich neben Francis im Schatten zu Boden sinken lässt, und die Spannung verfliegt. Als Tim sich neben Charlotte setzt, möchte er angesichts der Normalität dieser Familienszene am liebsten lachen – und plötzlich schießt ihm eine andere Gedichtzeile durch den Kopf.

Denn wer plant schon seinen Selbstmord, wenn er in der Sonne sitzt?

29. Kapitel

Nachdem Kat fort ist, räumt Jerry die Hinterlassenschaften des Mittagessens weg und macht dann das Bett. Er hat sich immer noch nicht an diese spontanen Liebesakte gewöhnt, daran, dass er tun kann, was er will, und niemandem Rechenschaft schuldet.

»Was ist dein Problem?«, fragt Kat und schlingt die Arme um ihn. »Schließ die Wohnungstür ab und schalte dein Telefon aus.« Und er tut nur zu gern, was sie sagt, obwohl ein Teil von ihm sich einbildet, immer noch Vees Gesicht zu sehen; ihre Miene, mit der sie sie beide zusammen beobachtet.

Er geht ins Wohnzimmer, öffnet ein Fenster und hebt das Kissen vom Boden auf. Es hat dafür gesorgt, dass sie im Bett gelandet sind. Als seine Töchter die Wohnung besuchten, war eine von ihnen aus dem kleinen Gästezimmer gekommen und hatte es in den Händen gehalten.

»Wo hast du das denn her, Dad?«, fragte sie. »Ich kenne es nicht, oder?«

»Niedlich«, meinte ihre Schwester. »Ich finde den kleinen Hund süß. Aber ein bisschen kitschig für dich, oder, Dad?«

»Es war ein Geschenk zur neuen Wohnung«, erklärte er. »Von Sandra.«

Er hat kein Problem damit, ihnen das zu erzählen. Sandra hat bei seiner Familie ordentlich eingeschlagen. Als er vorschlug, sie alle zu einem Mittagessen einzuladen, und sagte, eine Freundin habe ihm dafür Haus und Garten angeboten, waren sie begeistert gewesen. Wahrscheinlich sahen sie eine

Gelegenheit, die »Freundin« ihres Vaters unter die Lupe zu nehmen, aber alle Vorbehalte, die sie vielleicht hatten, mussten sofort beigelegt worden sein. Sandra verhielt sich tadellos. Sie half Jerry, das Essen, das er mitgebracht hatte, zurechtzumachen, und steuerte noch ein paar Leckerbissen aus ihren eigenen Vorräten sowie einen Kuchen bei, den sie für den Fall gebacken hatte, dass sie bis zum Tee bleiben würden. Mit ihr zusammen in der großen Küche zu arbeiten, hatte etwas Vertrautes und sehr Beruhigendes, und zu seiner Überraschung wurde ihm bewusst, wie sehr ihm weibliche Gesellschaft und die tägliche Routine fehlten. Sobald die Familie eintraf und alle einander vorgestellt worden waren, machte Sandra sich unsichtbar und sorgte dafür, dass Jerry als Gastgeber auftrat; sie hielt sich im Hintergrund, war aber immer ansprechbar, um einzuspringen. Die jüngeren Enkelkinder freuten sich über das kleine Gästezimmer voll Spielzeug und Bücher und über die Schaukel und die Rutsche im Garten.

Als seine Töchter sich erfreut über ihre Freundlichkeit zeigten, erklärte Sandra nur, ihre eigenen Enkelkinder kämen sie regelmäßig besuchen, sie hätte sie gern bei sich, und es mache großen Spaß, das Spielzeug auch Jerrys Enkeln zur Verfügung zu stellen. Ihre Töchter begegneten ihr entspannter, und als der Nachmittag zu Ende ging, gehörte sie schon dazu. Irgendwann holte sie sogar ein paar Bücher und las den beiden übermüdeten jüngsten Enkelkindern vor, damit Jerry freier war und mehr Zeit mit seinen Töchtern verbringen konnte.

»Was für eine nette Frau, Dad«, sagten sie. »Das war so ein schöner Nachmittag.«

Und als er ihr nachher beim Aufräumen half, hatte er versucht, seiner Dankbarkeit Ausdruck zu verleihen und die Freude seiner Familie an sie weiterzugeben.

»Für einen Mann allein ist es schwierig«, sagte Sandra, »und ich dachte, es wäre netter für Sie, sie alle in einem familiären Rahmen zu treffen. Ich verstehe ja, warum sie nur für gelegentliche Ferien kein großes Haus unterhalten wollen. Daher freue ich mich sehr, dass es geklappt hat. Bei mir ist es anders. Zwei meiner Söhne leben hier, daher habe ich die Kinder oft bei mir, damit ihre Eltern arbeiten können, und das ist wunderbar.«

»Also, das war wirklich nett von Ihnen«, sagte er. »Ich kann Ihnen nicht genug danken.« Es war ihm angemessen, sogar notwendig vorgekommen, sie auf die Wange zu küssen. Sie hatte ihn umarmt, ziemlich fest sogar, und er spürte einen nervösen Schauer, fühlte ihre Erwartungen. Die kleine häusliche Zusammenkunft hatte ihre Beziehung auf eine etwas andere Ebene gehoben, und seine natürliche Vorsicht schickte ihm heftige Warnsignale.

Zu seiner großen Erleichterung klingelte da ihr Telefon, und sie nahm das Gespräch an, und bis sie zurückkam, hatte Jerry seine sämtlichen Besitztümer eingesammelt und war zum Aufbruch bereit. Er nahm ihre Enttäuschung wahr, tat aber, als wäre er damit beschäftigt, seine Sachen ins Auto zu bringen. Als er davonfuhr, fühlte er sich von widerstreitenden Gefühlen zerrissen.

Das Kissen lag immer noch auf dem Sofa, als Kat einige Tage nach der Abreise seiner Familie auftauchte.

»Ach du meine Güte«, meinte sie und nahm es in die Hand. »Was für ein scheußliches Teil! Oh!« Sie starrte ihn an, und ihre Miene schlug von amüsierter Verachtung zu Entsetzen um. »Ach du lieber Gott. Hat eine deiner Töchter dir das geschenkt? Das tut mir so leid.«

»Nein«, sagte er und schmunzelte über ihren Gesichtsausdruck. »Nein, wirklich nicht.«

Er konnte sich nicht ganz dazu überwinden, Sandra zu erwähnen, doch als er ihr das Kissen abnahm, umschlang sie ihn und zog ihn an sich.

»Ich bin so eine schreckliche Person«, murmelte sie. »Das ist wirklich keine Absicht, ich komme nur einfach nicht dagegen an. Du musst mir verzeihen, Liebling. Das tust du doch, oder?«

Er ließ das Kissen fallen und begann sie zu küssen; er spürte, wie sie tief im Inneren lachte, was ihn ebenfalls zum Lachen brachte.

Nun, nachdem sie sich geliebt haben und Kat fort ist, dreht er das Kissen in den Händen. Er scheint zwischen den beiden Frauen hin- und hergerissen zu sein; zwischen Kat und Sandra. Jede spricht eine andere Seite seiner Persönlichkeit an – aber wie soll er sie unter einen Hut bringen? Er schickt sich an, das Kissen wieder ins Gästezimmer zu legen, doch der Nachhall der Erinnerung daran, wie freundlich Sandra zu seinen Kindern war, an das vertraute, warme Gefühl eines von einer Familie bewohnten Hauses, lässt ihn zögern.

Er wirft das Kissen wieder auf das Sofa und geht duschen.

Als William nach Hause kommt, ist die Teeparty auf dem Hof noch im Gang. Er ist froh, alle zu sehen und sich von seinen Gedanken an Fionas Anruf von vorhin ablenken zu lassen.

»Bist du sehr beschäftigt?«, fragte sie. »Hast du kurz Zeit?«

»Natürlich«, sagte er, den Blick immer noch auf die Zahlenkolonnen auf seinem Computer gerichtet, obwohl er auf *Speichern* gedrückt hat.

»Etwas ziemlich Aufregendes hat sich ergeben, und ich würde gern mit dir darüber reden.«

William schwieg; seine Gedanken schossen hin und her, und er fragte sich, wohin das führen würde.

»Das klingt geheimnisvoll«, meinte er. »Was genau bedeutet ›aufregend‹?«

»Kann ich dir am Telefon nicht sagen. Ich dachte, ich komme vielleicht an diesem Wochenende vorbei, aber ich kann Freitag hier nicht weg«, erklärte sie beiläufig. »Ich muss wirklich mit dir reden, Wills. Nur wir beide. Ist das in Ordnung für dich?«

»Ja«, antwortete er und überlegte, warum er sich nervös fühlte. »Sicher, doch ich verstehe nicht ganz, was diese Geheimniskrämerei soll.«

»Vertrau mir einfach. Ich reserviere mir ein Zimmer im *Cott*. Vielleicht kann ich dich zum Abendessen einladen?«

»Nun ja … warum nicht?«

»Versuch, nicht so begeistert zu klingen.« Er hörte sie lachen und bemühte sich, sich zusammenzunehmen.

»Sehr gern. Tut mir leid, Fi, aber ich erwarte einen Klienten und bin ein wenig in Gedanken.«

»Das ist schon gut«, sagte sie sofort. »Ich hätte dich nicht in der Kanzlei anrufen sollen, doch es ist wirklich wichtig. Ach, und Wills: nur du und ich. Sag den anderen, ich möchte mich damit für die Grillpartys bedanken. Wenn du dich besser dabei fühlst, kannst du sie ruhig einladen. Sie werden sowieso nicht kommen.«

»Woher weißt du das?«, erwiderte er verwirrt und hörte sie lachen.

»Das kannst du mir ruhig glauben.«

Diese selbstzufriedene weibliche Reaktion ärgerte ihn; als

könnte er als armer, einfältiger Mann nicht erkennen, was für sie vollkommen offensichtlich war.

»Okay«, sagte er unvermittelt. »Bis Samstag dann. Ich komme gegen sieben.« Er drückte das Gespräch weg und saß kurz da und fragte sich, was in aller Welt diese aufregenden Neuigkeiten sein sollten. Dann schob er den Gedanken beiseite und machte sich wieder an die Arbeit.

Als er jetzt seiner Familie entgegengeht, um sie zu begrüßen, fühlt er sich immer noch gespalten angesichts der Aussicht, dass Fiona doch so bald kommt. Er vermutet, dass sie auf eine Veränderung in der Dynamik ihrer Beziehung zusteuern, und hat keine Ahnung, wie er damit umgehen soll.

»Was meinte sie damit«, fragt er Kat später, als sie allein sind, »dass ich euch alle einladen könne, ihr jedoch nicht kommen würdet?«

Kats amüsierter, mitleidiger Blick reizt ihn fast so sehr wie Fionas Bemerkung.

»Der Umstand, dass sie dich zum ersten Mal seit eurer Trennung ins *Cott* zum Essen einlädt, deutet eher darauf hin, dass sie sich ein Treffen unter vier Augen vorstellt. Zuerst einmal ist ihr bestimmt klar, dass es für Charlotte sehr schwierig würde, an dem Essen teilzunehmen. Sie müsste sich einen Babysitter suchen, und du weißt, dass sie im Grunde nur dir und mir vertraut. Wenn Charlotte also nicht kommen kann, dann kann Fiona sich denken, dass ich bei euch beiden nicht die Anstandsdame spielen mag und sagen würde, dass ich eine Verabredung mit Jerry habe.«

»Was ist mit Tim?«

»Ich glaube nicht, dass Tim ein Essen mit Fiona, dir und mir als tolle Abendunterhaltung betrachten würde. Versuchen könntest du es natürlich.«

»Wieso hat sie dann überhaupt davon gesprochen?«, entgegnet er gereizt.

»Nur für den Fall, dass du einen Grund brauchst, um mit ihr zu essen. Für den Fall, dass du nicht verraten willst, dass ihr euch nur zu zweit trefft.«

»Aber warum sollte sie das Risiko eingehen? Jeder von euch hätte die Einladung annehmen können.«

»Haben wir aber nicht. Charlotte hat gesagt … nun ja, siehe oben. Und ich erkläre dir gerade, warum ich ablehne. Fiona ist ein Risiko eingegangen. Doch dadurch bist du jetzt aus dem Schneider, und niemand wird fragen, wie das Essen gelaufen ist. Bis auf mich natürlich, nachdem du mir jetzt die Wahrheit gesagt hast.«

Er zuckt mit den Schultern; das ist ihm alles zu kompliziert.

»Und, bist du nun mit Jerry verabredet?«, fragt er.

»Jetzt ja«, erklärt sie.

30. Kapitel

»Normalerweise isst er nicht allein mit Fiona«, meint Charlotte zu Tante Kat. »Findest du das nicht ein wenig merkwürdig?«

»Nicht wirklich. Ich habe dir ja erzählt, dass sie sich für die Grillpartys und die anderen Gelegenheiten revanchieren wollte, bei denen sie mit uns isst. Aber ich bin mit Jerry verabredet, und du kannst wegen Oliver nicht, und ich glaube, William hätte es ein wenig kleinlich gefunden, wenn er abgelehnt hätte.«

Charlotte schiebt Ollie am Flussufer ein Stück weiter und bleibt dann stehen, damit er die Enten ansehen kann. Schweigend betrachtet er eine kleine Flotte Stockenten, die im Schilf schwimmen, tauchen und paddeln, und Tante Kat lacht über seinen Gesichtsausdruck. Charlotte beobachtet ihn beschützerisch und liebevoll und wünscht sich, dass ihm nie etwas Böses zustoßen wird. Doch sie weiß, dass sie machtlos dagegen ist. Sie fühlt sich verletzlich und hat das Gefühl, keine Kontrolle zu haben – was ihr vollkommen unähnlich sieht. Während des letzten Gesprächs mit Andy über FaceTime war ihr, als spräche sie mit einem Fremden. Nein, nicht ganz wie mit einem Fremden, sondern mit einem entfernten Freund, jemandem, den sie früher einmal gut kannte, zu dem sie aber die Verbindung verloren hat. Das macht ihr Angst. Und jetzt scheinen William und Fiona ihre Beziehung wieder aufzunehmen. Natürlich möchte sie, dass die beiden Freunde sind – das wäre schöner für Oliver –, es ist nur verwirrend.

Tante Kat hockt neben dem Buggy, zeigt auf die Enten und

stößt Quakgeräusche aus. Oliver lacht, schlägt mit den Fäustchen auf die Stange vor ihm und strampelt mit den Beinen.

»Ich glaube, wir können davon ausgehen, dass die Enten ihm gefallen«, meint sie und richtet sich auf. »Obwohl sie nicht ganz so wie die in seiner Badewanne aussehen. Also, macht es dir etwas aus, dass Fiona William zu einem Essen unter vier Augen ins *Cott* einlädt?«

»Nein.« Charlotte schüttelt den Kopf. »Nein, natürlich nicht. Es sieht ihnen nur irgendwie nicht ähnlich, oder? Ich weiß, dass sie um Andys willen eine freundliche Fassade aufrechterhalten, aber ich hatte immer den Eindruck, dass William das ziemlich schwerfällt.«

»Ich glaube, das ist auch so«, gibt Tante Kat zurück, während sie weiterschlendern. »Er war schließlich die geschädigte Partei. Wir haben tatsächlich über diese neue Herangehensweise diskutiert. Ich habe ihm erklärt, wir hätten uns angewöhnt, Fiona als die Böse zu behandeln, und dass sie begonnen hatte, diese Erwartung zu erfüllen. Es wäre doch gut für alle, wenn die Situation ein wenig normaler würde.«

»Was ist normal? Meinst du, dass sie vielleicht wieder zusammenkommen?«

»Wie würdest du dich dabei fühlen?«

Charlotte versucht, es sich vorzustellen, doch sie findet nicht die richtigen Worte, um ihr Gefühl von Verunsicherung, von Überforderung auszudrücken. Das klingt so schwach.

»Schließlich«, sagt Tante Kat gerade, »würde es nach außen hin keinen Unterschied machen. Sie haben um Andys willen immer gut die Fassade gewahrt. Persönlich finde ich, dass es trotzdem noch Probleme gäbe, es sei denn, Fiona wäre bereit, ihren Job aufzugeben und wieder hierherzuziehen.«

»Aber ist das denn wahrscheinlich?«, fragt Charlotte ungläubig. »Ich meine, darum ging es doch gerade, oder? Dass sie diesen Job angenommen hat. Deswegen ist ja alles auseinandergebrochen. Glaubst du wirklich, Fiona würde hierher zurückkehren, um wieder mit William zusammenzuleben?«

Tante Kat bleibt stehen, um einen Rennachter zu beobachten, der flussabwärts schießt. Acht Ruder tauchen gleichzeitig ins Wasser, in exakt demselben Winkel, in einem seltenen, ausgedehnten Miteinander. Im Dahingleiten hebt sich der Bug aus dem Wasser, als schwebte das Ruderboot darüber, statt hindurchzugleiten. »Schön«, sagt sie.

Ihre Stimme wird über das Wasser getragen, und der Steuermann wendet ganz kurz den Kopf, um ihr zuzulächeln. Oliver sieht zu und streckt die Arme aus, als wollte er die bebenden Lichtreflexe, die kleinen, vor Anker liegenden Boote und die Möwen, die über das schnell fließende Wasser hinwegschießen, umarmen.

Tante Kat dreht sich wieder zu ihr um und lächelt ihr zu. »Menschen verändern sich nicht wirklich«, erklärt sie. »Wir passen uns an, wachsen – oder auch nicht –, aber im Grunde bleiben wir dieselben.«

Irgendwie fühlt sich Charlotte getröstet. Zusammen gehen sie weiter, schieben Oliver und sprechen über Matties neuen Job in Exeter. Und erst viel später wird Charlotte klar, dass Tante Kat ihre Frage nicht beantwortet hat.

Mattie ist selig. Sie kann ihr Glück kaum fassen: diese Stelle als wissenschaftliche Hilfskraft, ihr eigenes kleines Zimmer – nun ja, Wohnzimmer, Schlafzimmer und Dusche auf dem Unigelände –, und das Dartmoor liegt nur zehn Autominuten entfernt. Sie könnte in der Mittagspause hinfahren und ein kleines Picknick veranstalten, während alle anderen noch in der Cafeteria Schlange stehen. Und ein Stück weiter an der A38 liegt Brockscombe mit Charlotte und Ollie – und natürlich Tim.

Ihre Unterkunft ist nicht groß genug, um eine Party zur Feier ihrer Heimkehr abzuhalten, aber das ist auch nicht so wichtig. Jeder Tag kommt ihr wie ein Fest vor. Charlotte wirkt besonders erfreut, sie zurückzuhaben. So emotional zu sein sieht Charlotte gar nicht ähnlich, und Mattie ist ganz gerührt darüber, wie ihre Schwester sie willkommen heißt. Sie vermutet, dass es viel damit zu tun hat, dass Charlotte Andy vermisst und schrecklich aufgeregt wegen seiner nächsten Versetzung ist. Trotzdem ist es angenehm, sich zur Abwechslung einmal gewürdigt zu fühlen.

Unterdessen gibt sie sich große Mühe, Tim nicht zu bedrängen. Sie ist sich sicher, dass es ihn freut, dass sie jetzt in seine Nähe gezogen ist, aber sie muss ihm Zeit lassen, das unbekannte Problem in seinem Leben zu lösen, das ihn distanziert und argwöhnisch macht. Ihre schlimmste Horrorvorstellung ist, dass er noch verliebt in eine andere sein könnte, die ihn verlassen hat, doch wenn sie zusammen sind, kann Mattie kaum glauben, dass das wahr sein könnte.

Sie versucht, ihm Freiraum zu lassen, aber da sie weiß, dass er in der Nähe ist, fällt es ihr furchtbar schwer, ihm keine SMS zu schreiben, ihn nicht anzurufen, keine Pläne zu schmieden. Sie muss es unbedingt ruhig angehen lassen und ihm gleichzeitig zeigen, dass sie ihn liebt, obwohl sie sich nicht sicher ist, wie das auf so kurze Entfernung gehen soll. Ein Glück, dass sie mit Charlotte und Ollie gute Gründe hat, Brockscombe zu besuchen, obwohl sie sich manchmal wünscht, Tim und sie könnten ein wenig mehr Privatsphäre haben.

Es macht nichts, sagt sie sich. Wir haben ja alle Zeit der Welt.

Sie wird ins Studio gehen, trainieren, duschen und dann vielleicht Tim eine SMS schreiben und einen Plan für das Wochenende schmieden, vielleicht für einen Spaziergang auf dem Moor. Er könnte Wooster mitbringen. Noch während sie darüber nachdenkt, kommt mit einem »Pling« eine SMS herein. Sie ist von Tim.

Lust, am Samstag im *Two Bridges* zu Mittag zu essen?

Mattie stößt einen kleinen Jubelschrei aus. Schnell schreibt sie zurück.

Toll. Könnte gegen Mittag dort sein.

Sie ist erleichtert und aufgeregt; sie hat etwas, auf das sie sich freuen kann, und, noch wichtiger, er hat den ersten Schritt getan.

31. Kapitel

Francis steht am offenen Fenster. Ein geisterhafter Mond geht im Osten über blassen Feldern mit reifer Gerste auf, und er hört den auf- und abschwellenden Ruf einer Eule unten im Wäldchen. Er sieht über die vertraute Landschaft hinaus, über die Auffahrt und den Rasen hinweg zu dem kleinen, halb versunkenen Graben, der den Park von den dahinterliegenden Feldern trennt, und atmet die warme, süße Luft ein, die nach Geißblatt und Mädesüß duftet.

Er fragt sich, wer hier stehen wird, wenn er einmal nicht mehr ist, wer den Wandel der Jahreszeiten beobachten wird, wer dieses Tal in der Sonne leuchtend, vom Regen durchnässt oder durch Schnee verwandelt sehen wird. Wer wird Ausschau nach den Kaninchen halten, die im langen Gras des Grabens spielen, oder nach dem Dachs, der unbeholfen über das Feld tapst? Selbst jetzt, um zehn Uhr abends, ist es nicht dunkel. Das Land liegt in einem geheimnisvollen Zwielicht, und die Kühe am Flussufer stehen knietief im Dunst.

Francis weiß, dass dieser Sommer auf Brockscombe sein letzter sein wird, sein Schwanengesang. Er ist sich eines Gefühls von Dringlichkeit bewusst, eines Bedürfnisses, offene Probleme zu lösen und seine Arbeit zu beenden – und doch sieht er seinen Weg nicht klar vor sich. Zumindest weiß er jetzt, dass weder seine Söhne noch deren Kinder nach ihm hier leben werden.

Während er in die Nacht hinaussieht, denkt er an die E-Mail seines ältesten Sohnes James. Unvorstellbar, dass er fast das Pensionsalter erreicht hat und Philip nicht viel jünger ist.

Dad, Phil und ich haben die Möglichkeit, eine großartige Investition zu tätigen. Ich weiß, das klingt jetzt ein wenig aufdringlich, aber was würdest du davon halten, wenn wir ein Darlehen auf Brockscombe aufnehmen? Wir reden hier von 400 000 Dollar, die wir brauchen, um das Geschäft abzuschließen. Wir könnten uns um alle Einzelheiten kümmern. Ich schicke dir einen Link, damit du dir ansehen kannst, was wir vorhaben. Bestimmt wirst du es ebenfalls ziemlich spektakulär finden. Lass mich wissen, was du davon hältst.

Francis lehnt sich aus dem Fenster und fragt sich, was er seinem Sohn antworten soll. Die beiden zweifeln nicht daran, dass sie Brockscombe erben werden und es zu gleichen Teilen zwischen ihnen aufgeteilt wird; und sie haben zweifellos eine ziemlich genaue Vorstellung vom Wert des Anwesens. Als Phil im Februar hier war, ist Francis aufgefallen, dass er das Haus und die Cottages sehr genau in Augenschein nahm, wenn er auf dem Gelände unterwegs war. Francis konnte beinahe sehen, wie er sich Notizen machte.

»Was ist mit den Mietern?«, fragte er. »Befristete Mietverträge? Gut. Das ist gut.«

Francis bezweifelt nicht, dass Brockscombe zum Verkauf angeboten und den Mietern gekündigt wird, sobald er tot und begraben ist. Doch diese Menschen – William und Kat, Charlotte und ihr Baby, Tim – sind ihm fast so teuer wie seine eigene Familie. Und da ist noch Maxie …

»Ich kann nicht glauben, dass du im Spielzimmer immer

noch das ganze Spielzeug und die Bücher aufbewahrst, Dad«, meinte Phil bei diesem letzten Besuch. »Ich hätte dich gar nicht für sentimental gehalten. Ich dachte, nach Mums Tod würde das alles verschwinden.«

»Ich habe Urenkel«, gab Francis sanft zurück. »Vielleicht sehe ich sie ja irgendwann wieder.«

Phil errötete. »Die jungen Leute sind alle so beschäftigt«, erwiderte er knapp. »Wir bekommen sie selbst kaum zu Gesicht, und mit kleinen Kindern ist es ein langer Flug nach England. Würde mich allerdings nicht wundern, wenn einige der Spielzeuge inzwischen Liebhaberstücke sind. Doch ehrlich, Dad, ich weiß, dass du gern hier lebst und alles, aber findest du nicht, dass es Zeit wäre, sich ein wenig verantwortungsvoller zu zeigen und in eine kleinere, moderne Wohnung zu ziehen, wo du richtig versorgt werden kannst?«

»Ich werde hier sehr gut versorgt«, antwortete Francis und lächelte in sich hinein. Er konnte sich vorstellen, was Phil zu James sagen würde. »Er ist genauso stur wie immer. Keine Chance, Brockscombe jetzt schon in die Finger zu bekommen.«

Er konnte sich ihre Ungeduld vorstellen – und mit ihnen fühlen. Sie waren beide keine jungen Männer mehr; sie würden gern in den Ruhestand gehen, ihr Leben genießen, sich an ein wenig zusätzlichem Geld erfreuen und ihren alten Vater am liebsten irgendwo sicher und bequem aufgehoben wissen. Es würde ein Schock für sie sein, wenn sie erkennen mussten, dass nicht ganz so viel Geld da war, wie sie sich ausgerechnet hatten. Maxie musste versorgt und sein Treuhandfonds aufgestockt werden.

Francis steht am Fenster und denkt an Nell und diese letzten paar gemeinsamen Jahre.

»Ich werde mich um ihn kümmern«, versprach er. »Das weißt du doch. Er ist mein Sohn. Mein Erstgeborener.«

Sie hatten an diesem Fenster gestanden, während Maxie mit ein paar Loks und Schienen auf dem Boden saß. Nell standen Tränen in den Augen.

»Ich bin froh, dass wir das Spielzeug behalten haben«, sagte er. »Liz mochte nie etwas wegwerfen, und die Enkelkinder haben es geliebt. Und jetzt kann auch Maxie Freude daran haben.«

Francis hielt sie fest, während sie weinte, küsste sie und wusste nicht, was er sagen sollte. Maxie sah neugierig zu ihnen auf. Ungelenk stand er auf, kam zu ihnen und umschlang beide mit den Armen.

»Mummy«, sagte er. Er streichelte ihr den Kopf und lächelte ihr zu.

»Ja, Schatz«, antwortete sie. »Und das ist Cousin Francis. Weißt du noch?«

Man musste ihm Namen mehrmals vorsagen, damit er sie behielt.

»Francis«, wiederholte er langsam, als probierte er den Namen aus. »Francis.« Und dann schlug er sich mit der Hand an die eigene Brust. »Maxie.«

Francis lächelte ihm zu und strich ihm leicht übers Haar. »Maxie.«

Er hatte Nells blaue Augen und ihr bezauberndes Lächeln geerbt und war fast so groß wie Francis. Sie erlebten noch drei glückliche Jahre miteinander.

Das gespenstisch wirkende Mittsommer-Zwielicht ist in ein Halbdunkel übergegangen, und über den bleichen Feldern hängt der Mond wie eine Lampe. Immer noch bringt Francis es nicht fertig, seine Nachtwache am Fenster zu beenden; er ist müde, mag aber noch nicht schlafen. Er zieht sich den Stuhl ein wenig näher an das offene Fenster und lässt sich darauf nieder. Er hört die Eulen, die über den Feldern jagen, und der Duft des Geißblatts hüllt ihn ein. Bald sinkt sein Kopf zur Seite, und er beginnt zu träumen.

32. Kapitel

Der Juni ist noch immer ungewöhnlich heiß. Zu heiß für Kat, um an der Stange des Rayburn-Herdes zu üben, sodass sie ihr Training stattdessen auf die Veranda verlegt und sich an der Lehne eines Gartenstuhls festhält. Während sie ihre Übungen ausführt, spult sie im Kopf noch einmal ihre gestrige Begegnung mit Sandra in Totnes ab. Sie hatte dagesessen, sich bei einem Kaffee entspannt und war mit den Gedanken anderswo, als sie sich plötzlich bewusst wurde, dass Sandra auf sie zukam. Sie lächelte, wirkte sehr selbstbewusst und setzte sich auf den Stuhl gegenüber, ohne zu fragen.

Kat wurde von einem äußerst kindischen Zorn ergriffen: Empörung darüber, dass diese Frau so dreist in ihren persönlichen Raum eindrang. Es dauerte eine oder zwei Sekunden, bis sie ihr Lächeln erwidern konnte, obwohl ihres auch die Frage nach dem Grund für diese Unterbrechung ausdrückte.

»Es ist so ein Genuss«, begann Sandra, »in der Sonne zu sitzen und nichts zu tun, nicht wahr? Ich selbst gehe allerdings nicht so gern in die Sonne. Meine Haut ist so hell und empfindlich. Ohnehin habe ich selten Gelegenheit dazu, da ich immer so beschäftigt bin. Aber dieses Wetter ist ganz ungewöhnlich, oder?«

Kat, der die Frage zu banal erschien, um sie einer Antwort zu würdigen, sah sie weiter fragend an.

»Hoffen wir, dass es bis zu den Ferien andauert«, fuhr Sandra fort. »Das macht so einen Unterschied, wenn man auf Kinder aufpasst. Obwohl Sie dieses Problem, glaube ich, nicht haben, oder? Wir hatten solchen Spaß, als Jeremys Familie hier war. Keine Ahnung – hat er Ihnen davon erzählt?«

Nur mit knapper Not überspielte Kat ihre Verblüffung und ihren leisen Schock. Sie wusste, dass Jerrys Familie ihn besucht hatte, hatte aber keine Ahnung gehabt, dass Sandra sie kennengelernt hatte. Sie wartete.

»Nun ja, für ihn ist das in seiner kleinen Wohnung so schwierig, daher sind wir übereingekommen, in meinem Haus eine Party zu geben. Wir hatten solchen Spaß. Die Kinder sind entzückend und seine Töchter ganz reizend. Ich weiß nicht, ob Sie sie schon kennen? Ich glaube, für ihn ist es eine Erleichterung zu wissen, dass er in Zukunft einen Rahmen hat, um sie bewirten zu können.«

Kat brachte es gerade eben fertig, die Fassung zu wahren. Genau, wie es Sandras Absicht gewesen war, war sie wütend und verletzt, weil Jerry nichts von dieser Party erzählt hatte. Doch um ihm gegenüber fair zu sein, musste sie zugeben, dass sie ihn auch nie ermuntert hatte, von seiner Familie zu sprechen. Voller Abneigung starrte sie Sandra an, entschlossen, gelassen zu bleiben und nichts zu sagen.

»Natürlich weiß ich, wie schwer es ist, wenn man derjenige ist, der allein zurückbleibt. Ich habe das Glück, dass meine Familie hier lebt und ich viel Unterstützung habe. Aber für den armen Jeremy muss es schwer sein, seine Frau zu verlieren und seine Familie so weit weg zu wissen. Ich bin so froh darüber, dass ich ihn unterstützen kann.«

Dieses Mal konnte Kat nicht widerstehen, obwohl sie wusste, dass sie es bedauern würde. »Ich fürchte, ich bin so gar nicht häuslich«, erklärte sie. »Jerry und ich haben da eher gegensätzliche Interessen. Doch ich darf Sie nicht aufhalten, sonst verbrennen Sie sich noch Ihre zarte, helle Haut, wenn

Sie weiter in der Sonne sitzen.« Immer noch innerlich kochend, stand sie auf und ging davon.

Jetzt tat ihr ihre kindische Bemerkung leid, und sie hatte irgendwie das Gefühl, dass Sandra als Siegerin aus dieser kleinen Begegnung hervorgegangen war.

Als sie sich nun nach ihren Übungen mit einem Handtuch abreibt, ist sie immer noch über die Maßen verletzt, weil Jerry nicht erwähnt hat, dass er mit seiner Familie bei Sandra war, und auch nicht vorgeschlagen hat, dass Kat sie kennenlernt. Aber was noch wichtiger ist: Sandras Geste verwirrt sie. Dass sie ihr auf diese Weise den Fehdehandschuh hingeworfen hat, zeugt davon, dass es Sandra mit ihrer Beziehung zu Jerry sehr ernst ist. Sie riskiert es, Kat so zu verärgern, dass sie ihm davon erzählt und ihn vielleicht sogar zwingt, Partei zu ergreifen.

Kat legt das Handtuch hin und geht ins Haus. Ihr Handy klingelt, und sie greift danach und sieht darauf: *Miche.*

»Wie geht's dir, Liebes?«, fragt er. »Und, noch wichtiger, wann kommst du nach Hause?«

Nach Hause. Merkwürdig, wie sich bei den beiden Worten ihr Herz zusammenzieht. Sie erinnert sich an das, was Francis zu ihr sagte: »Zu Hause ist, wo man lebt und arbeitet und mit seinem Wesen verankert ist.«

»Nach Hause?«, wiederholt sie und versucht zu lachen.

»Ja, Irina, Liebes. Nach Hause zu mir und deinen Freunden und deiner Arbeit. Sei nicht dumm. Also wann? Ich brauche dich sehr bald.«

»Ich denke darüber nach, Miche. Ehrlich.«

»Lass dir nicht zu lange Zeit.«

Er beendet das Gespräch, und sie steht noch lange mit dem Telefon in der Hand da. Dann geht sie nach oben, um zu duschen und sich umzuziehen.

Als Fiona kurz vor halb sieben in die Bar tritt, sieht sie, dass William schon da ist, mit einem Bier vor sich an der Theke steht und sich mit Anton unterhält. Es ist ein kleiner Schock, ihn in einem so vertrauten Gespräch mit dem Wirt zu erleben. Sie hat das Gefühl, das *Cott* sei ihr Territorium und dass es ihr einen kleinen Vorteil verschafft, William hier zu treffen. Dabei vergisst sie, dass er hier lebt und viel mehr Bekannte hat als sie. Es irritiert sie auch, dass er sich ein Bier bestellt hat, ohne zu warten und sich mit ihr über das Essen zu beraten. Das betont sein Selbstbewusstsein noch mehr, den Umstand, dass er sich im *Cott* wohlfühlt.

»Später wird es hier knüppelvoll«, sagt William und küsst sie auf die Wange, »und es ist so warm. Möchtest du draußen essen?«

Schnell denkt sie darüber nach. Ihr geht auf, dass das, was sie William mitzuteilen hat, besser draußen an einem ruhigen Tisch gesagt werden sollte als hier in der gut besuchten Bar unter Einheimischen, die sowohl ihn als auch Brockscombe kennen.

»Das ist eine glänzende Idee. Lass uns aussuchen, was wir essen wollen, und dann können wir unsere Drinks mit nach draußen nehmen. Wie ich sehe, bist du schon versorgt. Wenn das so ist, dann nehme ich das Übliche, bitte, Anton.«

William lächelt ihr unbußfertig zu und reicht ihr eine Speisekarte. Bald treten sie hinaus in den warmen Abend und steigen die Stufen zur Terrasse hoch, wo es kühler ist. Hier sitzen bereits mehrere Gäste, und Fiona sucht einen Tisch am entfernten Ende aus und setzt sich. William nimmt ihr gegenüber Platz und sieht sich um, und sie fragt sich, ob es ihm vielleicht peinlich ist, wenn seine Freunde sie zusammen essen sehen, nachdem sie all die Jahre getrennt gelebt haben. Sie beschließt, dass sie aufhören muss, so empfindlich zu sein. Schließlich möchte sie ihn auf ihre Seite ziehen.

»So ist es nett«, meint sie und wirft ihm ein Grinsen zu. »Dann konnten die anderen also nicht kommen?«

Seine Augen ziehen sich in zögerlicher Belustigung zusammen. »Genau, wie du vorhergesagt hattest«, gibt er leichthin zurück.

»Du meinst, Charlotte hatte keinen Babysitter, und Kat ist verabredet?«

»Etwas in der Art. Was für eine meisterhafte Psychologin du bist, Fi. Also, was ist mit diesem neuen, aufregenden Plan?«

Sie schweigt einen Moment, sammelt ihre Gedanken und überlegt, wie sie am besten anfängt.

»Es geht um Brockscombe«, erklärt sie – und bemerkt, wie seine Augenbrauen nach oben schießen. Damit hat er offensichtlich nicht gerechnet. Sie beugt sich über den Tisch. »Sieh mal, Wills«, fährt sie fort. »Es ist Zeit, an die Zukunft zu denken. Du weißt sicher noch, wie du letztes Mal gesagt hast, dass dein Cousin Francis wohl nicht mehr lange leben wird und dass du dich fragst, was dann aus dir werden soll. Du hast mir erzählt, seine Söhne würden nicht zögern, den Besitz zu verkaufen, obwohl du dort wohnst, und ich habe darüber nachgedacht. Warum gehst du es nicht in deinem eigenen Tempo an, mit ausreichend Zeit zum Planen?«

William starrt sie an. »Ich könnte Brockscombe jederzeit verlassen, wenn ich will«, gibt er kühl zurück. »Ich verstehe nicht ganz, worauf du hinauswillst.«

»Doch du wirst nicht wegziehen, oder? Nicht, bevor Kat oder Charlotte wegzieht oder Francis stirbt. Aber angenommen, er hätte ein Angebot, das es ihm erlaubt zu verkaufen, jedoch ohne unmittelbaren Druck umzuziehen, bis er genau die richtige neue Wohnung gefunden hat? Das würde für euch alle gelten. Zeit, sich umzusehen, statt wie hilflose Opfer dazusitzen und darauf zu warten, dass Francis' Söhne euch kündigen.«

Verwirrt mustert William sie. »Wir wissen alle, wie die Lage ist. Wir könnten alle jederzeit wegziehen. Niemand von uns hat etwas davon, wenn Brockscombe verkauft wird.«

Sie runzelt die Stirn. »Aber es wäre doch sicher besser für Francis? Ich verstehe, dass ihm vor dem Gedanken graut, das Haus zum Verkauf anzubieten. Realistisch betrachtet, ist es jedoch so, dass er in irgendeine Art Pflegeheim ziehen muss, falls er noch einen Schlaganfall bekommt. Oder angenommen, der Frau, die sich um ihn kümmert, stößt etwas zu? Er ist zu abhängig, Wills. Das musst du doch einsehen, oder? Francis unternimmt in der Angelegenheit nichts, weil er nicht weiß, was, und er ist zu alt und zu schwach, um Risiken einzugehen. Angenommen, er bekäme ein Angebot in bar und reichlich Zeit, um sich zu organisieren, wäre das dann nicht eine gute Sache?«

Ihr Essen wird an den Tisch gebracht, und sie lehnen sich beide zurück. Fiona ist nicht besonders hungrig, doch sie lächelt, sagt, wie gut es aussieht, und greift nach ihrer Serviette.

»Siehst du denn nicht, Wills«, sagt sie, als sie wieder allein sind, »dass du derjenige bist, der dabei den Kürzeren ziehen wird? Andy wird fast mit Sicherheit die Versetzung nach Washington annehmen, und Kat wird nach London gehen, ob mit oder ohne ihren Romeo.«

William nimmt Messer und Gabel zur Hand. »Und Tim?«

»Ach, Tim«, sagt Fiona ungeduldig, beinahe wegwerfend. »Tim wird ebenso schnell und ungezwungen gehen, wie er gekommen ist. Ich habe keine Ahnung, wie seine Pläne aussehen, doch sobald es Winter wird und der Regen und die langen, eintönigen und dunklen Abende kommen, wird Tim verschwunden sein, ehe du dichs versiehst. Und damit bleibst nur du übrig.«

»Hm, vor nicht allzu langer Zeit wolltest du sein Cottage selbst mieten.«

»Da wusste ich auch noch nichts von Andys Versetzung oder Kats Gelegenheit, bei einem Stück im West End mitzuwirken.«

»Und wer ist nun der wohltätige Bieter, der Brockscombe zu so attraktiven Bedingungen erwerben will? Und was hast du davon? Oder ist das alles nur Spekulation?«

Fiona wählt ihre Worte sorgfältig. »Ein Freund eines meiner Kunden. Er hat soeben für ein kleines Vermögen ein Online-Reiseunternehmen verkauft und würde gern einen Besitz in Devon erwerben. Seine Frau stammt aus der Gegend und möchte zurück zu ihren Wurzeln, und er ist auf der Suche nach einem kleinen Projekt. Die Kinder besuchen unterschiedliche Internate, also müssen die M5 und ein Bahnhof von dem Besitz aus gut zu erreichen sein.«

»Und da hast du ihnen von Brockscombe erzählt?«

Sie spürt, wie ihr das Blut in die Wangen steigt. »Ich habe gesagt, es werde möglicherweise in nicht allzu ferner Zukunft zum Verkauf stehen, und sie haben mich gefragt, wo es liegt. Sie wollten ohnehin die Familie der Frau besuchen und haben sich bei der Gelegenheit ein wenig umgesehen.«

»Du meinst, sie haben herumgeschnüffelt?«

»Sie sind einfach vorbeigefahren. Haben vielleicht auf der Straße angehalten und über das Tor gesehen. Wenn man auf diesen Fahrwegen unterwegs ist, kann man das Haus von allen möglichen Stellen aus erkennen. Sie waren ganz begeistert von dem Anwesen und sind bereit, ein Angebot zu machen, weil sie davon ausgehen, dass es von innen genauso gut aussieht wie von außen.«

William isst ein paar Happen von seinem Essen und sieht sie dann an. »Und was springt dabei für dich heraus?«

Fiona legt die Gabel ab und greift nach ihrem Glas. »Sie haben mich gefragt, ob ich bereit wäre, mich um die Planung zu kümmern, falls sie die Räume umgestalten wollen.«

»Und du hast Ja gesagt.«

»Natürlich habe ich Ja gesagt«, gibt sie ungeduldig zurück. »Was glaubst du denn? Begreifst du denn wirklich nicht, wie gut diese Gelegenheit ist, Wills? Für mich, ja. Aber auch für Francis. Und für dich. Wenn du die Gewissheit hättest, dass er an einen sicheren Ort zieht, den er sich selbst ausgesucht hat und den er mag und wo du ihn immer noch besuchen könntest – wäre das nicht besser, als wenn ihm alles aus den Händen genommen wird, weil er zu krank ist, um für sich selbst zu entscheiden?«

William schweigt, und sie sieht, dass er verstanden hat, was sie meint, und darüber nachdenkt. Sie ist ein wenig schockiert darüber, dass er nichts von Cousin Francis zu erwarten hat. Er hat sich immer so aufmerksam um den alten Herrn gekümmert und ist ihn von Ashburton aus besuchen gefahren, obwohl er sie nie aufgefordert hat, ihn zu begleiten. Trotzdem möchte sie, dass Wills von dort wegzieht – irgendwohin, wo sie ihn besuchen und bei ihm wohnen kann, sobald er wieder allein lebt. Sie hat Kat nach ihren Plänen gefragt, und ob sie vorhabe, nach London zu gehen.

»Ich glaube nicht, dass ich da widerstehen kann«, antwortete Kat. »Das ist so ein großartiges Angebot. Ein wenig wie eine Auferstehung, eine Wiedergeburt. Ich dachte, ich wäre darüber hinweg, und meine Karriere sei zu Ende, aber Miche hat dafür gesorgt, dass ich glaube, es schaffen zu können.«

»Und Jerry?«

Kat wirkte bedrückt. »Jerry möchte ich auch halten. Ich hoffe, wir können alles mit gemeinsamen Wochenenden und längeren Besuchen auffangen. Wenn ich mir Mühe gebe, kann das funktionieren, glaube ich.«

Jetzt betrachtet Fiona William nachdenklich. Sobald Kat fort ist und er allein lebt, können sie vielleicht wieder eine gemeinsame Basis finden, auf der sie aufbauen können. Wie Kat ist sie überzeugt davon, dass sie es dieses Mal schafft: ihren Job in London zu behalten und bei William in Ashburton eine Heimatbasis zu haben, eine Rückversicherung gegen ein einsames Alter.

Ich möchte eben immer alles auf einmal haben, denkt sie und kann sich eines verstohlenen Schmunzelns nicht erwehren.

Als sie Williams Teller beiseiteschiebt, blickt er zu ihr auf.

»Also«, sagt er. »Du willst, dass ich mit Francis rede.«

Sie zuckt mit den Schultern. »Ich finde, er soll sich selbst eine Meinung bilden. Natürlich müsste man den Besitz schätzen lassen, aber dieser Mann hat eine ziemlich gute Vorstellung von den Preisen am Markt, und er ist liquide. Das ist ziemlich selten, und man sollte Francis diese Option aufzeigen. Was hat er schon zu verlieren? Warum hast du ein Problem damit, Wills?«

Er sitzt still da, sieht sein leeres Glas an und denkt darüber nach. »Keine Ahnung«, sagt er schließlich. »Wahrscheinlich, weil es das Ende einer Ära wäre. Es ist sein Zuhause, und wir sind dort alle sehr glücklich gewesen.«

Sie beugt sich vor. »Ich weiß das alles, aber passieren wird es trotzdem. Bestimmt ist es doch besser, die Kontrolle darüber zu haben? Besser zu springen, als gestoßen zu werden? Kannst du dir vorstellen, was passiert, wenn Francis stirbt? Immobilienmakler. Leute, die hin und her wuseln und alles besichtigen. Fremde, die alles anstarren, und seine Söhne, die euch kündigen und im Nacken sitzen. Mieter sind ein Problem, wenn man verkaufen will. Dieser Mann ist sehr anständig. Er wird euch Freiraum lassen und euch respektieren. Ich finde, du bist es Francis schuldig, ihm zu erzählen, was sich aufgetan hat.«

William seufzt. »Bestimmt hast du recht. Nun gut, ich rede mit ihm darüber.«

Ganz schwach vor Erleichterung lässt sie sich zurücksinken. »Fantastisch. Danke, Wills.«

Er lächelt ihr zu. »Wofür? Freut mich zu wissen, dass Francis' und mein Wohlergehen dir so am Herzen liegt.«

Sie beschließt, seine Ironie zu ignorieren, und erwidert sein Lächeln. »Wie wär's mit noch einem Drink? Oder einem Dessert? Denk daran, du bist eingeladen.«

»Nein danke. Ich muss los. Danke für das Essen, und ich lasse dich wissen, wie Francis reagiert. Charlotte hat mir gesagt, sie hätte uns alle für morgen zum Mittagessen eingeladen, da sehen wir uns also. Danke für die Einladung. Nacht, Fi.«

Er geht über die Terrasse hinaus und steigt die Treppe hinunter, die zum Parkplatz führt. Bald springt ein Automotor an, und sie hört ihn davonfahren. Während sie ihm nachsieht, fühlt sich ihr Sieg einen Moment lang wie eine Niederlage an.

33. Kapitel

Nach dem Mittagessen am Sonntag lässt Tim die anderen allein und geht zurück in sein Cottage. Manchmal kommt er sich immer noch ein wenig wie ein Außenseiter vor und findet es nur richtig, ihnen Zeit als Familie zu lassen, ohne dass er dabei ist.

Er legt Jamie Cullums *Interlude* in den CD-Player, streckt sich auf dem Sofa aus und denkt an sein gestriges Mittagessen mit Mattie, daran, wie sie in der Sonne gesessen und über die Gänse gelacht haben. Es ist so einfach, mit ihr zusammen zu sein, sie ist so unkompliziert.

»Ich würde ja vorschlagen, dass wir uns nachher eine Stelle zum Picknicken suchen«, sagte sie, »aber ein Samstagnachmittag auf dem Dartmoor Mitte Juni wäre sogar mir zu viel, glaube ich. Dort wimmelt es nur so von Menschen.«

Also blieben sie nach dem Mittagessen noch, tranken Tee und redeten über ihren neuen Job, während die Minuten verflogen. Es kam ihm merkwürdig vor, dass sie jetzt nur noch eine Stunde von ihm entfernt lebte und er trotzdem noch getrennt von ihr war. Halbherzig überlegte er, ob sie vorschlagen würde, mit ihm nach Brockscombe zurückzufahren, aber sie erklärte ihm, sie sei später noch auf einer Party ihrer Abteilung zum Semesterende eingeladen und am nächsten Tag habe ein Kollege sie zum Mittagessen eingeladen.

»Schreib mir eine SMS«, erwiderte er schließlich ziemlich lahm. »Sag mir, wann wir uns treffen können oder ob du vorbeikommst.«

Als sie auseinandergingen, küsste er sie und umarmte sie fest, aber die ganze Zeit über stand sein Geheimnis zwischen ihnen, und er war immer noch nicht in der Lage, ihr die Wahrheit zu sagen. Er hat sich gelobt, dass der richtige Moment kommen wird, genau wie bei Francis, doch mit jeder Begegnung zwischen ihnen wird es schwieriger.

Die Musik ist längst verklungen. Er liegt auf dem Sofa und hat die Tür geöffnet, damit er die Vögel hören kann, und ihn ergreift Frustration über seine Feigheit. Abrupt nimmt er die Beine vom Polster, steht auf, geht aus der Haustür und bricht in die Wälder auf. Wie üblich fühlt er sich hier ruhiger, weniger hoffnungslos, und er beginnt, einen Plan zu schmieden, um Mattie die Wahrheit zu sagen. Ort und Zeit sind so wichtig, ebenso die Worte, die er ihr sagen muss.

Als er sich dem Pan nähert und sich fragt, ob er wohl Blumen vorfinden wird, sieht er, dass William ihm zuvorgekommen ist. Er scheint unter dem trockenen Laub nach etwas zu suchen, und als Tim näher kommt, sieht er, dass William einen kleinen, glänzenden Gegenstand aufhebt.

»Hallo«, sagt er direkt hinter ihm, und als William vor Verblüffung leise aufkeucht, erkennt Tim, dass der Gegenstand Maxies Spielzeugauto ist. Kurz weiß er nicht, was er sagen soll. William schickt sich an, das Auto zu verstecken, und zuckt dann leicht mit den Schultern, als machte es nichts, dass Tim es sieht. Tim vermutet, dass William weiß, dass er von Maxie erfahren hat.

William lässt sich auf die Bank sinken, und Tim setzt sich neben ihn. Er zögert und überlegt, ob er sich unwissend stellen soll. Aber die Art, wie William das Auto dreht und mit einem Finger den Schmutz wegwischt, lässt Tim beinahe vermuten, dass er lieber offen damit umgehen will.

Und schließlich, so sagt er sich selbst, bedeutet der Umstand, dass ich von Maxies Existenz weiß, noch nicht, dass ich über alles andere im Bilde bin.

»Das erkenne ich wieder«, bemerkt er lächelnd. »Ich habe es als Geschenk hier abgestellt, obwohl ich nicht wusste, wer den Pan mit Blumen bekränzt oder hier auf der Bank Bilder auslegt.«

»Er liebt es«, sagt William, ohne Tim anzusehen. »Er war auf dem Heimweg, als er feststellte, dass er es verloren hatte. Ich versprach ihm, herzukommen und danach zu suchen.«

Tim lächelt. »Dann kennen Sie Maxie gut?«

Ein kurzes Schweigen tritt ein. William seufzt. »Ja«, antwortet er. »Ich kenne ihn gut. Maxie ist mein Bruder.«

Tim dreht sich auf der Bank zur Seite, damit er ihn ansehen kann. »Aber ich dachte … Ihr *Bruder?* Dann ist Francis …«

»Nein, nein«, fällt William rasch ein. »Ich hätte ›Halbbruder‹ sagen sollen. Wir haben dieselbe Mutter, doch verschiedene Väter. Francis meinte, er hätte Ihnen seinen Teil erzählt, daher können Sie ebenso gut die ganze Wahrheit erfahren. Meine Mutter und Francis hatten eine Affäre, kurz nachdem Francis geheiratet hatte. Sie wurde mit Maxie schwanger und zog mit ihrer Mutter zu einer Verwandten nach Tavistock. Ein paar Jahre später lernte sie meinen Vater kennen, und die beiden heirateten. Ich kam zur Welt. Es dauerte eine Weile, bis ihnen klar wurde, dass Maxie sich nicht so entwickelte, wie er sollte. Da war er acht oder neun, ich war drei Jahre jünger, und wir waren gerade von einer Stationierung im Ausland zurück und besuchten neue Schulen. Mein Vater war bei der Marine und wurde nicht lange nach meiner Geburt nach Singapur versetzt. Wir alle begleiteten ihn, und zu dieser Zeit wurde beschlossen, jede Verbindung zu Francis abzubrechen.

Er legte einen Treuhandfonds für Maxie an und sollte ihn erst wiedersehen, nachdem sowohl seine Frau als auch mein Vater verstorben waren. Zu diesem Zeitpunkt hat meine Mutter mir alles erzählt. Sie hat darauf bestanden, niemand dürfe je erfahren, dass Francis Maxies Vater ist, und ich musste ihr versprechen, nichts zu erzählen. Kat weiß allerdings davon. Ihre Mutter und mein Vater waren Bruder und Schwester, und als Kinder haben wir oft die Ferien zusammen verbracht. Als sie aus Amerika zurückkam, wusste ich, dass es schwer zu erklären sein würde, warum ich hergezogen war und warum Maxie so viel Zeit mit Francis verbrachte, nachdem unsere Mutter tot war. Also habe ich Kat die Wahrheit anvertraut. Aber nicht einmal Andy oder Charlotte wissen Bescheid. Es hat mich erstaunt, dass Francis Ihnen davon erzählt hat, doch er sagte, er habe seine Gründe gehabt.«

Schweigen tritt ein.

»Sein Vertrauen hat mich sehr berührt«, gesteht Tim schließlich. »Man könnte sagen, es war ein Austausch auf Gegenseitigkeit.«

»Aha, deswegen.« William klingt erschöpft. »Sie waren freundlich zu Maxie. Danke dafür.«

»Als ich die Blumen und die Gesichter aus Steinen und Tannenzapfen auf der Armlehne gesehen habe, da dachte ich an ein Kind. Ich habe mich an meine eigene Kindheit erinnert. Als ich knapp fünf Jahre alt war, starb meine Mutter durch eine Dummheit meinerseits, und darüber bin ich nie richtig hinweggekommen. Mein Aufenthalt hier hilft mir. Normalerweise rede ich nicht darüber, aber ich habe es Francis erzählt.«

Er weiß, dass er mogelt; das ist nicht die ganze Wahrheit, die er Francis anvertraut hat. Doch ein Instinkt rät ihm, Mattie alles zu sagen, bevor er jemand anders einweiht.

»Das tut mir so leid«, antwortet William gerade. »So leid. Ich bin froh, dass Sie hier Erleichterung gefunden haben.« Er zögert, als wollte er eine Frage stellen, scheint es sich dann aber anders zu überlegen. »Danke, dass Sie es mir gesagt haben.«

Zwischen ihnen kommt eine Verlegenheit auf, von der Tim nicht weiß, wie er sie überwinden soll.

»Ich habe den Hundefriedhof gefunden«, erklärt er. »Eines der Gräber, das von Brack, ist mir aufgefallen. Als Kind hatte ich genauso einen Hund wie Brack.«

William lächelt nostalgisch. »Maxie hat diesen kleinen Hund geliebt. Es hat ihm so gutgetan, herzukommen und in den Wäldern zu spielen. Zum ersten Mal war er wirklich frei. Und so ist es immer noch. Rob behält ihn im Auge, und Stella kann wunderbar mit ihm umgehen. Keiner von ihnen kennt die Wahrheit. Sie wissen nur, dass er und ich und meine Mutter eng mit Francis verwandt sind. Es wird sehr traurig sein …«

Er unterbricht sich und sieht sich um, und wieder spürt Tim Niedergeschlagenheit und Kummer.

»Sehr traurig …?«

William zuckt kaum merklich mit den Schultern. »Wenn Francis stirbt. Maxie wird ihn vermissen. Seine Lebenserwartung ist nicht hoch, und jede Veränderung belastet ihn schwer.«

»Falls Francis stirbt, wird Brockscombe wahrscheinlich verkauft, oder?« Tim war so mit seinen eigenen Problemen beschäftigt gewesen, dass er bisher nicht darüber nachgedacht hat. Er fühlt sich merkwürdig verängstigt. Er war davon ausgegangen, hier sicher zu sein, bis er sich entschließen würde, den letzten Schritt zu tun, und plötzlich fühlt er sich sehr verletzlich.

»Ja, es wird bestimmt verkauft. Keiner seiner Söhne wird es haben wollen.« William wirft Tim einen Blick zu und runzelt die Stirn, als sorgte er sich um den Jüngeren, und stellt dann die Frage. »Was werden Sie tun, wenn das geschieht?«

Tim schüttelt den Kopf. »So merkwürdig das klingen mag, ich habe noch nicht darüber nachgedacht. Ich habe mich hier einfach so sicher, so sehr in Frieden gefühlt, dass ich gar nicht darüber nachgedacht habe, anderswo zu leben.«

Das zumindest ist wahr. Sein Plan ist immer gewesen, den Zeitpunkt für seinen Fortgang zu wählen und dann ein Ende zu machen.

»Ich glaube, das haben wir alle empfunden«, erklärt William, »aber ich frage mich, ob wir nicht anfangen sollten, über Alternativen nachzudenken. Nur um auf Nummer sicher zu gehen.«

Das klingt wie eine Warnung, und angesichts der Tatsache, wie gebrechlich Francis ist, sehr vernünftig. William steht auf, steckt das Auto in die Tasche und lächelt beruhigend zu ihm hinunter.

»Nicht nötig, schon mit dem Packen anzufangen«, sagt er. »Denken Sie nur darüber nach. Bis nach Andys Heimaturlaub wird niemand irgendwo hingehen.«

Er dreht sich um, geht davon und lässt Tim auf der Bank zurück.

William durchquert das Gelände und den Garten, schließt die Haustür auf und läuft die Treppe hinauf. Er ruft, um Francis vorzuwarnen, und als er die Tür des Arbeitszimmers öffnet, sitzt der alte Herr an seinem Schreibtisch und lächelt ihm entgegen.

»Komm herein, William«, sagt er fröhlich. »Hast du es gefunden?«

William nimmt das Auto aus der Tasche, stellt es auf den Schreibtisch und tritt ans Fenster.

»Gut gemacht«, meint Francis. »Er wird sich so freuen. Rob fährt ihn zurück, aber ich schicke ihm eine SMS, damit Maxie Bescheid weiß. Stimmt etwas nicht, mein Junge? Als du heute Morgen hereingeschaut hast, kamst du mir ein wenig geistesabwesend vor.«

William stopft die Hände in die Hosentaschen und sieht über die Auffahrt, den Rasen und den Graben auf die Felder und Wälder hinaus. Er war traurig, ärgerlich und ohnmächtig. Er wollte mit Tim nicht über Francis' Tod und das, was danach geschehen würde, sprechen, aber es war eine solche Erleichterung gewesen, über Maxie und seine Beziehung zu ihm zu reden, dass er dadurch ein wenig geschwächt worden war. Seiner Mutter war es so wichtig gewesen, um ihrer selbst und um Francis' willen das Geheimnis zu bewahren. Als sie es ihm erzählt hatte, war das ein Schock gewesen. William hatte immer geglaubt, Maxie sei sein Bruder und der Sohn seines Vaters. Dann, als sein Vater starb, sagte seine Mutter ihm die Wahrheit und erklärte, warum es gut wäre, wenn Maxie und Francis endlich eine Art Beziehung aufbauen könnten; doch es müsse absolut geheim bleiben. Seine Söhne dürften nie davon erfahren, erklärte sie eindringlich. William sah, dass das auch ihr wichtig war, und stimmte um ihretwillen zu. Francis' Frau war bereits verstorben, und ein paar Jahre lang führten sie eine Art Familienleben.

Zuerst war er zornig auf Francis, weil er zugelassen hatte, dass sie die Last der Schwangerschaft und von Maxies Geburt allein trug, doch nach und nach schloss er den alten Herrn ins

Herz. Francis konnte viel für Maxie tun, und es war eindeutig, dass er gelitten hatte und immer noch litt und starke Schuldgefühle wegen seines Verhaltens hegte.

Nach und nach etablierte sich ein Muster. Es war einfacher, nicht so viel über Maxie zu reden, um die Fiktion aufrechtzuerhalten, dass Maxie und er eng mit Francis verwandt waren. Manchmal wünschte er, er wüsste die Wahrheit nicht, und fragte sich, warum seine Mutter es für nötig gehalten hatte, sie ihm zu enthüllen. Es war, als hätte sie am Ende das Bedürfnis gehabt, ihre Last zu teilen und die Wahrheit zu sagen und außerdem dafür zu sorgen, dass nach ihrem Tod eine Beziehung zwischen Maxie und Francis weiterbestehen konnte.

»William?« Francis' Stimme klingt besorgt. »Was hast du, Junge?«

Er holt tief Luft, und während er weiter aus dem Fenster sieht, erzählt er Francis von Fionas Plan. Als er fertig ist, herrscht lange Schweigen, und er dreht sich um, um den alten Herrn anzusehen.

Francis sitzt ganz still da und sieht starr vor sich hin, und plötzlich hat William schreckliche Angst, er könnte einen weiteren Schlaganfall erlitten haben. Als er auf ihn zustürzt, lächelt Francis ihn an.

»Was für eine formidable Frau Fiona ist«, meint er amüsiert. »Kein Wunder, dass sie beruflich so großen Erfolg hat. Hast du mir nicht erzählt, dass sie inzwischen Seniorpartnerin ist?« Er holt tief Luft. »Ich wäre ein Narr, wenn ich nicht darüber nachdächte, oder?«

»Ich weiß nicht«, sagt William unglücklich, »aber ich konnte es dir auch nicht verschweigen.«

»Natürlich nicht. Und offensichtlich hat es große Vorzüge,

alles ruhig und zivilisiert abwickeln und planen zu können. Was würdest du tun, wenn ich Brockscombe verkaufen würde?«

William setzt sich auf einen der Stühle und sieht Francis an. Seit seinem Gespräch mit Fiona hat er viel darüber nachgedacht. »Ich würde nach einem Haus in Ashburton oder in der Nähe suchen. Etwas, wo Maxie mich an den Wochenenden, an denen er Ausgang hat, besuchen könnte. Bei Rob und Stella ist er glücklich, und es wäre dumm, diese Routine zu unterbrechen. Aber ich wünsche mir ein zweites Zuhause für Maxie. Und ein Zuhause für dich, Francis. Ich könnte doch ein Haus mit einem Anbau kaufen, wo du deine eigene Wohnung haben könntest, rollstuhlgerecht.«

Er unterbricht sich, weil er sich töricht vorkommt, und fragt sich, ob Francis eine solche Option in Betracht ziehen würde, doch er sieht, dass den Alten das Angebot rührt.

»Das ist unglaublich großzügig von dir, William. Viel mehr, als ich je anzudeuten oder zu hoffen gewagt hätte.«

Meine Mutter hat dich geliebt, möchte William am liebsten sagen, und Maxie liebt dich. Wir wären so etwas wie eine Familie – aber er schweigt.

»Darf ich darüber nachdenken?«, fragt Francis. »Brockscombe zu verlassen wäre so schmerzhaft, dass ich es mir kaum vorstellen kann.«

»Selbstverständlich«, murmelt William. »Ich habe nur mit ein paar Ideen gespielt. Also, was soll ich Fiona sagen?«

Francis lächelt. »Sag ihr, dass ich dankbar für ihr Interesse und ihre Fürsorge bin und auf jeden Fall über das Angebot nachdenke.«

William kommt sich fast wie ein Verräter vor; als würde er Francis irgendwie aus Brockscombe vertreiben.

»Ich konnte es dir nicht verschweigen«, wiederholt er kläglich.

Francis schüttelt den Kopf. »Ich finde, das könnte mehrere Probleme lösen. Bitte hab kein schlechtes Gewissen, William, weil du derjenige warst, der die Nachricht überbracht hat. Meinst du, du könntest uns Tee kochen?«

William steht auf. Er ist dankbar dafür, dass er etwas zu tun und einen Moment Zeit hat, sich zusammenzunehmen. Als er mit dem Tablett zurückkommt, steht Francis am Fenster. Er dreht sich um und geht vorsichtig und mit der Hilfe seines Stocks zum Lehnstuhl.

»Was für ein Segen du für mich gewesen bist, William«, sagt er. »Heute kann ich mir gar nicht mehr vorstellen, ohne dich auszukommen.«

William schweigt; er ist verlegen. So war Francis schon immer: Er hatte nie Angst, Gefühle zu zeigen, leicht dramatisch zu werden. Vielleicht, denkt er, hat es damit zu tun, dass er Politiker ist – oder Katholik.

Er schenkt den Tee ein und reicht Francis Tasse und Untertasse. William will nicht, dass Francis sentimental wird und über die Vergangenheit redet, also bemüht er sich, ein unverfängliches Thema zu finden. »Wir sind eingeladen worden, in Dartington beim Summer School Musikfestival zu singen«, erklärt er. »Zusammen mit anderen Chören natürlich und einem Orchester. Eine sehr aufregende Aussicht. Schwierig für uns, weil wir ohne Begleitung singen, aber wir wollen es versuchen.«

Francis stellt einige Fragen nach seinem Chor, und William beantwortet sie. Er ist erleichtert; der peinliche Moment ist vorüber.

Nachdem William das Tablett weggebracht und das Teegeschirr gespült hat und dann gegangen ist, sitzt Francis noch allein da und denkt über die Bombe nach, die Fiona hat platzen lassen. Er kann sich unmöglich vorstellen, Brockscombe zu verlassen, doch Williams Angebot rührt ihn zutiefst. Widerstrebend stellt er sich vor, wie es wäre, wenn er nicht mehr so weitermachen könnte wie jetzt, falls etwas passieren würde, was Stella und Moira daran hindern würde, in der Nähe zu sein und sich um ihn zu kümmern, sodass er gezwungen wäre, sein Heim zu verlassen und sich in die Obhut von Fremden zu begeben. Mit einem Mal kann er vollkommen verstehen, warum Tim das Bedürfnis hat, die Kontrolle über sein Leben – und seinen Tod – zu behalten, und er schämt sich dafür, wie er versucht hat, ihn zu beeinflussen.

Mein ganzes Leben, denkt Francis, habe ich mit dem Versuch verbracht, Menschen, Regierungen, die Politik zu manipulieren; mein ganzes Leben lang habe ich geglaubt, es am besten zu wissen. Habe hier oben gesessen und versucht, bei den Menschen um mich herum Gott zu spielen, und mir eingebildet zu wissen, was richtig für sie ist. Und nun, angesichts dieses Angebots, weiß ich trotzdem nicht, was ich tun soll. Würde William wirklich mit einem gebrechlichen alten Mann wie mir zusammenleben wollen, oder ist er nur loyal gegenüber seiner Mutter? Und wie würde Maxie ohne diese gelegentlichen Wochenenden zurechtkommen, an denen er vollkommene Freiheit genießt, ohne seine Besuche beim Pan und bei Brack? Und was würde aus Tim?

Francis steht auf, nimmt seinen Stock und geht langsam zum Fenster. Wie furchtbar, diese Aussicht nie wiederzusehen, nie wieder auf diese vertraute, geliebte Landschaft hinauszuschauen. Am liebsten möchte er toben und heulen, aber dann meldet sich sein kühler Verstand zu Wort, und er versucht, rational zu denken. Ihm fällt ein Ausspruch ein, mit dem William Fiona zitiert hat: »Es ist besser zu springen, als gestoßen zu werden.«

Er richtet sich auf, schiebt die Sentimentalität beiseite und überdenkt die Fakten. Sicher scheint zu sein, dass Kat nach London gehen wird, zu ihrer Arbeit und ihren Freunden, und dass Andy nach Washington versetzt und dort mit Charlotte und Oliver eine neue Phase in ihrem Leben beginnen wird – und so soll es auch sein. Und sollte er, Francis, plötzlich sterben oder pflegebedürftig werden, nachdem sie alle fort sind, wäre es besser für William, wieder unter seinen Freunden in Ashburton zu sein, statt allein zurückzubleiben, während um ihn herum Brockscombe verkauft wird. Damit ist nur noch Tim übrig.

Francis sieht keinen Weg für ihn, aber er weiß, was er zu tun hat. Sein ganzes Leben hindurch hat er Achtsamkeit praktiziert; die Konzentration auf etwas, das tiefgründiger und größer ist als er selbst. Er nimmt sein Gebetbuch vom Schreibtisch, setzt sich bequem hin und beginnt, die Komplet zu lesen.

34. Kapitel

An dem Tag, an dem Andy heimkommen soll, wacht Charlotte früh auf. Mehrere Tage hat sie sich auf seine Heimkehr vorbereitet: Das Haus ist sauber, sie hat besondere Gerichte gekocht, sie hat sich die Haare schneiden lassen. Sie überlegt, was sie anziehen soll, ändert aber ständig ihre Meinung. Es ist warm genug für einen hübschen Baumwollrock, aber in ihren Jeans fühlt sie sich ungezwungener, und es ist ihr wichtig, entspannt zu sein.

Sie sucht eine kleine Jeans-Latzhose für Oliver heraus, ein T-Shirt und seinen liebsten Sonnenhut und geht noch einmal ihre eigene Garderobe durch. Sie weiß, dass das verrückt ist – Andy wird es egal sein, was sie trägt –, doch sie scheint nicht dagegen anzukommen.

Als sie sich schließlich Tante Kat anvertraut, hilft ihr das auch nicht weiter.

»Ich möchte hübsch für ihn aussehen«, erklärt sie, »aber auch leger, wenn du verstehst, was ich meine.«

»Ach, Liebes, das spielt überhaupt keine Rolle«, meint Tante Kat, wie von ihr nicht anders zu erwarten. »Egal, was du anziehst, er wird sich nur darauf freuen, es dir so bald wie möglich auszuziehen.«

Charlotte kann sich eines Lachens nicht erwehren, obwohl dieser Punkt, wenn sie ehrlich ist, zu denen gehört, um die sie sich Gedanken macht. Es scheint so lange – nun ja, fünf Monate – her zu sein, seit sie zusammen waren, und der Gedanke an jede Art Intimität macht sie nervös. Vielleicht wäre es anders, wenn sie seit Jahren verheiratet wären, doch für sie ist das alles noch ziemlich neu, und sie weiß nicht recht, wie sie damit umgehen soll. Die anderen Frauen haben darüber geredet; manche meinen, die Kinder würden dabei helfen, rasch zum Normalzustand zurückzukehren; andere behaupten, es sei eine gute Idee, eine geöffnete Weinflasche bereitzuhalten. Alle scherzen darüber, aber Charlotte weiß, dass man am Ende auf sich allein gestellt ist.

Einfacher wäre es, denkt sie, wenn das Schiff tatsächlich zurückkäme; alle Familien würden die Männer in der Marinewerft willkommen heißen; man hätte das Gefühl, etwas geleistet zu haben und jetzt feiern zu dürfen. Das jetzt ist etwas ganz anderes: Er fliegt nur für eine Woche Urlaub nach Hause, kommt um zehn in Heathrow an und nimmt dort den Zug, mit dem er kurz nach dem Mittag in Totnes eintreffen wird.

Sie vermutet, dass alle peinlich taktvoll sein werden, ihnen aus dem Weg gehen und ihnen Privatsphäre lassen; und sie beginnt, den ganzen Besuch zu fürchten. Oliver benimmt sich erfreulich normal und lässt sich von ihr fröhlich und friedlich die Latzhose anziehen. So süß, so niedlich sieht er aus, dass sie ihn auf den Arm nimmt und fest drückt; und sie muss sich des Drangs erwehren, in Tränen auszubrechen.

Andy schickt eine SMS, um ihr mitzuteilen, dass der Zug Exeter verlassen hat, und Charlotte streift ihr Lieblingskleid über – und zieht es wieder aus und schlüpft in ihre Jeans und ein Shirt. So fühlt sie sich wenigstens normal und ruhig und hat das Gefühl, alles im Griff zu haben. Sie nimmt Oliver hoch und trägt ihn nach draußen, zum Auto. Wooster folgt ihnen, obwohl sie sich nicht entscheiden konnte, ob sie ihn zu Hause lassen soll, weil es zu heiß ist. Jetzt beschließt sie, ihn mitzunehmen; er wird dazu beitragen, das Eis zu brechen.

Sie schließt ab, klettert auf den Fahrersitz und fährt langsam vom Hof und über die schmalen Straßen, die zum Bahnhof führen. Unterwegs redet sie mit Oliver und Wooster, der hinten sitzt, aus dem Fenster sieht und die Ohren gespitzt hat, als wüsste er, dass etwas Besonderes im Gang ist.

»Daddy kommt nach Hause«, sagt sie zu Oliver und sieht ihn im Rückspiegel an. »Wir holen Daddy ab. Dann gehen wir spazieren, was, Wooster? Das wird ein Spaß.«

Ihr Herz pocht heftig, als sie das Auto auf dem Bahnhofsparkplatz abstellt; sie ist früh dran, aber dadurch hat sie Zeit, sich vorzubereiten. Sie setzt Oliver in seinen Buggy und lässt die Fenster für Wooster einen Spaltbreit offen; dann überlegt sie es sich anders, lässt ihn heraus und nimmt ihn an die Leine. Seine große, tröstliche Präsenz macht ihr Mut.

Wooster läuft neben ihr her. Sie schiebt den Buggy und geht langsam durch das Tor und in den Bahnhof. Die Lautsprecherstimme kündigt die Ankunft des Zugs aus London an, und jetzt schlägt ihr Herz so schnell, dass sie fast erstickt. Ihre Beine zittern, und sie hält sich an dem Buggy fest, um aufrecht stehen zu bleiben.

Der Zug biegt um die Kurve und bremst ab; Türen werden aufgerissen, und die Lautsprecherstimme redet immer noch. Menschen steigen aus dem Zug, begrüßen Freunde und Verwandte, eilen zu Taxis, und sie tritt an den Zaun zurück, sieht zu und sucht in der Menschenmenge nach ihm.

Und dann ist er plötzlich da und kommt auf sie zu. Er strahlt sie alle voller Freude und Liebe und absolutem Vertrauen an; sie, Oliver und den lieben alten Wooster. Sein Grinsen, sein Gang, seine offenkundige Liebe zu ihnen sind so teuer und vertraut, dass sich ihre Ängste plötzlich auflösen wie Schnee in der Sonne. Andy begrüßt sie zuerst und zieht sie in die Arme.

»Gott, ist das toll, dich zu sehen, Babe«, sagt er und küsst sie, und dann hockt er neben dem Buggy, sieht Oliver an und streckt Wooster, der sich vor Freude kaum zu lassen weiß, eine Hand entgegen.

Als Charlotte ihnen zusieht, fallen alle Puzzleteile in ihrem gemeinsamen Leben wieder an den richtigen Platz, und ihre Befürchtungen ziehen sich in die Schatten zurück. Sie fragt sich, wie sie die Zukunft mit ihm hat fürchten können, ganz gleich, wo die sie hinführt.

»Ich bin mir sicher, dass er mich wiedererkennt«, sagt Andy gerade, und sie platzt vor Lachen heraus.

»Natürlich«, sagt sie. »Wooster erkennt dich jedenfalls.«

Er legt einen Arm um sie, und langsam gehen sie das Gleis entlang und hinaus zum Wagen und fahren dann heim nach Brockscombe.

»Ich kann noch nicht zurückfahren, Liebling«, sagt Kat nach dem Mittagessen in Jerrys Wohnung. »Andy wird gerade erst angekommen sein, und sie brauchen ein wenig Zeit, um sich wieder miteinander bekannt zu machen. Das ist gar nicht so einfach, und die arme Charlotte ist sehr nervös. Die beiden haben sich seit Monaten nicht gesehen. ›Daheim ist der Seemann, zurück vom Meer‹ und all das. Glücklicherweise macht Oliver nachmittags gern ein langes Schläfchen. Perfektes Timing.«

Heute schlägt sie einen leichten, munteren Ton an. Nach ihrem Zusammenstoß mit Sandra weiß sie nicht so recht, wie sie sich verhalten soll, und der Anblick dieses Kissens, das auf dem Sofa liegt wie ein hingeworfener Fehdehandschuh, hat sie verunsichert.

»Ich kann mir vorstellen, dass es ziemlich komisch ist, wenn Vater und Tante nebenan wohnen«, meint Jerry gerade nachdenklich, »aber es ist ja nicht für lange, oder? Sagtest du nicht, er werde ins Ausland versetzt?«

»Nach Washington, im Herbst.«

Kat würde gern vom Tisch aufstehen und sich mit ihm aufs Sofa setzen, doch das Kissen wirkt wie ein Warnsignal. Es kommt ihr wie ein Verbotsschild vor, und sie fühlt sich außerstande, es zu ignorieren.

»Und du gehst nach London?«

Seine direkte Frage irritiert sie noch weiter. Sie hat sie umschifft, darüber gelacht, über das Pro und Kontra diskutiert, aber jetzt ist der Moment gekommen, in dem sie ihr nicht länger ausweichen kann.

»Ich glaube schon«, sagt sie beiläufig. »Es ist ein Angebot, das ich wirklich nicht ablehnen kann, doch ich komme ganz oft wieder. Und du kommst mich besuchen, oder? Wir könnten eine Menge Spaß haben.«

Er lächelt ihr zu. »Gern.«

Jerry steht auf, um Kaffee zu kochen, und sie beobachtet ihn; er hat so eine gute Figur und strahlt in seiner alten Jeans und dem verwaschenen blauen Baumwollhemd eine solche sexy Eleganz aus. Plötzlich fühlt sie sich schrecklich traurig.

»Und wie findet William das alles?«, fragt er. »Du bist fort. Seine kleine Familie ist nicht mehr da. Wird er dort wohnen bleiben?«

Kat schweigt einen Moment. William hat ihr alles über Fionas Angebot und Francis' Reaktion darauf erzählt, und auch das trägt zu ihrem Unbehagen und ihrer Traurigkeit bei.

»Was William wirklich gern hätte«, erklärt sie, »wäre eine Wohnung oder ein kleines Stadthaus in Ashburton, damit er zu Fuß in die Kanzlei, in den Pub und zum Chor gehen kann. Er könnte seine Freunde zum Abendessen einladen. William ist ein sehr geselliger Mensch. Ich finde nicht, dass er in Brockscombe bleiben sollte – selbst wenn er könnte.«

»Was meinst du mit ›selbst wenn er könnte‹?« Jerry stellt die Kaffeekanne auf den Tisch und setzt sich. »Was sollte ihn daran hindern?«

»Wenn Francis stirbt, wird alles verkauft. Es ist nur eine Frage der Zeit.«

Melancholie überkommt sie, und sie kann ihre fröhliche Fassade nicht mehr aufrechterhalten. Jerry sieht sie mitfühlend an. Er streckt die Hand aus und umfasst ihr Handgelenk, sagt aber nichts. In diesem Moment weiß sie, dass er es nie tun wird. Er wird nicht derjenige sein, der die Beziehung beendet. Wenn es so weit ist, wird er das Unvermeidliche einfach geschehen lassen; er wird den leichtesten und schmerzlosesten Weg gehen. Aber nicht jetzt, denkt sie. Noch nicht.

Sie sieht seine Hand an; die langen Finger, die sich um ihr Gelenk schlingen.

»Weißt du, große Lust habe ich nicht auf Kaffee«, sagt sie, »und das Sofa wirkt nicht einladend. Sollen wir ins Bett gehen?«

Dieser Blick wird ihr fehlen, sein Blick voller zufriedener, verblüffter Freude. Sie wird seine Zärtlichkeit und Kraft und all den Spaß vermissen. Er steht auf, wobei er immer noch ihr Handgelenk hält, und sie lächelt ihm zu.

»Doch denk daran«, sagt sie, »keine Eile. Wir müssen Charlotte und Andy viel Zeit lassen.«

In der Mitte von Andys Urlaubswoche schlägt Fiona alle Vorsicht in den Wind und fährt ein paar Tage früher als geplant hinunter. Sie kann es nicht abwarten, Andy zu sehen.

Schließlich, sagt sie sich, sind William und Kat auch da, gleich nebenan. Warum sollte ich nicht dabei sein?

Aber sie sagt niemandem, dass sie kommt; sie wird William nicht fragen, ob sie bei ihm wohnen kann, sondern nimmt sich ein Zimmer im *Cott* und schickt dann William eine SMS, sobald sie sich eingerichtet hat.

Bin in der Bar und trinke etwas. Komm doch auf dem Heimweg dazu!

Er schreibt zurück, dass er in einer halben Stunde da sein wird, und sie strahlt vor Freude. Alles entwickelt sich nach ihren Vorstellungen. Vor allem war Francis einverstanden, über ein Angebot nachzudenken – obwohl bis nach Andys Urlaub niemand davon erfahren darf –, und die Schwiegermutter des Käufers hat Liz gekannt, erinnert sich an Brockscombe und ist voll des Lobes über das Anwesen.

Fiona nippt an ihrem kleinen Spezialcocktail und grübelt über die Zukunft nach. Sie kann sich vorstellen, wie William wieder allein lebt, in einem bequemen, leicht zugänglichen Haus in der Stadt, in dem sie wohnen kann, während sie mit ihrer Arbeit an Brockscombe beginnt. Es wird ganz wie in alten Zeiten sein. Sie weiß, dass das alles ein kleiner Schock für William war, aber sie ist sich sicher, dass er genauso aufgeregt sein wird wie sie, wenn er erst einmal darüber hinweg ist. In diesem Sommer hat sie bei den Grillpartys und ihren gelegentlichen Besuchen mehr Spaß gehabt als seit langer Zeit. Andy und Charlotte und Ollie werden ihr zwar fehlen, doch sie sind ja in zwei Jahren wieder da, und dann wird Andy wahrscheinlich in Devonport stationiert, und sie leben alle ziemlich nahe beieinander. In der Zwischenzeit könnten William und sie nach Washington fliegen und die drei besuchen. Bei der Aussicht fühlt sie sich äußerst beschwingt.

Doch als William kommt, sieht sie, dass er nicht genauso froh gelaunt ist wie sie. Er bestellt sich ein Bier, tritt damit an den Tisch, setzt sich und sieht sie an, ohne zu lächeln.

»Ich dachte, du solltest erst am Wochenende kommen«, sagt er.

»Ich weiß.« Sie lächelt ihm einnehmend zu. »Aber ich konnte einfach nicht widerstehen. Ich sehne mich danach, Andy zu sehen. Sei doch fair, Wills. Ihr alle amüsiert euch hier großartig miteinander, warum sollte ich nicht dabei sein?«

»Weil es nicht ganz so ist«, gibt er zurück. »Wir waren uns einig darüber, ihnen diese Woche für sich selbst zu lassen. Ich bin den ganzen Tag bei der Arbeit, und Kat verbringt viel Zeit mit ihren Freunden. Und was hast du vor?«

Sie starrt ihn an, und ihr Lächeln verfliegt. Er wirkt unfreundlich, geradezu abweisend, und ihr sinkt der Mut ein wenig; doch sie ist entschlossen, ihn für sich zu gewinnen.

»Ich will ja nicht lästig fallen«, sagt sie und versucht, leicht verletzt auszusehen. »Außerdem wollte ich dich genauso gern sehen wie Andy.«

Er zieht die Augenbrauen hoch. »Wirklich? Weswegen?«

Sie runzelt die Stirn. »Was ist bloß mit dir los, Wills? Ich wollte fragen, wie es so läuft. Was Francis vorhat zum Beispiel, und wie deine Pläne aussehen, nachdem er das Angebot jetzt so ernst nimmt.«

»Ah, das Angebot«, erwidert William. »Ja, ich glaube, er wird es annehmen, wenn der Preis stimmt.«

»Und was willst du tun?« In ihrer Miene spiegeln sich Besorgnis und Fürsorge.

Er trinkt einen Schluck von seinem Bier und schürzt die Lippen, als wäre er in einem schrecklichen Zwiespalt gefangen. Einen Moment lang irritiert er sie, aber sie mustert ihn weiter voller Zuneigung, und er zuckt kaum wahrnehmbar mit den Schultern. »Ich habe vor, ein Stadthaus in Ashburton zu kaufen«, erklärt er.

Sie stößt einen lautlosen Seufzer der Erleichterung aus. »Das ist eine gute Idee«, sagt sie munter. »Das freut mich. Ich war immer schon der Meinung, du hättest das liebe alte Ashbucket nie verlassen sollen. Wirst du dort auch Platz für mich haben? Während ich an Brockscombe arbeite?«

Seine Miene verblüfft sie. Wenn sie ihn nicht besser kennen würde, dann würde sie sagen, dass sie eine Mischung aus Verachtung und Mitleid mit einem Schuss Belustigung zeigt.

»Wir werden dich schon irgendwie unterbringen«, meint er freundlich. »Das müssen wir noch sehen.«

»Wir?«, wiederholt sie schnell. »Wer ist ›wir‹?«

Er sieht sie fragend an, als wäre ihr etwas entgangen.

»Also, Francis und ich natürlich«, sagt er. »Irgendwo muss er ja bleiben, der Arme, und ich möchte nicht, dass er allein ist. Wir müssen selbstverständlich ein paar Veränderungen vornehmen, für seinen Rollstuhl und alles. Doch vielleicht kannst du auch dafür die Pläne zeichnen.«

Sie ignoriert diesen kleinen Seitenhieb und fügt die Fakten zusammen. Das ist ein Schlag, aber natürlich wird Francis nicht mehr lange leben, und er wird bestimmt sehr großzügig sein …

»Und dann ist da noch Maxie«, sagt William gerade.

»Maxie?« Verwirrt runzelt sie die Stirn. »Wer in aller Welt ist Maxie?«

»Du erinnerst dich doch sicher, oder? Mein älterer Bruder Maxie?«

Sie starrt ihn an. »Aber ich dachte, er wäre bloß ein Halb- oder Stiefbruder, nicht wahr? Und war er nicht behindert und lebte in einem Heim? Du hast mich nie ermuntert, dich bei deinen Besuchen zu begleiten. Ich bin davon ausgegangen, dass er inzwischen tot ist.«

»Nein, nein. Er ist zum Glück nicht tot. Maxie lebt immer noch in einem Pflegeheim in der Nähe von Exeter. Geistig steht er auf der Stufe eines Sechs- oder Siebenjährigen, aber er ist einfach wunderbar. Francis lädt Maxie an seinen freien Wochenenden nach Brockscombe ein, doch jetzt wird er zu mir kommen müssen.«

Sie starrt ihn an, und ihre Pläne brechen langsam um sie herum zusammen. »Aber warum willst du das tun, Wills? Warum machst du dir das Leben so schwer, wenn du dich amüsieren könntest?«

Er lacht sie aus. »Ja, warum? Doch wie kommst du auf die Idee, ich würde keinen Spaß haben? Ich bin gern mit Francis und Maxie zusammen. Ich liebe es zu singen und gehe gern mit meinen Freunden in den Pub.«

»Du weißt ganz genau, was ich meine«, entgegnet sie bitter. »Spiel nicht den Schlaumeier. Das passt nicht zu dir.«

»Nein. Das weiß ich. Du hast immer deutlich gemacht, Fi, dass du die Klügere von uns bist. Und, ja, ich bin fast wieder darauf hereingefallen, aber du hast mir einen Gefallen getan. Es ist besser zu springen, als gestoßen zu werden. Dank dir bringe ich jetzt meine Zukunft in Ordnung. Und nun«, sagt er und sieht auf die Uhr, »muss ich mich beeilen. Ich passe auf Ollie auf, während Charlotte und Andy essen gehen.« Er trinkt sein Bier aus und steht auf. »Ich überlasse es dir, ihnen mitzuteilen, dass du hier bist. Aber am Wochenende bist du natürlich willkommen.«

»Ich sorge selbst für meine Unterkunft, danke«, gibt sie ärgerlich zurück.

»Wie du willst. Man sieht sich.«

Er geht hinaus, und sie bleibt sitzen, überwältigt von Wut und Demütigung. Sie versucht zu erkennen, an welchem Punkt alles schiefgelaufen ist, doch sie kann sich das einfach nicht erklären. William ist unmöglich; so war er schon immer. Am liebsten möchte sie schreien und etwas zerschlagen. Stattdessen bestellt sie sich noch einen Drink und richtet sich auf einen langen, einsamen Abend ein.

35. Kapitel

Langsam fährt Tim ins Moor hinauf und denkt daran zurück, wie er in diesen heftigen Frühlingssturm geraten ist und angehalten hat, um Mattie anzurufen und ihr davon zu erzählen. Inzwischen schicken sie einander SMS und arrangieren merkwürdige, spontane Zusammentreffen und genießen diese ungeplante gemeinsame Zeit. Heute trifft er sie in ihrer Höhle, aber dieses Mal hat er Wooster nicht mitgenommen. Andy und Charlotte sind mit Ollie an den Strand gefahren, und Wooster begleitet sie.

»Er geht gern schwimmen«, sagte Andy, »genau wie ich. Ich tue so, als würde ich ertrinken, und er versucht, mich zu retten.«

Tim mag Andy gut leiden; es ist schön, einen Gleichaltrigen um sich zu haben. Sie haben sich ein paarmal kurz unterhalten, und Tim ist beeindruckt von Andys Verantwortungsgefühl für seine kleine Familie, von seiner Sorge, ihm könnte auf See etwas zustoßen, sodass sie allein zurückblieben.

»Aber wenn man so denkt, kommt man schlussendlich zu nichts, meinen Sie nicht auch?«, fuhr Andy fort. »Ich könnte auch von einem Bus überfahren werden. Manchmal muss man Risiken eingehen.«

Während er das sagte, erinnerte sich Tim an seine Mutter, an das Quietschen der Bremsen, und fragte sich, ob sie ihn vielleicht nie bekommen hätte, wenn sie das gewusst hätte. Jetzt parkt er das Auto, nimmt den Rucksack heraus und geht den schmalen Pfad entlang, der über das Moor führt. Schafe drängen sich im Schatten von Bruchsteinmauern und kleinen Hecken, und er hört den Gesang der aufsteigenden Lerche und denkt an Meredith' Gedicht.

Mattie wartet am Eingang zu ihrer Höhle auf ihn. Mit angezogenen Beinen sitzt sie da und hat die Arme um die Knie geschlungen. Bei ihrem Anblick gerät sein Herz in das inzwischen vertraute Flattern, und er lässt sich neben sie sinken und lehnt den Rucksack an den Fels.

»Hörst du die Lerche?«, fragt sie – und er schlingt die Arme um sie und küsst sie.

»Ich liebe diesen Ort«, sagt er. »Er ist etwas Besonderes, nicht wahr?«

Sie schiebt ihn ein Stückchen zurück und sieht ihn so forschend, so ängstlich an, dass er weiß, dass jetzt endlich der Moment gekommen ist, in dem er es ihr sagen muss. Es ist so weit; die Zeit ist da. Sein Kopf ist voll mit den Worten, die er sich zurechtgelegt hat, aber sie spricht, bevor er es kann.

»Ich muss dir etwas erzählen. Etwas wirklich Wichtiges.«

Er ist vollkommen durcheinander und kann sie nur verblüfft ansehen. Sie kniet sich hin, sodass sie einander direkt ins Gesicht sehen, und umfasst seine Schultern.

»Ich bin schwanger, Tim«, erklärt sie. »Ich bekomme unser Baby.«

Er ist so schockiert, dass er kein Wort herausbringt. Sie hält ihn immer noch fest und beobachtet ihn.

»Ich bereue es nicht«, sagt sie. »Das kann ich nicht. Aber es tut mir leid, wenn du es tust.«

»Nein«, ruft er. »Nein. Ich bedaure es nicht. Ich liebe dich, Mattie. Es ist nur …«

»Nur was?«, erwidert sie, schüttelt ihn, packt ihn fester. »Nur was, Tim? Bitte sag es mir …«

Und dann sagt er es ihr wirklich. Er erklärt ihr die Art der Krankheit, dass es eine seltene Ausprägung ist und niemand weiß, wie lange es dauert, bis sie ihn zum Krüppel macht und ihn schließlich umbringt. Und die ganze Zeit über umfasst sie seine Schultern, sieht ihm in die Augen und lauscht aufmerksam. Als er fertig ist, stößt sie einen tief empfundenen Seufzer aus.

»Und das ist alles?«, fragt sie.

Er sieht sie an und beginnt dann unerhörterweise zu lachen. »Reicht das nicht?«

Schnell schüttelt sie den Kopf. »Es tut mir leid. Wirklich, Tim. So habe ich das nicht gemeint. Ja, das ist schrecklich. Furchtbar. Nur, ich dachte, du liebst mich nicht.«

Er weiß nicht, was er sagen soll. »Ich konnte dich doch nicht bitten … Wie hätte ich das tun können?«

»Aber ich möchte mit dir zusammen sein«, antwortet sie. »Und da ist noch das Baby. Unser Baby. Du sagst, dass du nicht weißt, wie lange du noch hast; doch es könnten Jahre sein. Das Kind wird dich brauchen. Und ich brauche dich auch.«

»Darum geht es ja gerade«, ruft er. »Verstehst du das denn nicht? Ich kann nicht sagen, wie lange es dauert, bis ich anfange … nutzlos zu werden. Hilflos«, setzt er heftig hinzu.

»Aber solange es dauert, können wir zusammen sein.«

»Du hast ja keine Ahnung«, erwidert er zornig, »gar keine Ahnung, was das alles mit sich bringen könnte.«

»Du auch nicht«, wendet sie nüchtern ein. »Ich weiß nur, dass ich unser Kind bekomme und mit dir zusammen sein will. Können wir damit anfangen?«

Er starrt sie an und hört Francis' Stimme, die Hopkins' Worte spricht.

»Ich kann; kann etwas. Hoffen, wünschen Tages Anbruch, nicht wählen, nicht zu sein.«

»Ja«, sagt er und fühlt sich endlich von Frieden erfüllt. »Das können wir. Damit fangen wir an.«

Mit gemischten Gefühlen fährt Mattie nach Exeter zurück. Seit sie von dem Baby weiß, sind ihre Gefühle so verworren: Da sind Schock, Staunen, Furcht. Sie kann es kaum glauben, und doch ist sie auf einer sehr tiefen Ebene nicht überrascht. Die Möglichkeit hatte seit diesem ersten unerwarteten Treffen in ihrer Höhle bestanden, als sie nicht darauf eingerichtet war, aber es war, als hätte sie den Gedanken geleugnet und weit von sich geschoben. Immer noch weiß sie nicht, ob es daran lag, dass sie sich unbewusst ein Kind von Tim wünschte, oder ob die Aussicht zu furchteinflößend war, um sie in Betracht zu ziehen.

Und jetzt hat sie so vieles, über das sie nachdenken muss. Nie wird sie seinen Gesichtsausdruck vergessen, als sie es ihm gesagt hat: Schock, ehrfürchtiges Staunen und ein seltsames Gefühl von Hoffnung. Nachdem er ihr sein eigenes Problem gestanden hatte, konnte sie verstehen, warum er so dreingeschaut hatte. Er hatte geglaubt, sein Leben gehe langsam zu Ende und verrinne; und dann war ihm wie aus heiterem Himmel ein Pfeil geschenkt worden, der in die Zukunft fliegen würde: neues Leben, ein eigenes Kind, etwas, wofür es sich zu leben lohnt.

Während er ihr davon erzählte, dachte sie nur daran, ihm diese Chance zu geben. Sie wollte mit ihm zusammen sein, ihn unterstützen. Erst jetzt meldet sich die Sorge zu Wort, die Furcht vor der großen Verantwortung. Vorhin hatten sie einander festgehalten, und nach ein paar Sekunden hatte sie sich zurückgelehnt und zu ihm aufgesehen, da sie wusste, dass sie jetzt nach vorn denken mussten.

»Wir brauchen Tee«, erklärte sie bestimmt. »Komm. Der Korb ist gut gefüllt. Ich habe Plätzchen. Wir veranstalten unsere eigene kleine Feier.«

Zu ihrem Erstaunen war er schnell bereit, sich von ihrer Stimmung anstecken zu lassen. Sie stießen mit Kamillentee und einem Brownie aufeinander und auf das Baby an und saßen eng beieinander in der Sonne auf der Decke, während die Lerche sang und sang. Tim rezitierte für sie Meredith' Gedicht …

»Sie schwingt sich
höher und höher,
Unser Tal
ist ihr goldener Becher,
Und sie der Wein,
der überfließt,
Uns mit emporhebend …«

»Das ist schön«, sagte sie und lehnte sich an ihn. »Was sagtest du noch, von wem es ist?«

»George Meredith.«

»Hm«, meinte sie nachdenklich. »Der Name George gefällt mir. Wir nennen das Baby George. Georgina, wenn es ein Mädchen wird. Dann werden wir uns immer an diesen Moment erinnern.«

Sie weiß, dass Tim gerade sehr emotional ist, und ihr ist auch klar, dass sie ihn stützen muss. Mit ihren eigenen Ängsten kann sie sich später auseinandersetzen.

»Und, wie läuft es mit Charlotte und Andy?«, erkundigte sie sich. »Zweite Flitterwochen, was? Ich kann es kaum erwarten, die beiden am Wochenende zu sehen.«

»Ich mag Andy gern«, meinte Tim. »Er ist ein richtig netter Kerl.«

Nach und nach wandte sich das Gespräch allgemeineren Themen zu, und ein wenig später konnten sie ein paar Pläne schmieden, als wären sie einfach ein normales Paar, das eine normale Zukunft plant.

Jetzt erlaubt Mattie ihren eigenen Ängsten, in den Vordergrund ihrer Gedanken zu treten. Wie wird sie das alles bewältigen? Wie lange wird Tim noch stark sein und eigenständig leben können? Was werden ihre Eltern sagen, wenn sie ihnen davon erzählt? Und Charlotte? Bei der Aussicht zieht sich ihr Herz zusammen, doch sie umfasst das Lenkrad fester, reckt das Kinn und holt ganz tief Luft. So merkwürdig das vielleicht ist: Sie wird zuerst mit ihrem Vater sprechen. Sie wird ihm das mit dem Baby erklären, und dass ihre unerwartete Begegnung in der Höhle sie überrumpelt hat und sie nicht darauf vorbereitet war. Sie wird Tims Ängste und Sorgen schildern und sagen, dass sie trotz allem sein Kind bekommen und mit ihm zusammen sein will. Wenn sie ihren Vater auf ihre Seite ziehen kann, wird sich irgendwie alles andere finden. Erstens wollen sie sich verloben. Sie weiß, dass ihre Eltern Tim mögen; und der Umstand, dass er es sich leisten kann, ein kleines Haus zu kaufen und etwas für die Zukunft des Kindes zurückzulegen, wird für ihn sprechen. Zweitens ist da das Baby. Tim und sie waren sich einig, dass es einstweilen noch ein paar Wochen ihr Geheimnis bleiben soll, und sie betet darum, dass sie den Mut findet, wenn es Zeit ist, die Wahrheit zu sagen.

Ein Freudenschauer überläuft Mattie: ihr Baby. Ihres und

Tims. Sie wird mit ihm ins Krankenhaus fahren, um über diese neue Medikamentenstudie zu sprechen. Dort werden sie alles herausfinden, was sie wissen müssen. Sie werden es gemeinsam angehen – und wer weiß, vielleicht geschieht ja ein Wunder.

Das sonnenbeschienene Moor mit seinen sanften Hügeln bleibt hinter ihr zurück. Seine Anmutung von Unendlichkeit und seine pure Größe relativieren diese Probleme und schenken ihr Gelassenheit; und getröstet fährt sie weiter.

36. Kapitel

Heute Morgen sind alle Tische vor dem Café besetzt, und Kat schlendert hinein, bestellt Kaffee und setzt sich an einen Ecktisch. Eigentlich hatte sie heute nicht in die Stadt kommen wollen. Sie hatte sich mit einer Freundin zum Mittagessen verabredet, doch die hat abgesagt, weil es ihr nicht gut geht, und Kat weiß nichts mit sich anzufangen. Brockscombe fühlt sich unnatürlich ruhig an. Andy, Charlotte und Ollie verbringen den Tag bei Charlottes Eltern; Tim ist weggefahren, wahrscheinlich, um sich mit Mattie zu treffen; und William ist in der Kanzlei. Also sitzt sie hier und überlegt, ob sie Jerry eine SMS schreiben und ihm sagen soll, dass ihre Verabredung geplatzt ist. Sie könnte vorschlagen, dass er sich hier mit ihr trifft. Vielleicht werden sie detaillierter über die Zukunft reden.

»Und, wie sind deine Pläne?«, hat Fiona sie gefragt. »Wirst du nach London gehen?«

Es hatte Kat nicht besonders überrascht, dass Fiona es riskiert hatte, mitten in der Woche herzukommen, um Andy und die Familie zu besuchen. Sie war am frühen Abend angekommen und hatte William auf einen Drink eingeladen, und als sie am nächsten Morgen angerufen hatte, hatte Kat ihrem Flehen nicht widerstehen können.

»Ich habe es vermasselt, Kat«, erklärte Fiona. »Wills ist böse mit mir. Isst du vielleicht mit mir zu Mittag? Bitte!«

Kat wusste über alles Bescheid. William war fürchterlich aufgebracht aus dem Pub nach Hause gekommen und wütend gewesen, weil Fiona unangekündigt aufgetaucht und einfach davon ausgegangen war, dass sich alle genauso über den Verkauf von Brockscombe freuten wie sie.

»Es geht sie nichts an«, hatte er gewettert. »Und sie hat kein Recht, so mir nichts, dir nichts während Andys Heimaturlaub hereinzuplatzen. Wir hatten alles geregelt und geplant.«

Kat beobachtete ihn und fragte sich, was der tiefere Grund für seinen Zorn war.

»Ich vermute, sie hat sich wieder als Familienmitglied gefühlt«, meinte sie vorsichtig. »Schließlich hat sich diesen Sommer einiges verändert, findest du nicht auch?«

William stand an der offenen Tür und sah hinaus. Er steckte die Hände in die Hosentaschen und klimperte mit seinem Kleingeld. »Ich war ein Dummkopf«, gestand er schließlich. »Wahrscheinlich habe ich zumindest eine Zeit lang die vage Hoffnung gehegt, wir könnten es noch einmal miteinander versuchen. Das war natürlich verrückt.«

»Und wann ist dir das klar geworden?«

»Als sie bei einer anderen Gelegenheit unerwartet herkam, mich zum Abendessen in den Pub einlud und mir von dem Angebot für Brockscombe erzählte. Da begann ich zu begreifen, dass es immer dasselbe mit ihr ist. Sie wollte schon von jeher alles zu ihren Bedingungen, und ich habe zugesehen, gewartet und gestaunt. Sie interessiert sich wirklich keinen Deut für Francis oder Tim. Sie will nur, dass ich da bin, immer verfügbar, und unterdessen hat sie sich mit der Umgestaltung von Brockscombe ein sehr schönes Projekt an Land gezogen, na, vielen Dank!«

»Aber man könnte es auch so sehen, dass es vielleicht insgesamt gesehen genau das Richtige ist«, erwiderte Kat behutsam.

William schnaubte verächtlich. »Glaubst du, deswegen fühle ich mich besser?«

Als Fiona am nächsten Morgen anrief, erklärte sich Kat einverstanden, sich zum Mittagessen mit ihr zu treffen. Sie holte sie ab und fuhr mit ihr nach Turtley Mill, wo sie in der Sonne saßen und den Possen der Pfauenhennen und der hübschen Hühner zusahen.

»Ich habe es in den Sand gesetzt«, erklärte Fiona düster. »Ich war mir so sicher, dass es zwischen Wills und mir gut lief. Was ist bloß schiefgegangen?«

»Ich glaube, er hatte das Gefühl, dass es nicht in Ordnung war, wie du den Verkauf von Brockscombe eingefädelt hast, ohne zuerst zu fragen«, antwortete Kat ironisch.

»So war das nicht«, sagte Fiona verärgert. »Es war nur zufällig so, dass dieser Kerl ein Objekt sucht … Na, offensichtlich hat er dir ja alles darüber erzählt.«

Kat nickte. »Ja.«

Fiona drehte ihr Weinglas, immer wieder, und sah darauf hinunter. »Ich dachte, es wäre für alle das Richtige. Andy und Charlotte gehen sowieso nach Washington, und William könnte sich ein hübsches kleines Haus in Ashburton kaufen. Er hätte Ashbucket nie verlassen sollen. Ich könnte herkommen und bei ihm wohnen …«

»Und Tim?«

»Ach, Tim.« Fiona zuckte mit den Schultern. »Tim wird sich davonmachen, wann immer es ihm passt, wart's nur ab.«

»Und Francis?«

Einen Moment lang schwieg Fiona, dann verzog sie das Gesicht. »Na, ich bezweifle, dass er noch besonders lange da sein wird, und ich dachte, er wäre wahrscheinlich besser in irgendeinem Heim aufgehoben, wo er die richtige Pflege bekommt, statt in diesem alten Haus festzusitzen, wo ein paar ältliche Frauen nach ihm sehen.« Ratlos schüttelte sie den Kopf. »Und dann erzählt mir Wills, dass er ihn zusammen mit seinem komischen Halbbruder mit nach Ashburton nehmen will. Ich meine, warum sollte er? Ich kann dir sagen, Kat, ein alter Krüppel und ein Halbidiot waren eigentlich nicht Teil meiner Pläne für unsere Zukunft.«

Nun ist Kat ehrlich empört. »Also wirklich, Fiona …«

»Oh, tut mir leid. Tut mir leid. Aber um Himmels willen …«

»Und was ist mit mir?«, fragte Kat gelassen.

»Ja, wie sind denn deine Pläne?«, fragte Fiona an diesem Punkt. »Wirst du nach London gehen?«

Jetzt sitzt Kat da, beobachtet die morgendlichen Einkäufer und die Kaffeetrinker und weiß, dass sie ihre Entscheidung treffen muss. Eigentlich ist es kaum eine Entscheidung: Tief im Herzen weiß sie, dass sie nach London ziehen wird. Die Frage ist, wie genau das aussehen soll: ob sie Miches Angebot annimmt, in einem Zimmer in seinem Haus zu wohnen, oder ob sie sich eine eigene Wohnung sucht, wo Jerry übernachten kann.

Gerade als sie an ihn denkt, entdeckt sie ihn durch die Glasscheibe. Bei seinem Anblick empfindet sie den gewohnten freudigen Ruck in der Magengrube und will aufstehen, als sie sieht, dass er nicht allein ist.

Sandra tritt als Erste in das Café; sie wirkt glücklich und zuversichtlich, blickt sich um und begrüßt dann zwei Freundinnen an einem anderen Tisch, die Taschen und Besitztümer beiseiteschieben, damit Jerry und sie sich setzen können. Immer ungläubiger betrachtet Kat die beiden. Jerry hat seine Jeans, sein altes Baumwollhemd und den Rucksack abgelegt. Er trägt schicke, gebügelte Chinos und ein kurzärmliges Polohemd und ist mit Einkaufstaschen beladen. Sandra erteilt Anweisungen, wo sie hingestellt werden sollen, und er gehorcht ihr nervös lächelnd und beinahe unterwürfig. Er wirkt häuslich, sogar so, als stünde er ein wenig unter dem Pantoffel. Das Kleeblatt sitzt bereits zusammen, und eine der Frauen zeigt einen Reisekatalog herum; und nur einen Moment lang erinnert Kat sich an jenen Tag im *Cott* und wünscht sich, Fiona käme hereinmarschiert.

»Senioren-Kreuzfahrten?«, würde sie wahrscheinlich ausrufen. »Ach du meine Güte, Liebes, ist das die Möglichkeit?«

»Wir treffen uns, ja?«, hat sie zu Kat gesagt. »Wenn du in London bist. Wir sehen uns ein paar Theaterstücke an und amüsieren uns. Versprochen?«

Kat trinkt ihren Kaffee aus und steht auf. Die Bewegung zieht Jerrys Blick auf sich, und er starrt sie beinahe entsetzt an. Sandra ist zu beschäftigt mit dem Katalog, um zu bemerken, dass Jerry abgelenkt ist, und Kat lächelt ihm zu. Er wirft ihr solch einen gequälten Blick zu, dass sie einen Anflug von Mitleid mit ihm empfindet: Er hat Angst. Bei dieser Erkenntnis steigt eine Flut aus Eifersucht, Enttäuschung und sogar Verachtung in ihr auf, sodass sie nicht den Wunsch verspürt, an dem Tisch stehen zu bleiben und eine geistreiche Bemerkung fallen zu lassen.

Sie nickt ihm zu, als wollte sie ihm ihr Verständnis signalisieren, hebt die Hand zu einer Art Abschiedsgeste und huscht, unbemerkt von den anderen, davon. Draußen bleibt sie einen Moment stehen und fragt sich, wohin sie sich wenden und was sie tun soll. Dann zieht sie ihr Handy hervor und schreibt Miche eine SMS. Eine kurze, aber er wird sie richtig verstehen. Es sind nur drei Worte:

Komme nach Hause.

Jerry dreht sich, um ihr nachzusehen, ihrem lässig-eleganten Gang, ihrer alten Jeans und dem weiten weißen Baumwollhemd. Seine erste Reaktion ist große Erleichterung darüber, dass sie nicht stehen geblieben ist, um eine ironische Bemerkung anzubringen; und seine zweite besteht aus einem scharfen Verlustgefühl, als hätte er etwas überaus Kostbares zurückgewiesen, dem er immer nachtrauern wird.

Es war ein solcher Schock gewesen, sie zu sehen, dass er sein Entsetzen nicht hatte verbergen können. Sie hatte ihm erzählt, sie treffe sich mit einer Freundin zum Mittagessen, und daher war er gern darauf eingegangen, als Sandra ihn bat, ihr bei ihrem Einkauf im Supermarkt zu helfen. Kat hätte ihn nie um einen solchen Gefallen gebeten. Ein Einkauf für eine ganze Woche überstieg ihre Vorstellungskraft.

»Aber warum sollte man so etwas tun?«, hätte sie vielleicht gefragt. »Ich weiß ja schon nie, was ich zu Abend essen soll, und schon gar nicht, worauf ich in sechs Tagen Appetit habe.«

Das wäre eine typische Bemerkung für Kat gewesen; mit der Absicht, ihn zum Lachen zu bringen, doch auch mit einem Körnchen Wahrheit darin. Dieses Lachen wird ihm fehlen. Er versteht sich nicht gut darauf, sich etwas vorzumachen; er hat diesen furchtbar mitleidigen Blick gesehen, mit dem sie ihn angeschaut hat, und er hat erkannt, dass sie ihm zum Abschied zuwinkte. Darin lag etwas Endgültiges. Allein der Umstand, dass sie nicht stehen geblieben ist und eine Bemerkung gemacht hat, um Sandra zu ärgern, zeigt, dass sie die Waffen gestreckt hat. Der Krieg ist vorüber.

Er dreht sich wieder um, sieht den Katalog an, der Kreuzfahrten durch die norwegischen Fjorde anpreist, und versucht, Interesse zu zeigen. Sandra lächelt ihm besitzergreifend zu; sie sind ein Paar. Er sieht in ihr hübsches, rundes, wenn auch recht gewöhnliches Gesicht, und sein Herz zieht sich schmerzhaft zusammen, aber er lächelt trotzdem.

Noch einmal sieht er sich um und hofft, einen letzten Blick auf Kat zu erhaschen, doch sie ist fort.

Bei Andys Party im Hof ist Tim sich den ganzen Abend hindurch bewusst, dass etwas fehlt. Es ist immer der Plan gewesen, dass sie am letzten Samstag von Andys Heimaturlaub zu einer von Williams Grillpartys zusammenkommen würden – und dieses Mal sind alle da. Doch als Tim sich unter ihnen bewegt, spürt er, dass die Atmosphäre sich ganz leicht von der dieser anderen Zusammenkünfte unterscheidet. Das liegt nicht nur an dem Wissen, dass Andy am nächsten Tag abreisen wird – dahinter steckt mehr. Unter der oberflächlichen Fröhlichkeit liegen emotionale Unterströmungen, Spannungen.

Tim fragt sich, wie sie alle reagieren würden, wenn er plötzlich Matties und seine Verlobung verkünden würde.

»Ich wünschte, das könnten wir«, sagte sie, als sie vorhin ankam. Charlotte hatte ebenfalls gefunden, es sei besser, wenn Mattie bei dieser Gelegenheit bei Tim wohnte. »Aber ich finde, wir sollten es Mum und Dad zuerst sagen, meinst du nicht auch?«

Er war einverstanden, doch es wäre schön gewesen, es zu tun; hier, wo all diese Menschen, die er am liebsten mag, zusammen sind. Nachdem die Entscheidung getroffen ist, möchte er, dass alle Bescheid wissen. Mattie und das Baby haben seine Gedanken von sich selbst abgelenkt, und er hat das Gefühl, von einer schweren Last befreit zu sein, die ihn innerlich buchstäblich versklavt und niedergedrückt hatte. Doch wenigstens unternimmt Mattie keinen Versuch zu verbergen, dass Tim und sie sich lieben. Ihre Gesten, ihre Blicke, ihre offen gezeigte Zuneigung, all das verkündet diesen Umstand öffentlich, und Tim erlaubt sich, ebenso zu reagieren. Niemand macht Bemerkungen, doch er erkennt an Charlottes fragend hochgezogenen Augenbrauen, dass sie sich dessen bewusst ist. William scheint mit dem Grillen zu beschäftigt zu sein, um viel mitzubekommen. Tante Kat lächelt den beiden nur beifällig zu – obwohl sie abgelenkt und sogar traurig wirkt –, während sie tief in ein Gespräch mit Fiona versunken ist, die spröde wirkt und ziemlich viel trinkt. Für Francis und Andy, die zusammensitzen und sich leise unterhalten, scheint es selbstverständlich zu sein, und als Francis irgendwann lächelnd sein Glas hebt, kann Tim nicht anders, als ihn anzustrahlen.

Und doch ist er sich immer noch bewusst, dass etwas fehlt, etwas, was diesen Frühling und Frühsommer hindurch präsent war. Bald, denkt er, wird sich alles verändern. Charlotte und Oliver werden zu Andy nach Washington ziehen, und Wooster wird in Tavistock untergebracht. Tante Kat wird nach London gehen. Mattie und er haben beschlossen, sich am Stadtrand von Exeter, in der Nähe der Universität, ein kleines Haus oder Cottage zu suchen. Damit sind nur noch William und Francis übrig.

Als er William zusieht, der geschäftig mit den Würstchen und Steaks hantiert und mit Mattie plaudert, kommt sich Tim treulos vor, so, als ließe er die Menschen im Stich, die so gut zu ihm gewesen sind.

»Das war immer zu erwarten«, meinte Mattie tröstend, als er das vorhin ihr gegenüber anmerkte. »Wir wussten alle, dass Andy ins Ausland versetzt worden war, und es war nur eine Frage der Zeit, bis Tante Kat nach London gehen würde.«

»Was passiert jetzt?«, fragte er.

»Wahrscheinlich suchen sie sich für den Übergang neue Mieter.« Sie lächelte ihm zu. »Wenn dir das wirklich Sorgen macht, könnten wir jederzeit auch hierbleiben. Es ist nur eine Stunde Fahrt nach Exeter.«

Aber er hatte den Kopf geschüttelt. »Du musst in der Nähe der Universität wohnen. Ich würde es hassen, wenn du jeden Tag hin- und zurückfahren müsstest. Nein, ich hatte mich nur gefragt, was hier geschehen wird, wenn alle fort sind. Wir kommen sie besuchen. Und William kann mit Francis zu uns kommen. Außerdem ist es noch nicht so weit. Zuerst müssen wir etwas Eigenes finden.«

Obwohl er sich aufgeregt bei der Aussicht auf diese Zukunft fühlt, die sich plötzlich vor ihm aufgetan hat, ist Tim auch traurig; ihm wird diese kleine Sippe fehlen, die Spaziergänge zum Pan und zu Brack, die Mittwochsmesse in Buckfast mit Francis. Und als er über diese letzten Monate hier in Brockscombe nachdenkt, über den kühlen Frühling mit seinen lieblichen Düften und die warmen Sommertage, wird ihm mit einem Mal klar, was ihm fehlt. Er hört die Drossel nicht mehr in der Esche singen. Tim empfindet ein merkwürdiges und unerwartet scharfes Verlustgefühl. Das Männchen hat sich vielleicht schon ein neues Revier gesucht und dort eine Gefährtin gefunden, und jetzt sind die Jungvögel ausgeflogen, und das Weibchen ist ebenfalls fort.

37. Kapitel

Francis steht an seinem Fenster. Es ist Hochsommer, und über den frisch abgeernteten Feldern wirken die Möwen, als trieben sie auf einem blassgoldenen Meer. In größerer Nähe steht die Mähmaschine untätig auf dem Rasen, wo Rob sie zurückgelassen hat. Jemand hat zwei stoffbezogene Gartenstühle auf die kiesbestreute Auffahrt gestellt, wo sie nach vorn gekippt sind und aussehen, als lägen sie auf den Knien und beteten.

Bald wird Brockscombe leer sein. Verträge sind ausgetauscht worden, und der Vorgang wird innerhalb weniger Wochen abgeschlossen sein, obwohl Francis sich nicht unter Druck gesetzt vorkommt. Er fühlt sich einigermaßen ruhig. Jetzt ist er sich sicher, dass alles gut werden wird. Seine Söhne werden das Geld bekommen, das sie für die Investition für ihren Ruhestand brauchen, und seine kleine Familie bereitet sich auf ihre nächsten Schritte vor. Charlotte und Oliver ziehen zu ihren Eltern nach Tavistock, bis Andy von See nach Hause kommt. Charlotte hat die Angst davor verloren, nach Washington zu gehen; Andy hat ihr die Zuversicht zurückgegeben, und ihre Liebe ist erneuert und gestärkt. Kat wird bald nach London abreisen und ist aufgeregt bei der Aussicht auf die Arbeit, die vor ihr liegt. William hat ein Gebot für ein Stadthaus in Ashburton mit Aussicht auf den Dorfanger und einem kleinen Hofgarten abgegeben. Das Erdgeschoss, das früher einen Laden beherbergte, soll Francis' neue Wohnung werden.

»Dann kannst du die Leute kommen und gehen sehen«, sagte William nervös, denn er weiß, dass nichts das ersetzen kann, was Francis hinter sich lässt. »Und du hast direkten Zugang zum Garten. Ich kann dir sagen, ich habe große Pläne für den Hof.«

Francis lächelte ihm zu und pflichtete ihm bei, dass er den Tapetenwechsel und die Pub-Besuche mit William genießen wird. Keiner von ihnen macht sich etwas vor, aber es ist ein sehr fairer Kompromiss. Sie werden ein großes Gästezimmer haben und ein kleineres für Maxie, in dem Platz genug für das Spielzeug und die Bücher sein wird. Das Haus ist hübsch und elegant, und Francis ist dankbar. Er hat angeboten, sich an den Kosten zu beteiligen, doch davon will William nichts hören. Er hat mit dem Erlös seines alten Hauses ein paar gute Investitionen getätigt, sagt er, und Francis respektiert das. Er besteht allerdings darauf, für die nötigen Umbauten im Erdgeschoss aufzukommen, und in diesem Punkt hat William nachgegeben.

Niemand scheint auf die Idee zu kommen, dass Fiona eine Rolle beim Kauf des neuen Hauses spielen sollte. Seit Andys Heimaturlaub ist sie nicht mehr hier gewesen, und Francis vermutet, dass das kurze Aufblühen der alten Zuneigung zwischen ihr und William im Frühsommer eines natürlichen Todes gestorben ist. Francis ist froh darüber. Er kann sich nicht vorstellen, dass Fiona sich wieder zufrieden in Ashburton niederlassen würde; und er findet, dass es besser für William ist, wenn er sich ohne Spannungen und Bedauern seinen eigenen Freunden und Beschäftigungen widmen kann.

Und was Tim angeht … Lächelnd denkt Francis an Tim und Mattie, die in Exeter auf Wohnungssuche sind.

»Wir bekommen ein Baby«, hat Tim zu ihm gesagt, »aber im Moment ist das noch ein Geheimnis. Wir wollen uns verloben, uns ein kleines Haus suchen und dann weitersehen. Gott sei Dank habe ich das Geld von Gran! Ich finde, ich sollte Matties Eltern die Wahrheit sagen, aber sie möchte warten, und ich vertraue darauf, dass sie weiß, wann die rechte Zeit gekommen ist. Doch ich wollte, dass Sie es erfahren: Schlussendlich habe ich beschlossen, dass ich wählen *kann*. Und ich habe mich für das Leben entschieden.«

»Ein Baby«, sagte Francis. »Wie wunderbar!«

»Ja.« Tim wirkte benommen, überwältigt. »Also werde ich Vater. Merkwürdig, nicht wahr? Noch vor ein paar Tagen war ich überzeugt davon, keine Zukunft zu haben.«

Francis sah, dass er voller Freude und Angst war, voller Stolz und Zweifel.

»Herzlichen Glückwunsch«, sagte Francis. »Lassen Sie mich wissen, wenn es angebracht ist, den Anlass öffentlicher zu begehen«, und Tim hatte ihn angestrahlt und plötzlich glücklich und optimistisch gewirkt.

»Sie sind der Erste, der davon erfährt«, erwiderte er.

Francis wünscht sich sehnlichst, dass er glücklich wird und dass es Mattie und dem Kind gut ergeht. Er ist überwältigt von Zuneigung für diesen Jungen, den er als seinen Sohn betrachtet, genau wie William und Maxie und seine eigenen beiden; alle sind seine Söhne. Wie lieb und kostbar sie ihm sind!

Ein jäher, scharfer Schmerz durchfährt sein Herz, und er schnappt nach Luft, wendet sich mit kurzen, tastenden Schritten vom Fenster ab und sackt auf seinem Stuhl zusammen. Sein Stock fällt zu Boden. Er hört, dass sich im Haus, auf dem Treppenabsatz, jemand bewegt, ruft mit schwacher Stimme und hofft, dass es Stella ist.

Aber es ist Maxie, der zu ihm hereinkommt, obwohl Francis nicht die Kraft aufbringt, mit ihm zu sprechen. Maxie ist derjenige, der neben ihm niederkniet, ihm übers Haar streicht und ihm leise etwas vorsummt, als wüsste er, dass Francis einschlafen wird. Er nimmt die kalte Hand seines Vaters in seine große, warme, bedeckt sie mit Küssen und lehnt sich an ihn, als wollte er ihn warm halten. Mit enormer Mühe hebt Francis seine andere Hand und legt sie auf Maxies Kopf, und dann ergibt er sich dem Schmerz. Doch Francis denkt jetzt nicht an Maxie, an Nell oder Liz oder seine Söhne. Sein letzter Gedanke gilt Vater Theo, seinem eindringlichen Blick voller mitfühlender Liebe und seinem Gebet …

… also darf ich mich freuen: Du wirst nicht zögern, wenn ich nicht zu hoffen versäume.